Máximas e pensamentos
&
Caracteres e anedotas

Sébastien-Roch-Nicolas de Chamfort
(1741-1794)

Máximas e pensamentos
&
Caracteres e anedotas

TEXTO ORIGINAL
OEUVRES COMPLÈTES DE CHAMFORT, PUBLICADAS POR PIERRE-RENÉ AUGUIS
PARIS, CHAUMEROT JEUNE, 1824 (VOLUME I, PÁGINAS 337-449)

TRADUÇÃO E NOTAS
Regina Schöpke
Mauro Baladi

© 2009, Martins Editora Livraria Ltda., São Paulo, para a presente edição.
Esta obra foi originalmente publicada sob o título *Oeuvres complètes de Chamfort*,
por Pierre-René Auguis em 1824 (volume I, p. 337-449)

Publisher *Evandro Mendonça Martins Fontes*
Produção editorial *Luciane Helena Gomide*
Produção gráfica *Sidnei Simonelli*
Projeto gráfico e capa *Megaart Design*
Preparação *Mariana Echalar*
Revisão *Dinarte Zorzanelli da Silva*
Mariana Zanini
Regiane Monteiro Pimentel Barboza

Dados Internacionais de Catalogação na Publicação (CIP)
(Câmara Brasileira do Livro, SP, Brasil)

Chamfort, Sébastien-Roch-Nicolas de, 1741-1794.
   Máximas e pensamentos e caracteres e anedotas / Sébastien-Roch-Nicolas
de Chamfort ; tradução e notas Regina Schöpke & Mauro Baladi. – São Paulo :
Martins Martins Fontes, 2009.

   ISBN 978-85-61635-22-0

   1. Máximas francesas I. Schöpke, Regina. II. Baladi, Mauro. III. Título.

09-07023   CDD-848

Índices para catálogo sistemático:
1. Máximas : Literatura francesa 848

Todos os direitos desta edição para o Brasil reservados à
Martins Editora Livraria Ltda.
Rua Prof. Laerte Ramos de Carvalho, 163
01325-030 São Paulo SP Brasil
Tel. (11) 3116 0000 Fax (11) 3115 1072
info@martinseditora.com.br
www.martinseditora.com.br

Sumário

◊ O filósofo: um convidado inconveniente ... 7

Máximas e pensamentos ... 19

    CAPÍTULO I ◊ Máximas gerais ... 21

    CAPÍTULO II ◊ Continuação das máximas gerais ... 43

    CAPÍTULO III ◊ Da sociedade, dos grandes, dos ricos e da gente mundana ... 63

    CAPÍTULO IV ◊ Do gosto pelo retiro e da dignidade do caráter ... 87

    CAPÍTULO V ◊ Pensamentos morais ... 93

    CAPÍTULO VI ◊ Das mulheres, do amor, do casamento e da galanteria ... 105

    CAPÍTULO VII ◊ Dos sábios e dos homens de letras ... 119

    CAPÍTULO VIII ◊ Da escravidão e da liberdade da França antes e depois da Revolução ... 133

Caracteres e anedotas ... 149

O filósofo: um convidado inconveniente

"Engolir um sapo todas as manhãs", é isso que significa para o filósofo Nicolas de Chamfort (1740-94) viver em sociedade. Essa é a única maneira, diz ele, de suportar o resto do dia sem achar nada mais asqueroso. Chamfort refere-se aqui à vida na "alta sociedade" do século XVIII, cujos códigos e valores lhe causavam repugnância; mas, no fundo, isso vale para a vida social em geral, pelo menos no que diz respeito ao filósofo ou a qualquer um que tenha algum senso crítico mais desenvolvido e que, por essa razão, costume encontrar dificuldades para viver em um mundo de convenções hipócritas e cínicas. Não é por outra razão, mostra Chamfort, que o filósofo acaba se convertendo em um "estraga prazeres", em uma espécie de convidado inconveniente que vai a um baile de máscaras sem qualquer fantasia, e ainda faz questão de dizer a todos os mascarados: "Eu sei quem você é!".

O baile de máscaras, evidentemente, é o mundo humano e, visto por este ângulo, o filósofo, para Chamfort, é alguém que desfaz as ilusões dos homens (esses seres fabuladores por essência, como dizia Bergson, ou simplesmente mentirosos, como afirmava Nietzsche). É claro que isso não deixa de ser uma tarefa das mais perigosas, já que os homens são profundamente apegados às suas fantasias. O baile de máscaras é o seu mundo, é assim que eles se sentem seguros e protegidos do vazio, da morte e, mais ainda, da própria vida, para a qual eles nunca parecem estar verdadeiramente preparados. É aí que o filósofo entra como um estraga-prazeres, mas também como o único que seria capaz de prepará-los de algum modo para a existência (e não se trata aqui de moral, mas de "fisiologia", diria Nietzsche, já que alguns – por alguma razão que "a própria razão desconhece" – acabam vendo o que outros não veem e, em um âmbito muito geral, não veem aquilo que todos veem).

Sem dúvida, o filósofo estraga a festa, acaba com o divertimento humano. É como se ele, mesmo fazendo parte do jogo, do baile (porque é evidente que ele não está fora do mundo, não é um ser à parte), chamasse o homem à responsabilidade, tentasse tirá-lo de sua infância indefinidamente prolongada. Mas não é por arrogância que ele age assim nem pelo prazer de ser inconveniente, mas porque sabe que quanto mais os homens se enredam em suas mentiras, quanto mais cegos e inebriados eles vivem, mais produzem dor e vazio para si mesmos e para toda a humanidade. O filósofo, se é mesmo filósofo (ou, pelo menos, se é um filósofo no modelo de Chamfort, se é um espírito livre), não consegue usar máscaras; ele acaba se denunciando, acaba se expondo, se revelando. É só nos lembrarmos de um brilhante contemporâneo de Chamfort, Voltaire, que por mais que quisesse viver nas cortes e ter algum conforto, sempre acabava falando demais (e, nessas horas, só lhe restava mesmo fugir).

Na essência, o filósofo é um arguto observador que tenta decifrar o mundo que o rodeia. É assim que ele apareceu na Grécia: perscrutando, observando o mundo, tentando desvendar seus mecanismos mais profundos, seja do ponto de vista físico, seja do ponto de vista social e humano. É assim que a filosofia fez desabar os mitos e os ídolos e foi capaz de, no século XVIII, o século de Chamfort, circular clandestinamente (em função das perseguições religiosas e políticas) para poder continuar lutando contra a ignorância e o fanatismo que assolavam a Europa. O filósofo é, no fundo, alguém que, por ver demais, não aceita viver na ignorância "feliz" dos outros homens, mas é também, de uma maneira menos romântica, o "homem da má vontade"[1], aquele que "não sabe o que todo mundo sabe"; ele é o "patriarca dos heréticos"[2], exatamente porque seu compromisso não é com o social, com o estabelecido, mas com a vida e com a "verdade". É nesse senti-

---

1. Esta expressão é de Gilles Deleuze.
2. Nas palavras de Tertuliano (*Da alma*, III).

do que a filosofia se converte em uma verdadeira "máquina de guerra" contra as tolices e as mentiras enfraquecedoras.

É claro que, nos dias de hoje, depois de Nietzsche, todos os que não querem correr o risco de ser acusados de metafísicos usam livremente os conceitos de "mentira", de "erro" e, principalmente, de "verdade". No entanto, no fundo, o que era uma crítica nietzschiana necessária à ideia em si e absoluta da verdade acabou se transformando em uma verdadeira repulsa a qualquer certeza ou a qualquer juízo de valor. Não deixa de ser um preconceito perigoso que nasceu de uma má interpretação, ou melhor, de uma interpretação menor e mais fraca da filosofia nietzschiana. É claro que é o próprio Nietzsche quem diz que a verdade não existe, que o que existe são interpretações, ou que a própria história da verdade é a história de uma mentira. Porém é preciso ir mais fundo nessas palavras, e não entendê-las de modo tão literal. Afinal, Nietzsche não é tão simples assim. Pelo contrário, ele é o primeiro a se colocar como um enigma.

Sem dúvida, a ideia de uma verdade pura, em si, absoluta, é uma quimera da razão; ela é uma construção, uma mentira. Nietzsche fala o tempo todo contra ela. O que existe são interpretações múltiplas e variadas dos acontecimentos e do próprio mundo; interpretações essas que vivem em choque, em luta pelo poder e pelo direito de se estabelecerem e de produzirem as coisas, produzirem o seu sentido. A verdade como a interpretação vitoriosa, como aquela que se impõe. É nesse aspecto que a verdade tem uma história e a própria história é uma sequência das verdades que se estabeleceram. Nada descreve melhor e mais minuciosamente o baile de máscaras de Chamfort, porque esse é realmente o mundo humano.

No entanto, é preciso ter muito cuidado para não simplificar demais a questão da verdade. De fato, a verdade é colocada em xeque; toda e qualquer verdade, até mesmo na filosofia, mas é óbvio que esse excesso se explica pela luta sangrenta que Nietzsche tinha de travar contra a metafísica, o verdadeiro gênio maligno da filosofia. Não se pode negar que Nietzsche quer fazer desabar todos os ídolos, todas as fantasias humanas, e coloca a verdade como a maior de todas, mas é preciso não se deixar enganar pelas aparências. Nietzsche está falando das verdades estabelecidas, dos valores tradicionais, daquilo que aprendemos como verdade e repetimos atavicamente. Ele jamais põe em dúvida a veracidade de suas ideias. Nenhum filósofo apresenta seu pensamento dizendo: "eu acho que o mundo é isso". Ele diz: "o mundo é isso". Ele é um desmascarador, mas também um criador de novos sentidos e valores. Em outras palavras, o filósofo não está fora do baile, mas ele é o primeiro a sentir a máscara e a querer desfazer-se dela. Se, em algum momento, Nietzsche nega qualquer tipo de juízo verdadeiro, ele ainda está se referindo às verdades produzidas pelos embriagados do baile. Afinal, como ele próprio diz: "da verdade mesma ninguém nunca quis saber".

Não resta dúvida (para quem sabe ler Nietzsche) de que o pensamento é, para ele, uma potência de vida, uma explosão, um choque de realidade. Nietzsche, como Chamfort, continua "desmascarando" os homens e revelando a verdade do mundo. É por isso que ele nunca colocou em dúvida sua própria percepção, seu discernimento para avaliar as coisas. Aliás, isso é ser um filósofo: é ter potência e coragem para avaliar, para dizer o que são as coisas, para criar novos conceitos e novos valores.

Podemos dizer que foi a má interpretação de Nietzsche que gerou um pensamento contemporâneo anêmico e sem força para o confronto com o mundo, gerou filosofias fora de combate, ciência pura mais uma vez. Supor que a crítica nietzschiana à verdade é o mesmo que dizer que tudo é incerteza e mentira, e que nem os filósofos podem mais afirmar com segurança alguma coisa, é atirar no próprio coração, é matar a filosofia. É preciso retomar a questão da verdade, reavaliá-la, mas não se pode dizer que a filosofia possa prescindir de algum tipo de certeza, e menos ainda supor que o filósofo não pode mais identificar, no emaranhado de interpretações, o que é real e o que é fantasioso (como, aliás, Nietzsche sabia fazer muito bem). Isso é não entender o papel do filósofo, que é diferente do artista e também do cientista; isso é fazê-lo tomar parte no baile como mais um mascarado, é tirar da filosofia a sua potência de transformação e de vida. De fato, quem denuncia a farsa humana tem de realmente estar certo do que está fazendo. Se não tiver essa certeza, é melhor mesmo se calar e entrar na festa.

Em outras palavras, se a filosofia se coloca hoje apenas como uma interpretação possível dentre tantas outras, se ela se deixou enfraquecer pela teologia, pelos avanços das ciências sociais, da psicanálise ou da linguística, que a desautorizaram na busca da compreensão do mundo, então ela não serve mesmo para mais nada. E, assim, filósofos como Chamfort não têm mais lugar, nem mesmo Nietzsche. Não é à toa que o mundo está mergulhado em um vazio real de valores e de ideias.

A filosofia perdeu a sua força maior, mas está sempre aí à espera de ser reativada. Muitas vezes se desprezam os filósofos clássicos em nome de novidades bem inferiores, considerando os pensadores antigos "ultrapassados" (como se a filosofia fosse um modismo vulgar ou uma ciência progressiva). Cada vez mais, o mundo parece mergulhar em um abismo insondável de valores e conceitos. Nietzsche já falava desse niilismo e não achava que isso fosse uma interpretação entre outras. Falava isso como uma verdade; exatamente porque é uma verdade que a experiência do mundo prova e comprova. Mais do que o cientista, o filósofo é o homem da experiência, é o que aprende e ensina com ela. Ele não vive aprisionado no solipsismo humano, no baile. É claro que muitos poderão dizer que o próprio Nietzsche contesta essas verdades "comprovadas", "testadas", e é isso mesmo: ele contesta as verdades geradas no baile de máscaras, porque ali não se vê o mundo; o mundo é a primeira coisa a ser negada pelos homens, a segunda são eles mesmos. Para aprender com a experiência, é preciso estar de olhos abertos, é preciso ser filósofo.

Eis, portanto, como o filósofo surge como uma força que impele o homem a pensar, que o empurra para o abismo do mundo real, porque sabe que essas fantasias são frutos de uma covardia diante da vida (a causa maior de todos os males e erros humanos). É por ser realmente como um sol que ilumina os homens (fazendo-os crer que eles podem ir mais longe, porque prova – com seu próprio sangue e alma – que a humanidade não é só vileza, ódio e crueldade) que o filósofo também "queima as asas" daqueles que se aproximam demais, pelo fato de que a sua simples existência é uma denúncia permanente das fraquezas e hipocrisias humanas.

Por todas essas razões, o filósofo algumas vezes retira-se do convívio estreito com os homens ou, pelo menos, não participa dele de modo muito contínuo e profundo. Torna-se um animal um tanto arredio, às vezes meio eremita. Infelizmente, nem sempre é possível para o filósofo afastar-se completamente da vida social, ou seja, ser tão livre para não depender dos favores dos outros ou de um emprego que o obrigue a uma estreita convivência com coisas incômodas. É assim que ele pode ser vítima de uma certa amargura e indignação, acabando por se transformar em um crítico feroz de uma realidade que ele acredita rebaixar o gênero humano. Esse é justamente o caso de Chamfort, autor desses aforismos lúcidos e profundos (aliás, tão lúcidos e tão profundos que não podem deixar de expressar um certo pesar pela trágica condição do homem: ser potencialmente tão grande e viver sempre de modo tão pequeno).

De fato, muitos filósofos, moralistas e pensadores dedicaram-se a analisar e a criticar a sociedade francesa do século XVIII (em especial, as últimas décadas do Antigo Regime), mas nenhum outro conseguiu levar tão longe a percepção dessa fulgurante decadência. De origem obscura (provavelmente fruto de um relacionamento clandestino entre uma aristocrata e um cônego), Chamfort tornou-se – graças a seu talento literário – um bem-sucedido dramaturgo e escritor, acolhido com simpatia pela corte francesa. No entanto, sem nunca se sentir à vontade vivendo em um meio que ele desprezava, Chamfort jamais deixou o sucesso corromper seu caráter ou sua natural compreensão das coisas. Isso se reflete bem nas respostas que ele dá à questão: "Por que você não oferece mais nada ao público?"[3]. Ele responde, entre outras coisas, que prefere a estima das pessoas honestas e a sua própria felicidade individual a "alguns elogios e alguns escudos", e também, de um modo ainda mais lúcido e sarcástico, que "o sucesso absorve tanto um autor que não lhe sobra mais tempo para escrever". Porém, a melhor de todas as respostas ainda é: "Porque agora eu só quero agradar a quem se parece comigo".

Na verdade, é por conhecer bem o mundo intelectual de sua época (sendo amigo, entre outros, de D'Alembert e de Mirabeau, além de membro da Academia Francesa), a alta sociedade na qual convivia e as esferas políticas (como secretário de ordens do príncipe de Condé), que Chamfort

---

3. *Chamfortiana*, Paris, Delance et Lesuer, 1802, p. XXXV-XL.

podia sentir melhor a injustiça de um sistema social baseado em privilégios. É claro que o mecenato de reis e aristocratas (aquele mesmo cujo desaparecimento, depois da Revolução, provocava o ressentimento de Honoré de Balzac) possibilitava a sobrevivência de muitos artistas e filósofos; para Chamfort, no entanto, era algo humilhante que alguém com talento real tivesse, para sobreviver, de se submeter aos caprichos de um senhor e prestar-lhe homenagens. Seu sonho era produzir uma sociedade que reconhecesse e enaltecesse o talento, independentemente da classe social e de títulos honoríficos, sem exigir do artista ou intelectual qualquer tipo de rebaixamento. Foi esse sentimento que logo cedo o levou ao republicanismo e o transformou em um dos artífices intelectuais da Revolução Francesa.

Impossibilitado, portanto, de se afastar da alta sociedade, da vida na corte (o único meio no qual um intelectual ou artista poderia obter algum reconhecimento e sustento), Chamfort dedicou-se a apreciar o mundo que o cercava de um ponto de vista profundamente filosófico, redigindo centenas de máximas e pequenas histórias. Nelas, analisa o comportamento humano de uma perspectiva crítica, denunciando os vícios e exaltando as virtudes do homem em geral e dos homens com os quais era muitas vezes forçado a conviver.

Essas máximas, que permaneceram inéditas até depois de sua morte precoce – como consequência das sequelas provocadas por uma desesperada tentativa de suicídio –, foram recolhidas por um amigo e publicadas com grande sucesso, adquirindo muitas vezes o caráter anônimo das expressões populares. Com um título geral de "Produtos da civilização aperfeiçoada", esses escritos de Chamfort foram divididos por seus primeiros editores em duas obras: as "Máximas e pensamentos" (com cerca de 530 aforismos) e as "Anedotas e caracteres" (com cerca de 750 aforismos).

Nas "Máximas e pensamentos", predominam os exemplos morais

> Um homem que se obstina em não deixar que a sua razão, a sua probidade ou pelo menos os seus escrúpulos se dobrem sob o peso de nenhuma das convenções absurdas ou desonestas da sociedade, que não transige jamais mesmo nas ocasiões em que ele tem interesse em transigir, acaba

infalivelmente por ficar sem apoio, não tendo outro amigo além de um ser abstrato que se chama virtude, que vos deixa morrer de fome.

e a denúncia dos abusos e dos vícios da sociedade

É preciso convir que é impossível viver neste mundo sem representar, de tempos em tempos, uma comédia. O que distingue o homem honesto do patife é que o primeiro não representa senão em casos forçados e para escapar ao perigo, enquanto o outro se antecipa a essas ocasiões.

Já nas "Anedotas e caracteres", foram reunidos os textos que, sem perderem de vista o aspecto moral e a perspectiva crítica, lidam com uma realidade mais imediata e palpável. Nessas pequenas histórias, em que a baixeza e a pusilanimidade caminham ao lado da hipocrisia e do interesse, percebe-se claramente a presença de Chamfort, confidente e personagem, tentando inutilmente digerir os seus "sapos" matinais. Aqui, a perda de uma visão mais universal é compensada pela presença sensível de algumas das mais notáveis figuras do Iluminismo francês, como Voltaire, Rousseau e Diderot, além de Luís XV, Luís XVI e Frederico da Prússia.

Dizer que esses textos – escritos ao sabor dos acontecimentos, em centenas de pequenas tiras de papel – não estavam destinados à publicação seria o mesmo que ignorar o caráter do escritor, do filósofo e do próprio ser humano. No fundo, ninguém coloca seus pensamentos no papel com a intenção de mantê-los para sempre em sigilo. Nunca escrevemos só para nós mesmos. Mesmo quando não temos um interlocutor direto, é sempre para um "outro" que falamos. Além do mais, o próprio ato de escrever abre a possibilidade de que algo de nós transcenda, que sobreviva, que permaneça para lá de nossa efêmera duração. No caso de Chamfort, essas duas obras póstumas foram as únicas que realmente alcançaram uma efetiva posteridade[4].

Quanto às críticas propriamente ditas que Chamfort faz à sociedade de sua época, ele a considera – com bastante razão – corrompida e corrup-

---

4. Embora Chamfort tenha sido um autor prolífico. As suas "obras completas", publicadas entre 1824 e 1825 (Paris: Chaumerot Jeune), abrangem cinco volumes e quase 2.300 páginas.

tora, algo que, segundo ele, só uma revolução radical poderia mudar. Essa foi sua última crença, o último suspiro de esperança, que sucumbiu diante de uma realidade que se revelou ainda pior do que ele imaginava: os homens (em sua grande maioria) não queriam ser salvos; o que eles queriam era apenas trocar de papéis nesse grande teatro, tornar-se senhores e não mais servos e escravos. O idealista, nesse momento, tombou infeliz diante de seu ideal usurpado. Chamfort cansou, desistiu, preferiu a morte. Mas a questão é: a culpa disso é do próprio ideal, em si irrealizável, ou dos homens que não sabem levar até as últimas consequências os seus sonhos de liberdade, igualdade e fraternidade? Ou, mais ainda: de que "homens" estamos falando? Se existissem milhares de homens como Chamfort (que é exceção, e não regra, diria Kierkegaard), a Revolução estaria salva (aliás, ela nem seria necessária), mas ela foi feita pelos "homens gerais", pelos que são "regras", pelos homens comuns, cheios de fraquezas e vícios que o próprio Chamfort não cansava de criticar (ou será que sua revolta contra os abusos dos poderosos o teria levado a essa pequena cegueira com relação aos mais desfavorecidos, como se houvesse uma diferença essencial, de natureza, entre ricos e pobres, opressores e oprimidos, nobres e plebeus?). Terá ele esquecido, por algum momento, o tal baile de máscaras?

Em suma, sendo testemunha e ator na Revolução de 1789, Chamfort viu seus ideais de justiça e de igualdade serem substituídos pelo "Terror", do qual foi uma vítima constante. Sua tentativa de suicídio pode, assim, ser considerada uma reação extrema à cegueira moral da humanidade – que está sempre repetindo os mesmos erros –, e o exílio voluntário de quem perdeu todas as suas paixões. Sem dúvida, é natural que um homem se desespere diante da perspectiva de ver todos os seus sonhos morrerem, mas talvez, como dizia Nietzsche (que admirava Chamfort como escritor e pensador[5]), não deixa de ser uma forma de ressentimento contra a vida

---

5. "Quando lemos Montaigne, La Rochefoucauld, La Bruyère, Fontenelle, Vauvenargues e Chamfort, estamos mais perto da Antiguidade do que com qualquer outro grupo de seis autores de um outro povo. Através desses seis escritores, o espírito dos últimos séculos da era antiga reviveu novamente – reunidos, eles formam um elo importante na grande corrente contínua da Renascença. Seus livros elevam-se acima da mudança no gosto nacional e das nuanças filosóficas, onde cada livro acredita dever cintilar agora para tornar-se célebre; eles

refugiar-se em ideais – e, além do mais, se os homens são realmente cegos, pode-se até dizer que eles não são tão inocentes de seus desvarios, mas também não são inteiramente culpados. É preciso, na verdade, atacar os atavismos e o niilismo (essa grande doença humana[6] que sempre reduz tudo a nada, que esvazia a vida, que a torna menor e insignificante, sem importância), mas não se pode sucumbir junto com os homens. Com isso, queremos dizer apenas que se por um lado o desencanto e o desespero de Chamfort são justificados, por outro revelam ainda alguma inocência com relação à humanidade.

"O moralista da revolta": é assim que Albert Camus define Chamfort. De fato, para Camus, o autor dessas máximas redige, através desses fragmentos que exalam a força de um pensador legitimamente comprometido com a vida, uma espécie de "comédia mundana", da qual ele mesmo é o protagonista oculto. Engajado na luta revolucionária, ele viu, ao mesmo tempo, a vitória de sua causa e a morte de seus ideais, afogados impiedosamente em sangue. Perseguido e desiludido como político, Chamfort sobrevive como um filósofo coerente, com um caráter e uma visão de mundo que o isolavam de tudo aquilo que era vil. As palavras de Camus expressam bem o que foi a vida desse filósofo: "Ele e Nietzsche pagaram aquilo que era necessário por isso, dando provas de que a aventura de uma inteligência em busca de sua justiça profunda pode ser tão sangrenta quanto as maiores conquistas". Sim, sangue e vida, eis o que ambos deram à humanidade atra-

---

contêm mais ideias verdadeiras do que todas as obras da filosofia alemã juntas: ideias desta espécie particular que cria ideias e que... estou embaraçado para terminar a definição; em suma, esses escritores me parecem não ter escrito nem para as crianças e nem para os exaltados, nem para as jovens virgens e nem para os cristãos, nem para os alemães e nem para... eis-me ainda embaraçado para terminar a minha lista. – Mas, para formular um louvor bem inteligível, direi que, escritas em grego, suas obras teriam sido compreendidas pelos gregos." (Nietzsche, *O viajante e sua sombra*, 214)

6. Para Nietzsche, que nasceu muito depois de Chamfort (embora não seja por essa razão que ele possua, segundo pensamos, uma visão mais aguçada das causas que levam os homens a viverem de modo covarde e a se autodestruírem ativa e passivamente), o niilismo tem como pano de fundo o cristianismo que devastou o Ocidente: sua vitória, mas também a desilusão e o desencanto que se seguiram à perda da fé e da crença; a vida que perde seu sentido superior e, então, deve ser reduzida a nada. Eis a vingança do ser religioso. A vida deve ser desprezada, deve ser menor: o homem sem vontade.

vés de seus escritos e pelo exemplo de suas vidas, sempre em consonância com seus pensamentos. "O homem pode mais": essa é a verdade maior que esses filósofos expressam. Mas é preciso querer, e querer de um modo superior, sobre-humano. Querer, acima de tudo, esmagar em nós mesmos as mentiras, as covardias e as fraquezas que nos transformam, ao mesmo tempo, em vítimas e carrascos da existência.

Regina Schöpke

Máximas e pensamentos

TEXTO ORIGINAL

Oeuvres complètes de Chamfort, publicadas por Pierre-René Auguis

Paris, Chaumerot Jeune, 1824 (volume I, páginas 337-449)

CAPÍTULO PRIMEIRO

Máximas gerais

1[1]

As máximas e os axiomas são, assim como os compêndios, obras de pessoas de espírito que trabalham, ao que parece, para o uso dos espíritos medíocres ou preguiçosos. O preguiçoso acomoda-se com uma máxima que o dispensa de fazer ele próprio as observações que conduziram o autor da máxima ao resultado que ele apresenta ao seu leitor. O preguiçoso e o homem medíocre acreditam-se dispensados de ir além, conferindo à máxima uma generalidade que o autor – a não ser que ele próprio seja medíocre (o que ocorre algumas vezes) – não pretendeu lhe dar. O homem superior percebe num instante as semelhanças e as diferenças que fazem com que a máxima seja mais ou menos aplicável a um determinado caso, ou não o seja de modo algum. Ocorre aí o mesmo que com a história natural, em que o desejo de simplificar imaginou as classes e as divisões. É necessário ter espírito para elaborá-las, pois é necessário comparar e observar as relações. Porém, o grande naturalista, o homem de gênio, vê que a natureza é pródiga em seres individualmente diferentes, vê a insuficiência das divisões e das classes – que são de tão grande utilidade para os espíritos medíocres ou preguiçosos. Podemos associá-los: trata-se quase sempre da mesma coisa, quase sempre de causa e efeito.

---

1. Na edição original, os aforismos não são numerados. Optamos por numerá-los a fim de facilitar a consulta do leitor. (As notas que não indicam autoria são de tradução.)

2

A maioria dos organizadores de antologias de versos ou ditos espirituosos assemelha-se aos que comem cerejas ou ostras: escolhem de início as melhores e acabam comendo tudo.

3

Seria uma coisa curiosa um livro que apontasse todas as ideias corruptoras do espírito humano, da sociedade e da moral, que se encontram desenvolvidas ou supostas nos escritos mais célebres e nos autores mais consagrados; ideias que propagam a superstição religiosa, as máximas políticas ruins, o despotismo, a vaidade de classe e os preconceitos populares de todos os tipos. Veríamos que quase todos os livros são corruptores e que os melhores fazem quase tanto mal quanto bem.

4

Não param de escrever sobre a educação, e as obras escritas sobre esse tema produziram algumas ideias felizes e alguns métodos úteis; fizeram, em poucas palavras, algum bem parcial. Porém, qual pode ser, em termos efetivos, a utilidade desses escritos, enquanto não se fizer andar as reformas relativas à legislação, à religião e à opinião pública? Como a educação não tem outro objetivo senão conformar a razão da infância com a razão pública, em relação a esses três objetos, que instrução se pode dar enquanto estes se combatem? Formando a razão da infância, o que fazem vocês além de prepará-la para ver mais cedo o absurdo das opiniões e dos costumes consagrados pelo selo da autoridade sagrada, pública ou legislativa e, por conseguinte, de inspirar-lhe o desprezo por elas?

5

É uma fonte de prazer e de filosofia fazer a análise das idéias presentes nos diversos juízos emitidos por um determinado homem ou uma determinada sociedade. O exame das idéias que determinam qualquer opinião pública não é menos interessante, e muitas vezes é mais.

6

Ocorre com a civilização o mesmo que com a cozinha. Quando vemos sobre uma mesa pratos leves, saudáveis e bem preparados, ficamos muito contentes que a cozinha tenha se tornado uma ciência. Porém, quando vemos molhos, cremes e patês de trufas, maldizemos os cozinheiros e sua arte funesta: na aplicação[2].

7

O homem, no estado atual da sociedade, parece-me mais corrompido pela razão do que pelas paixões. As paixões (e refiro-me aqui às que pertencem ao homem primitivo) conservaram, na ordem social, o pouco de natureza que ainda se encontra nela.

8

A sociedade não é, como normalmente se acredita, o desenvolvimento da natureza, mas sim sua decomposição e sua reforma. É um segundo edifício, construído com os escombros do primeiro; encontramos seus cacos com um prazer misturado à surpresa. É aquele que proporciona a expressão ingênua de um sentimento natural que escapa no convívio social. Acontece até de ele agradar mais, se a pessoa da qual ele escapa é de uma classe mais elevada, ou seja, mais distante da natureza. Ele encanta em um rei, porque

---

2. Acreditamos que o sentido pouco claro deste e de outros fragmentos se deva ao fato de que Chamfort não devia revisar esses escritos, já que não tinha a intenção de publicá-los.

um rei está na extremidade oposta. É um fragmento da antiga arquitetura dórica ou coríntia num edifício grosseiro e moderno.

9

Em geral, se a sociedade não fosse uma composição fictícia, os sentimentos simples e verdadeiros não produziriam o grande efeito que produzem: agradariam sem surpreender. Mas eles surpreendem e agradam. Nossa surpresa é a sátira da sociedade, e nosso prazer é uma homenagem à natureza.

10

Os patifes sempre necessitam um pouco da sua honra, do mesmo modo como os espiões da polícia, que recebem menos se não forem vistos em boa companhia.

11

Um homem do povo ou um mendigo podem se deixar desprezar sem darem a ideia de que são homens vis, se o desprezo parecer dirigido apenas ao seu exterior. Esse mesmo mendigo, porém, se deixasse que insultassem sua consciência, mesmo que fosse pelo primeiro soberano da Europa, tornar-se-ia, então, tão vil por sua pessoa quanto por seu estado.

12

É preciso convir que é impossível viver neste mundo sem representar, de tempos em tempos, uma comédia. O que distingue o homem honesto do patife é que o primeiro somente representa caso forçado, e para escapar ao perigo, enquanto o outro se antecipa a essas ocasiões.

13

Faz-se algumas vezes, neste mundo, um raciocínio bem estranho. Dizem a um homem, querendo recusar seu testemunho em favor de outro homem:

– Ele é seu amigo.

– Mas com os diabos! Ele é meu amigo porque as coisas boas que digo dele são verdadeiras, porque ele é tal como o descrevo. Vocês tomam a causa pelo efeito e o efeito pela causa. Por que supõem que falo bem dele? Porque é meu amigo? E por que não supõem, antes, que ele é meu amigo porque existem coisas boas a serem ditas sobre ele?

14

Existem duas classes de moralistas e de políticos: aqueles que só veem a natureza humana pelo lado odioso ou ridículo (e estes são os mais numerosos: Luciano, Montaigne, La Bruyère, La Rochefoucauld, Swift, Mandeville[3], Helvétius etc.) e aqueles que só a veem pelo lado belo e por suas perfeições (é o caso de Shaftesbury[4] e de alguns outros). Os primeiros não conhecem o palácio, do qual só viram as latrinas; os segundos são entusiastas que desviam os olhos para longe daquilo que os ofende, e que nem por isso deixa de existir. *Est in medio verum*[5].

15

Querem a prova da perfeita inutilidade de todos os livros de moral, dos sermões etc.? Basta dar uma olhada no preconceito da nobreza hereditária. Existe algum defeito contra o qual os filósofos, os oradores e os poetas tenham lançado mais farpas satíricas, que mais tenha posto à prova os espíritos de toda espécie, e que tenha gerado mais sarcasmos? Isso fez com que acabassem as apresentações ou a fantasia de subir nas carruagens? Isso fez com que se suprimisse o cargo de Chérin[6]?

---

3. Bernard de Mandeville (1670-1733), médico, filósofo e escritor holandês, autor de *Fábula das abelhas*, obra de grande sucesso.
4. Anthony Ashley Cooper, terceiro conde de Shaftesbury (1671-1713), filósofo deísta inglês e discípulo de Locke.
5. "A verdade está no meio".
6. Na Corte de Luís XVI, Chérin ocupava o cargo de "genealogista" e era responsável pela comprovação da nobreza daqueles que queriam ser admitidos no convívio do rei. Segundo

16

No teatro, visa-se ao efeito. Porém, o que distingue o bom e o mau poeta é que o primeiro quer causar efeito por meios razoáveis, enquanto para o segundo todos os meios são excelentes. Acontece o mesmo com relação às pessoas honestas e aos patifes, que querem igualmente fazer fortuna: as primeiras só se utilizam de meios honestos, enquanto os outros se valem de todos os tipos de meios.

17

A filosofia, assim como a medicina, tem muitas drogas, pouquíssimos bons remédios e quase nenhum específico[7].

18

Contam-se cerca de cento e cinquenta milhões de almas na Europa, o dobro na África e mais do triplo na Ásia. Se admitirmos que a América e as Terras Austrais contenham apenas a metade daquilo que apresenta nosso hemisfério, é possível assegurar que morrem todos os dias, em nosso globo, mais de cem mil homens. Um homem que tivesse vivido apenas trinta anos ainda assim teria escapado cerca de mil e quatrocentas vezes dessa espantosa destruição.

19

Vi homens dotados apenas de uma razão simples e reta, sem grande extensão e sem muita elevação de espírito. E essa razão simples foi suficien-

---

uma norma estabelecida por Luís XV, em 1760: "No futuro, nenhuma mulher será apresentada a Sua Majestade e nenhum homem poderá mais ser admitido em suas carruagens, e acompanhar o rei à caça, a menos que tenham previamente apresentado, diante do genealogista encarregado, três títulos que estabeleçam cada grau da família do marido, tais como contratos de casamento, testamentos, partilhas, atos de tutela, doações etc., por meio dos quais a filiação seja claramente estabelecida desde o ano de 1400".
7. Medicamento utilizado para tratar de uma doença específica.

te para fazer com que pusessem em seu devido lugar as vaidades e as tolices humanas, para dar-lhes o sentimento de sua dignidade pessoal e para fazer com que apreciassem esse mesmo sentimento nas outras pessoas. Vi mulheres quase na mesma situação, em que um sentimento verdadeiro, bem cedo experimentado, pôs no nível dessas mesmas ideias. Deduz-se dessas duas observações que aqueles que dão grande valor a essas vaidades e a essas tolices humanas pertencem à ultima classe da nossa espécie.

20

Aquele que não sabe recorrer aos gracejos no momento certo, e que carece de flexibilidade no espírito, acha-se muitas vezes entre a necessidade de ser falso ou de ser pedante – alternativa incômoda, à qual um homem honesto se furtaria, usualmente, por meio da graça e da alegria.

21

Muitas vezes, uma opinião ou um costume começam a parecer absurdos na nossa primeira juventude e, conforme avançamos na vida e descobrimos sua razão, vão nos parecendo menos absurdos. Seria necessário concluir daí que certos costumes não são tão ridículos? Seríamos levados a pensar, algumas vezes, que foram estabelecidos por pessoas que leram o livro da vida por inteiro, e que são julgados por pessoas que, apesar de seu espírito, não leram senão algumas páginas.

22

Parece que – de acordo com as ideias recebidas neste mundo e com as conveniências sociais – é necessário que um sacerdote, ou um padre, tenha um pouco de crença para não ser hipócrita, mas não esteja tão seguro de sua verdade para não ser intolerante. O vigário-geral pode sorrir de uma conversa contra a religião, o bispo pode rir abertamente e o cardeal pode inserir um comentário.

23

A maior parte dos nobres lembra seus ancestrais do mesmo modo como um *cicerone*[8] da Itália lembra Cícero.

24

Li, não sei em que viajante, que certos selvagens da África acreditam na imortalidade da alma. Sem pretender explicar aquilo em que se transforma, eles creem que, depois da morte, ela erra nos matagais que cercam as aldeias e procuram-na por várias manhãs seguidas. Quando não a encontram, abandonam a busca e não pensam mais nisso. É mais ou menos aquilo que nossos filósofos têm feito, e o que de melhor eles tinham para fazer.

25

É preciso que um homem honesto obtenha a estima pública sem ter se preocupado com isso e, por assim dizer, contra a sua vontade. Aquele que a procura dá a medida do que é capaz.

26

Existe, na Bíblia, uma bela alegoria: é esta árvore da ciência do bem e do mal que produz a morte. Será que esse símbolo não quer dizer que, quando se penetra o fundo das coisas, a perda das ilusões conduz à morte da alma, ou seja, a um completo desinteresse por tudo que toca e ocupa os outros homens?

27

É necessário que exista de tudo neste mundo. É preciso que, mesmo nas combinações fictícias do sistema social, haja homens que oponham a natu-

---

8. Guia turístico. Também é a forma italiana do nome do orador romano Marco Túlio Cícero (106-43 a.C.).

reza à sociedade, a verdade à opinião, a realidade à coisa convencional. Trata-se de um gênero de espírito e de caráter muito atraente, e cujo domínio se faz sentir mais vezes do que se imagina. Existem pessoas às quais é necessário apenas apresentar o que é verdadeiro, para que elas corram para ele com uma surpresa ingênua e interessada. Ficam espantadas de que uma coisa tão impressionante (quando se sabe torná-la assim) tenha até então lhes escapado.

28

Acredita-se que o surdo é infeliz na sociedade. Será que esse não é um juízo ditado pelo amor-próprio da sociedade, que diz: "Deve-se lamentar muito por esse homem por não poder escutar o que dizemos"?

29

O pensamento consola de tudo e dá remédio a tudo. Se algumas vezes ele lhe causa o mal, peça-lhe o remédio para o mal que ele lhe causou e ele o dará.

30

Existem – não se pode negar – alguns grandes caracteres na história moderna, e não se pode compreender como é que se formaram: parecem deslocados, como cariátides num pavimento intermediário[9].

31

A melhor filosofia, com relação ao mundo, é aliar, no que diz respeito a ele, o sarcasmo da alegria com a indulgência do desprezo.

---

9. As cariátides são colunas de formas femininas, utilizadas para apoiar a parte superior das construções.

32

Fico tão espantado de ver um homem fatigado pela glória como fico de ver outro importunado pelo barulho que fazem em sua sala de espera.

33

Tenho visto, neste mundo, sacrificarem incessantemente a estima das pessoas honestas à consideração e o repouso à celebridade.

34

Uma grande prova da existência de Deus, segundo Dorilas, é a existência do homem, do homem por excelência, no sentido menos suscetível de equívoco, no sentido mais exato e, por conseguinte, um tanto circunscrito: em poucas palavras, do homem de qualidade. Trata-se da obra-prima da Providência ou, antes, da única obra imediata de suas mãos. Porém, sustentam, asseguram que existem seres de uma semelhança perfeita com essa arte privilegiada. Dorilas diz: "Será verdade? Como! A mesma figura! A mesma conformação exterior!". Pois bem, o que ele fará com a existência desses indivíduos, desses homens (já que assim são chamados) que outrora negou; que viu – para sua grande surpresa – ser reconhecida por vários de seus pares; que, só por essa razão, não nega mais formalmente; sobre a qual agora só tem névoas, dúvidas bastante perdoáveis, totalmente involuntárias, contra a qual se contenta em protestar simplesmente por meio da altivez, pelo esquecimento das conveniências ou por bondades desdenhosas? O que fará com a existência de todos esses seres, sem dúvida mal definidos? Como a explicará? Como conciliará esse fenômeno com sua teoria? Em que sistema físico, metafísico ou, se preciso for, mitológico, buscará a solução para esse problema? Ele reflete, cisma, tem boa-fé. A objeção é especiosa; ele ficou abalado com isso. Ele tem espírito, conhecimentos; vai encontrar a chave do enigma. Ele a encontrou, ele a tem; a alegria brilha em seus olhos. Silêncio. É conhecida, na teologia persa, a doutrina dos dois princípios, o do bem e o do mal. Mas, então, não percebeu? Nada mais simples. O gênio, os talentos e as virtudes são invenções do mau princípio, de Arimã, do Diabo, para pôr em evidência, para produzir escancaradamente certos miseráveis, plebeus reconhecidos, verdadeiros vilões ou apenas fidalgos.

35

Quantos militares distintos, quantos oficiais-generais são mortos sem terem transmitido seus nomes à posteridade? Nisso, são menos felizes que Bucéfalo[10] e mesmo que o mastim espanhol Berecillo, que devorava os índios de São Domingos e recebia o equivalente ao soldo de três soldados!

36

Desejamos a preguiça de um malvado e o silêncio de um tolo.

37

O que melhor explica por que o homem desonesto, e algumas vezes até mesmo o tolo, quase sempre conseguem fazer melhor o seu caminho no mundo que o homem honesto e o homem de espírito, é que o desonesto e o tolo têm menos dificuldade para se manterem a par e no tom do mundo – que, de modo geral, não passa de desonestidade e de tolice. Já o homem honesto e o homem sensato, não podendo entrar logo em relações com o mundo, perdem um tempo precioso para a fortuna. Os primeiros são como mercadores que, sabendo a língua do país, vendem e renovam seus estoques imediatamente, enquanto os outros são obrigados a aprender a língua de seus vendedores e de seus fregueses, antes de expor a mercadoria e de entrar em negociação. Algumas vezes, eles desdenham até mesmo de aprender essa língua e voltam de lá sem ter feito nenhum negócio.

---

10. Cavalo que pertenceu a Alexandre, o Grande.

38

Existe uma prudência superior àquela que se qualifica ordinariamente com esse nome: uma é a prudência da águia, a outra é a das toupeiras. A primeira consiste em seguir ousadamente seu caráter, aceitando com coragem as desvantagens e os inconvenientes que ele pode causar.

39

Para conseguirmos perdoar a razão pelo mal que ela faz à maioria dos homens, temos de considerar o que seria do homem sem a razão. Ela é um mal necessário.

40

Existem tolices bem paramentadas, assim como existem tolos muito bem vestidos.

41

Se tivessem dito a Adão, no dia seguinte à morte de Abel, que em alguns séculos haveria lugares onde, no perímetro de quatro léguas quadradas, se encontrariam reunidos e amontoados setecentos ou oitocentos mil homens, será que ele teria acreditado que essas multidões pudessem algum dia viver juntas? Será que não teria feito uma ideia ainda mais pavorosa dos crimes e das monstruosidades que ali são cometidos? Eis a reflexão que é preciso fazer para se consolar dos abusos ligados a essas espantosas reuniões de homens.

42

As pretensões são uma fonte de sofrimentos, e a época da felicidade da vida começa no momento em que elas acabam. Uma mulher ainda é bonita no momento em que sua beleza decai? Suas pretensões a tornam ridícula ou infeliz: dez anos depois, mais feia ou velha, ela está calma e tranquila. Se um homem está na idade em que se pode ou não ter sucesso com as mulheres, expõe-se a inconvenientes, e mesmo a afrontas. A partir do momento em que se torna inútil, não há mais incertezas e ele fica tranquilo. Em tudo, o mal provém do fato de que as ideias não são fixas e definidas: mais vale ser menos, mas incontestavelmente aquilo que se é. Se constatarmos bem, a condição dos duques e dos pares vale mais do que a dos príncipes estrangeiros, que têm de lutar incansavelmente pela preminência. Se Chapelain[11] tivesse seguido o conselho de Boileau no famoso verso: "Por que ele não escreve em prosa?", teria se poupado de muitos tormentos e alcançado talvez a notoriedade, de outra forma que não pelo ridículo.

43

"Não tens vergonha de querer falar melhor do que podes?", dizia Sêneca a um de seus filhos, que não conseguia achar o início para um discurso que ele havia começado. O mesmo poderia ser dito aos que adotam princípios mais fortes do que seu caráter: "Não tens vergonha de querer ser mais filósofo do que podes?".

44

A maioria dos homens que vive neste mundo vive nele tão atordoadamente, pensa tão pouco que não conhece este mundo que tem permanentemente diante dos olhos. "Eles não o conhecem", dizia graciosamente o sr. de B...[12], "pela mesma razão por que os besouros não sabem história natural."

45

Vendo Bacon, no começo do século XVI, indicar ao espírito humano a marcha que este devia seguir para reconstruir o edifício das ciências, quase

---

11. Jean Chapelain (1595-1674), poeta francês duramente criticado por Boileau.
12. Georges-Louis Leclerc, conde de Buffon (1707-88), célebre naturalista francês.

deixamos de admirar os grandes homens que lhe sucederam, tais como Boyle, Locke etc. Ele lhes distribui de antemão o terreno que tinham a desbravar ou conquistar. É César, senhor do mundo após a vitória de Farsália, dando reinos e províncias a seus seguidores ou a seus favoritos.

46

Nossa razão às vezes nos torna tão infelizes quanto nossas paixões; e podemos dizer do homem – quando está nessa condição – que se trata de um doente envenenado por seu médico.

47

O momento em que perdemos as ilusões e as paixões da juventude quase sempre deixa pesares. Porém, algumas vezes, odiamos o sortilégio que nos enganou. É Armida[13], que queima e destrói o palácio em que foi encantada.

48

Os médicos e os homens comuns não veem com maior clareza, tanto uns quanto os outros, nas doenças e no interior do corpo humano. São todos cegos. Porém, os médicos são cegos que conhecem melhor as ruas e se saem melhor da situação.

49

Você pergunta como se faz fortuna. Veja o que acontece na plateia de um espetáculo nos dias em que há multidão: uns ficam atrás, os primeiros recuam e os últimos são levados para a frente. Essa imagem é tão precisa que a palavra que a exprime entrou para a linguagem popular. O povo chama fazer fortuna de "abrir caminho". "Meu filho, meu sobrinho vai abrir

---

13. Personagem da epopeia *Jerusalém libertada*, de Torquato Tasso.

caminho." As pessoas honestas dizem "adiantar-se", "avançar", "alcançar", termos suavizados que afastam a ideia acessória de força, violência e grosseria, mas deixam subsistir a ideia principal.

50

O mundo físico parece obra de um ser poderoso e bom, que foi obrigado a entregar a um ser malfazejo a execução de uma parte de seu projeto. Porém, o mundo moral parece ser produto dos caprichos de um diabo que enlouqueceu.

51

Aqueles que dão apenas sua palavra como garantia para uma afirmação, a qual recebe a sua força de suas provas, lembram aquele homem que dizia: "Tenho a honra de assegurar-lhe que a Terra gira em torno do Sol".

52

Nas grandes coisas, os homens mostram-se como lhes convêm; nas pequenas, mostram-se como são.

53

O que é um filósofo? É um homem que opõe a natureza à lei, a razão ao costume, sua consciência à opinião e seu juízo ao erro.

54

Um tolo que tem um momento de espírito espanta e escandaliza, tal como cavalos de carroça a galope.

55

Não estar nas mãos de ninguém, ser o *homem de seu coração*, de seus princípios, de seus sentimentos: é o que de mais raro tenho visto.

56

Em vez de querer corrigir os homens de certos defeitos insuportáveis ao convívio social, seria necessário corrigir a fraqueza daqueles que os suportam.

57

Três quartos das loucuras não passam de tolices.

58

A opinião é a rainha deste mundo, pois a tolice é a rainha dos tolos.

59

É preciso saber cometer as tolices que exige o nosso caráter.

60

A importância sem mérito obtém o respeito sem estima.

61

Grandes e pequenos, por mais que façam, devem sempre dizer uns aos outros como a carruagem aos cortesãos em *Le moulin de Javelle*[14]: "Vocês e nós não podemos viver uns sem os outros".

---

14. Comédia de Florent Dancourt que estreou em 1696.

62

Alguém disse que a providência era o nome de batismo do acaso: algum devoto dirá que o acaso é o apelido da providência.

63

Há poucos homens que se permitem um uso vigoroso e intrépido da razão, e ousam aplicá-la a todos os objetos com toda a sua força. Chegou o momento em que é preciso aplicá-la assim a todos os objetos da moral, da política e da sociedade, aos reis, aos ministros, aos grandes e aos filósofos, aos princípios das ciências, das belas-artes etc.: sem isso, permaneceremos na mediocridade.

64

Há homens que têm necessidade de primazia, de elevar-se acima dos outros, seja a que preço for. Tudo para eles dá no mesmo, desde que estejam em evidência na tribuna do charlatão. Num teatro, num trono ou num cadafalso, estarão sempre bem, desde que sejam o centro das atenções.

65

Os homens tornam-se pequenos quando estão reunidos: são os diabos de Milton, obrigados a transformar-se em pigmeus para entrar no *pandaemonion*[15].

66

Aniquilamos nosso próprio caráter por temor de atrair os olhares e a atenção; e precipitamo-nos na nulidade para escapar ao perigo de sermos pintados.

---

15. A corte infernal. Esse aforismo se refere ao "Paraíso perdido", célebre poema do inglês John Milton.

67

A ambição apodera-se das almas pequenas mais facilmente que das grandes, assim como o fogo pega na palha mais facilmente nas cabanas do que nos palácios.

68

O homem vive quase sempre consigo mesmo e tem necessidade de virtude. Vive com os outros e tem necessidade de honra.

69

Os flagelos físicos e as calamidades da natureza humana tornaram a sociedade necessária. A sociedade aumentou as infelicidades da natureza. Os inconvenientes da sociedade levaram à necessidade do governo, e o governo aumentou as infelicidades da sociedade. Eis a história da natureza humana.

70

O mito de Tântalo[16] praticamente só tem servido como símbolo da avareza. Porém, ele também é, no mínimo, símbolo da ambição, do amor pela glória e de quase todas as paixões.

71

A natureza, fazendo nascer ao mesmo tempo a razão e as paixões, parece ter desejado, através do segundo presente, ajudar o homem a aliviar-se do mal que lhe causou através do primeiro. E, deixando que ele viva apenas uns poucos anos depois da perda de suas paixões, parece ter tido piedade dele, libertando-o logo de uma vida que o reduziu à sua razão como único recurso.

---

16. Rei da Lídia, condenado por Júpiter a padecer perpetuamente de fome e sede insaciáveis.

72

Todas as paixões são exageradas, e só são paixões porque exageram.

73

O filósofo que deseja extinguir as paixões assemelha-se ao alquimista que quisesse apagar seu fogo.

74

O primeiro dos dons da natureza é essa força da razão que nos eleva acima de nossas próprias paixões e de nossas fraquezas, e que nos faz governar nossas qualidades, nossos talentos e nossas virtudes.

75

Por que os homens são tão tolos, tão subjugados pelo costume ou pelo temor de fazer um testamento? Em poucas palavras, por que são tão imbecis, já que depois deixam seus bens para aqueles que riem de sua morte, e não para aqueles que a choram?

76

A natureza quis que as ilusões fossem para os sábios assim como para os loucos, a fim de que os primeiros não fossem por demais infelizes por sua própria sabedoria.

77

Vendo a maneira como são tratados os doentes nos hospitais, diríamos que os homens imaginaram esses tristes asilos não para cuidar dos doentes, mas para subtraí-los aos olhares dos felizes, cujos gozos seriam perturbados por esses infortunados.

78

Em nossos dias, aqueles que amam a natureza são acusados de serem romanescos.

79

O teatro trágico tem o grande inconveniente moral de dar demasiada importância à vida e à morte.

80

O mais desperdiçado de todos os dias é aquele em que não se riu.

81

A maior parte das loucuras provém apenas da tolice.

82

Deturpamos nosso espírito, nossa consciência e nossa razão, do mesmo modo como estragamos nosso estômago.

83

As leis do segredo e do depósito são as mesmas.

84

O espírito muitas vezes é para o coração o que a biblioteca de um castelo é para o seu dono.

85

Aquilo que os poetas, os oradores e até mesmo alguns filósofos nos dizem sobre o amor à glória é o mesmo que nos diziam no colégio para nos encorajar a ganhar os prêmios. Aquilo que se diz às crianças, para convencê-las a preferirem os louvores de suas amas a uma torta, é o mesmo que se repete aos homens, para fazer com que prefiram os elogios de seus contemporâneos ou da posteridade a um interesse pessoal.

86

Quando queremos ser filósofos, não é possível sentirmos repulsa pelas primeiras descobertas mortificantes que fazemos sobre o conhecimento dos homens. Para conhecê-los, é necessário vencer o descontentamento que causam, assim como o anatomista vence a natureza, seus órgãos e sua repugnância para tornar-se hábil em sua arte.

87

Aprendendo a conhecer os males da natureza, despreza-se a morte. Aprendendo a conhecer os males da sociedade, despreza-se a vida.

88

Ocorre com o valor dos homens o mesmo que com o dos diamantes, que, até certa medida de tamanho, pureza e perfeição, têm um preço fixo e determinado, mas, para além dessa medida, deixam de ter preço e não encontram comprador.

CAPÍTULO II

Continuação das máximas gerais

89

Na França, todo mundo parece ter espírito, e a razão é simples: como tudo aqui é uma sequência de contradições, a mais leve atenção basta para fazer com que se possa observar e comparar duas coisas contraditórias. Isso produz contrastes muito naturais, que dão a quem os percebe um ar de homem de muito espírito. Narrá-las é produzir coisas grotescas. Um simples novelista torna-se uma pessoa engraçada, assim como um dia o historiador terá ares de autor satírico.

90

O público não crê de modo algum na pureza de certas virtudes e de certos sentimentos; e, geralmente, o público não consegue elevar-se senão às ideias baixas.

91

Não existe homem que possa ser, sozinho, tão desprezível quanto uma corporação. Não existe corporação que possa ser tão desprezível quanto o público.

92

Há séculos em que a opinião pública é a pior das opiniões.

93

A esperança não passa de um charlatão que nos engana sem parar. Para mim, a felicidade só começou quando a perdi. Eu colocaria de bom grado, sobre a porta do paraíso, o verso que Dante pôs sobre a porta do inferno: *Lasciate ogni speranza, voi ch'entrate*[17].

94

O homem pobre, mas independente dos homens, está apenas às ordens da necessidade. O homem rico, mas dependente, está às ordens de outro homem ou de vários.

95

O ambicioso que fracassou em seu objetivo, e vive no desespero, lembra-me Ixion posto na roda por ter abraçado uma nuvem[18].

96

Existe, entre o homem de espírito de mau caráter e o homem de espírito bom e honesto, a mesma diferença que se encontra entre um assassino e um cidadão comum que maneja bem as armas.

---

17. "Abandonai toda esperança, vós que aqui entrais."
18. Acolhido por Júpiter no Olimpo, Ixion, rei dos lápitos, teve a ousadia de desejar Juno. Para enganá-lo, Júpiter deu a uma nuvem a forma de Juno. Da união de Ixion com essa nuvem nasceram os centauros. Como castigo por sua ousadia, Ixion foi atirado no Tártaro e condenado a girar eternamente numa roda cercada de serpentes.

97

Que importa parecermos ter menos fraquezas do que um outro e darmos aos homens menos domínio sobre nós? Basta que haja apenas uma, e que seja conhecida. É preciso ser um Aquiles *sem calcanhar*, e é isso que parece impossível.

98

Tal é a miserável condição dos homens que eles precisam buscar, na sociedade, consolos para os males da natureza e, na natureza, consolos para os males da sociedade. Quantos homens não encontraram, nem em uma nem em outra, distrações para seus sofrimentos!

99

A pretensão mais iníqua e mais absurda em matéria de interesse, que seria condenada com desprezo, como insustentável, numa sociedade de pessoas honestas escolhidas como árbitros, pode transformar-se em matéria de processo na Justiça comum. Todo processo pode ser perdido ou ganho, e só se pode apostar a favor ou contra. Do mesmo modo, por mais ridícula que seja, qualquer opinião, qualquer afirmação apresentada sobre o tema de um debate entre diferentes partidos, numa corporação ou numa assembleia, pode obter a maioria dos sufrágios.

100

É uma verdade reconhecida que nosso século recolocou as palavras em seu lugar. Que, banindo as sutilezas escolásticas, dialéticas e metafísicas, ele retornou ao simples e ao verdadeiro na física, na moral e na política. Para falarmos apenas da moral, sentimos quanto a palavra "honra" está carregada de ideias complexas e metafísicas. Nosso século sentiu os inconvenientes disso e, para reconduzir tudo à simplicidade, para prevenir todo abuso das palavras, estabeleceu que a "honra" permanecia, em toda a sua integridade, em qualquer homem que nunca tivesse sido condenado pela Justiça. Antigamente, essa palavra era uma fonte de equívocos e contestações; agora, nada é mais claro. Um homem foi posto a ferros? Não foi? Eis as condições da questão. Trata-se de uma simples questão de fato, que pode ser esclarecida facilmente pelos registros do cartório. Um homem não foi posto a ferros: trata-se de um homem de honra, que pode aspirar a tudo, aos cargos do Ministério etc. Ele entra nas corporações, nas academias, nas cortes dos soberanos. Percebe-se quanto a clareza e a precisão poupam querelas e discussões, e quanto os relacionamentos da vida tornam-se cômodos e fáceis.

101

O amor à glória: uma virtude! Estranha virtude essa que se faz ajudar pela ação de todos os vícios; que recebe como estimulantes o orgulho, a ambição, a inveja, a vaidade e, algumas vezes, a própria avareza! Tito seria Tito, se tivesse tido como ministros Sejano, Narciso e Tigelino[19]?

102

A glória quase sempre expõe um homem honesto às mesmas provações que a fortuna, ou seja, ambas o obrigam, antes de deixar que as alcance, a fazer ou a suportar coisas indignas de seu caráter. O homem intrepidamente virtuoso, então, repele as duas e envolve-se na obscuridade ou no infortúnio – e algumas vezes em ambos.

---

19. Tito, imperador romano, era filho de Vespasiano; Sejano foi o mais influente e poderoso cidadão romano do governo de Tibério, mas foi executado por conspirar contra o imperador; Narciso, amigo de Nero, era considerado um dos responsáveis pela corrupção de seus costumes; e Tigelino, favorito do imperador Nero, foi um dos responsáveis pela intriga que levou à morte de Sêneca.

103

Aquele que está no justo meio entre nós e nosso inimigo parece-nos mais próximo de nosso inimigo. Trata-se de um efeito das leis da óptica, tal como aquele pelo qual o jorro de água de um chafariz parece menos distante da borda oposta àquela em que estamos.

104

A opinião pública é uma jurisdição que o homem honesto nunca deve reconhecer plenamente, e nunca deve rejeitar.

105

"Vão" quer dizer "vazio"; assim, a vaidade é tão miserável que mal se pode dizer dela algo pior do que seu nome. Ela própria se apresenta como aquilo que é.

106

Acredita-se comumente que a arte de agradar é um grande meio de fazer fortuna: saber aborrecer é uma arte que dá muito mais resultado. O talento de fazer fortuna, assim como o de conquistar as mulheres, resume-se praticamente a essa arte.

107

Há poucos homens de grande caráter que não tenham algo de romanesco na cabeça ou no coração. O homem de todo desprovido disso, por mais honestidade ou mais espírito que tenha, é com relação ao de grande caráter o mesmo que um artista cheio de habilidade, mas que não aspira a nenhum belo ideal, é com relação ao artista de gênio, que convive familiarmente com esse belo ideal.

108

Há certos homens cuja virtude brilha mais na condição privada do que o faria numa função pública. O enquadramento os prejudica. Quanto mais belo é um diamante, mais simples deve ser seu engaste. Quanto mais rico é o engaste, menos o diamante se destaca.

109

Quando não se quer ser charlatão, é preciso fugir das tribunas, porque, se subimos nelas, somos forçados a ser charlatães – senão, a assembleia nos atira pedras.

110

Existem poucos vícios que impedem um homem de ter muitos amigos, tal como podem fazê-lo as qualidades muito grandes.

111

Existem certos tipos de superioridade, certos tipos de pretensão que basta não serem reconhecidos para que sejam aniquilados; existem outros que basta não serem percebidos para que se tornem sem efeito.

112

Nós nos adiantaremos muito no estudo da moral se soubermos distinguir todos os traços que diferenciam o orgulho da vaidade. O primeiro é altivo, calmo, digno, tranquilo e inabalável; a segunda é vil, incerta, volúvel, inquieta e vacilante. Um engrandece o homem, e a outra o infla. O primeiro é a fonte de mil virtudes; a outra, a fonte de quase todos os vícios e de todos os defeitos. Há um gênero de orgulho em que se incluem todos os mandamentos de Deus e um gênero de vaidade que contém os sete pecados capitais.

113

Viver é uma doença da qual o sono nos alivia a cada dezesseis horas; é um paliativo: a morte é o remédio.

114

A natureza parece servir-se dos homens para os seus desígnios, sem preocupar-se com os instrumentos que utiliza; é quase como os tiranos, que se desfazem daqueles dos quais se serviram.

115

Existem duas coisas às quais precisamos nos habituar, sob pena de acharmos a vida insuportável: são as injúrias do tempo e as injustiças dos homens.

116

Não concebo sabedoria sem desconfiança. As Escrituras dizem que, no começo, a sabedoria era o temor a Deus; quanto a mim, acredito que é o temor aos homens.

117

Existem certos defeitos que preservam de alguns vícios epidêmicos, tal como se vê, nos períodos de peste, os doentes de febre quartã escaparem ao contágio.

118

A grande desgraça das paixões não está nos tormentos que elas causam, mas nos erros e nas torpezas que fazem cometer, e degradam o homem. Sem esses inconvenientes, teriam muitas vantagens sobre a fria razão, que não torna ninguém feliz. As paixões fazem com que o homem *viva*; a sabedoria faz apenas com que ele *dure*.

119

Um homem sem elevação não poderia ter bondade; poderia ter apenas bonomia.

120

Seria preciso poder unir os contrários: o amor à virtude com a indiferença à opinião pública, o gosto ao trabalho com a indiferença à glória, e o cuidado com a saúde com a indiferença à vida.

121

Quem faz mais por um doente de hidropisia: quem o cura de sua sede ou quem lhe dá um barril de vinho? Apliquem isso às riquezas.

122

Os malvados algumas vezes fazem boas ações. Dir-se-ia que querem ver se é verdade que isso dá tanto prazer quanto afirmam os homens honestos.

123

Se Diógenes vivesse em nossos dias, seria necessário que sua lanterna pudesse ser desligada.

124

Temos de convir que, para sermos felizes vivendo neste mundo, algumas facetas de nossa alma devem ser inteiramente *paralisadas*.

125

A fortuna e as fantasias que rodeiam a vida fazem dela uma representação no meio da qual é forçoso, ao longo do tempo, que até o homem mais honesto torne-se ator contra a vontade.

126

Nas coisas, tudo são *assuntos misturados*; nos homens, tudo são *peças a encaixar*. Na moral e na física, tudo é misto: nada é uno, nada é puro.

127

Se as verdades cruéis, as descobertas deploráveis e os segredos da sociedade que compõem a ciência de um homem do mundo que já passou dos quarenta anos tivessem chegado ao conhecimento desse mesmo homem quando ele tinha vinte, ele teria caído no desespero ou se corrompido por si próprio, de forma deliberada. E, no entanto, vemos um pequeno número de homens sábios, que já chegaram a essa idade, instruídos sobre todas essas coisas e muito esclarecidos, não serem nem corrompidos nem infelizes. A prudência direciona suas virtudes através da corrupção pública, e a força de seu caráter, junto com as luzes de um espírito desenvolvido, eleva-os acima do pesar que inspira a perversidade dos homens.

128

Quer ver a que ponto cada posição na sociedade corrompe os homens? Examine aquilo em que se tornaram quando experimentaram por muito tempo sua influência, ou seja, na velhice. Veja aquilo que é um velho cortesão, um velho padre, um velho juiz, um velho procurador, um velho cirurgião etc.

129

O homem sem princípios também é ordinariamente um homem sem caráter, porque, se tivesse nascido com caráter, teria sentido a necessidade de desenvolver princípios.

130

Podemos apostar que qualquer ideia pública, qualquer convenção recebida é uma tolice, porque foi aceita pela maioria.

131

A estima vale mais que a celebridade, a consideração vale mais que a reputação, e a honra vale mais que a glória.

132

Muitas vezes é o motor da vaidade que faz com que um homem mostre toda a energia de sua alma. Uma vara unida a uma ponteira de aço produz uma lança; duas penas unidas a uma vara produzem uma flecha.

133

As pessoas fracas são as tropas de assalto do exército dos malvados. Elas fazem mais mal que o próprio exército: infestam e assolam.

134

É mais fácil legalizar certas coisas do que legitimá-las.

135

Celebridade: a vantagem de ser conhecido por aqueles que não nos conhecem.

136

Compartilhamos com prazer a amizade de nossos amigos com pessoas pelas quais temos pouco interesse pessoal; porém o ódio, mesmo o mais justo, tem dificuldade para se fazer respeitar.

137

Certo homem foi temido por seus talentos, odiado por suas virtudes e garantido apenas por seu caráter. Porém, quanto tempo se passou até que a justiça fosse feita!

138

Na ordem natural, assim como na ordem social, não se pode querer ser mais do que se pode ser.

139

A tolice não seria totalmente tolice se não temesse o espírito. O vício não seria totalmente vício se não odiasse a virtude.

140

Não é verdade (como diz Rousseau, citando Plutarco) que quanto mais se pensa, menos se sente. Porém, é verdade que quanto mais se julga, menos se ama. Poucos homens nos levam ao caso de fazer exceção à regra.

141

Aqueles que estão sempre de acordo com a opinião geral assemelham-se a esses atores que representam mal para serem aplaudidos, quando o gosto do público é ruim: alguns teriam meios de representar bem, se o gosto do público fosse bom. O homem honesto representa seu papel da melhor maneira possível, sem pensar na plateia.

142

Existe uma espécie de prazer ligado à coragem que se coloca acima da fortuna. Desprezar o dinheiro é destronar um rei: é sedutor.

143

Existe um tipo de indulgência para com os inimigos que mais parece uma tolice do que bondade ou grandeza de alma. O sr. de C... parece-me ridículo por causa da dele. Parece-me semelhante ao Arlequim que diz: "Tu me deste uma bofetada. Pois bem, eu ainda não estou zangado". É preciso ter espírito para odiar seus inimigos.

144

Robinson em sua ilha, privado de tudo e forçado aos mais penosos trabalhos para assegurar sua subsistência cotidiana, suporta a vida e até sente, como ele próprio reconhece, vários momentos de felicidade. Suponhamos que ele estivesse em uma ilha encantada, provida de tudo que é agradável à vida: talvez a ociosidade tivesse tornado sua existência insuportável.

145

As ideias dos homens são como as cartas e outros jogos. Ideias que outrora vi serem consideradas perigosas e muito ousadas tornaram-se depois comuns e quase triviais, e desceram até homens pouco dignos delas. Algumas às quais chamamos de audaciosas serão vistas como fracas e comuns por nossos descendentes.

146

Observei muitas vezes, em minhas leituras, que o primeiro impulso daqueles que realizaram alguma ação heroica, que se entregaram a alguma impressão generosa, que salvaram alguns desafortunados, correram algum grande risco ou proporcionaram alguma grande vantagem – seja para o público, seja para particulares – foi o de recusar a recompensa que lhes era oferecida. Esse sentimento é encontrado no coração dos homens mais indigentes e da última classe do povo. Qual é então esse instinto moral que ensina ao homem sem educação que a recompensa por suas ações está no coração daquele que as praticou? Parece que, ao sermos pagos, elas são tiradas de nós.

147

Um ato de virtude, um sacrifício de seus interesses ou de si próprio é a necessidade de uma alma nobre: o amor-próprio de um coração generoso é, de alguma forma, o egoísmo de um grande caráter.

148

A harmonia entre irmãos é tão rara que a mitologia cita apenas dois irmãos amigos[20]. E supõe que eles nunca se viam, já que passavam alternadamente da terra aos Campos Elísios – o que não deixava de afastar qualquer motivo de disputa e de rompimento.

---

20. Chamfort refere-se a Castor e Pólux.

149

Há mais loucos do que sábios; e no próprio sábio há mais loucura do que sabedoria.

150

As máximas gerais são, na condução da vida, o mesmo que as rotinas nas artes.

151

A convicção é a consciência do espírito.

152

Se é feliz ou infeliz por uma multiplicidade de coisas que não se vê, que não se diz e que não se pode dizer.

153

O prazer pode sustentar-se na ilusão, mas a felicidade assenta-se na verdade. Somente ela pode nos dar o prazer ao qual a natureza humana é suscetível. O homem feliz pela ilusão tem sua fortuna em agiotagem; o homem feliz pela verdade tem sua fortuna em bens imóveis e em sólidas constituições.

154

Há pouquíssimas coisas neste mundo sobre as quais um homem honesto possa repousar agradavelmente a sua alma ou o seu pensamento.

155

Quando sustentam que as pessoas menos sensíveis são, apesar de tudo, as mais felizes, eu me lembro do provérbio indiano: "Mais vale estar sentado do que de pé, e deitado do que sentado; porém, mais vale estar morto do que tudo isso".

156

A habilidade está para a astúcia, assim como a destreza está para a trapaça.

157

A teimosia representa o *caráter*, mais ou menos como o temperamento representa o *amor*.

158

Amor, loucura amável; ambição, tolice séria.

159

Preconceito, vaidade e cálculo: eis o que governa o mundo. Aquele que só conhece como regra de conduta a razão, a verdade e o sentimento quase nada tem em comum com a sociedade. É em si mesmo que ele deve buscar e encontrar quase toda a sua felicidade.

160

É preciso ser justo antes de ser generoso, tal como se têm camisas antes de se ter rendas.

161

Os holandeses não têm nenhuma comiseração por quem tem dívidas. Pensam que todo homem endividado vive à custa de seus concidadãos, se é pobre, e de seus herdeiros, se é rico.

162

A fortuna é muitas vezes como as mulheres ricas e esbanjadoras que arruínam as casas para onde levaram um rico dote.

163

A mudança de modas é o imposto que a indústria do pobre aplica sobre a vaidade do rico.

164

O interesse pelo dinheiro é a grande prova dos pequenos caracteres; mas não passa da prova mais ínfima para os caracteres distintos. Existe uma longa distância entre o homem que despreza o dinheiro e aquele que é verdadeiramente honesto.

165

O mais rico dos homens é o econômico; o mais pobre é o avarento.

166

Existem por vezes, entre dois homens, falsas semelhanças de caráter que os aproximam e os unem por algum tempo. Porém, o engano desfaz-se aos poucos e eles se surpreendem por se acharem muito afastados um do outro, e de certa forma repelidos, por todas as suas similitudes.

167

Não é coisa agradável considerar que a glória de vários grandes homens é ter empregado sua vida inteira a combater preconceitos ou tolices que causam dó, e que parecem nunca dever entrar numa cabeça humana? A glória de Bayle, por exemplo, foi ter mostrado o que há de absurdo nas sutilezas filosóficas e escolásticas, que seriam desdenhadas por qualquer camponês do Gâtinais dotado de grande senso natural. A glória de Locke foi ter provado que não se deve falar sem se entender, nem acreditar que se entende aquilo que não se entende. A de diversos filósofos foi ter escrito grossos volumes contra ideias supersticiosas que fariam fugir, com desprezo, um selvagem do Canadá. A de Montesquieu, e de alguns autores anteriores a ele, foi ter mostrado (mesmo respeitando uma multidão de preconceitos miseráveis) que os governantes são feitos para os governados, e não os governados para os governantes. Se o sonho dos filósofos que acreditam no aperfeiçoamento da sociedade se realizar, o que dirá a posteridade ao ver que foram necessários tantos esforços para alcançar resultados tão simples e tão naturais?

168

Um homem ao mesmo tempo sábio e honesto deve a si próprio juntar à pureza que satisfaz sua consciência a prudência que advinha e previne a calúnia.

169

O papel do homem previdente é bastante triste: ele aflige seus amigos, anunciando-lhes as infelicidades às quais estão expostos por sua imprudência. Não acreditam nele e, quando essas infelicidades acontecem, esses mesmos amigos ficam descontentes com ele pelo mal que previu. E o amor-próprio deles baixa os olhos diante do amigo que devia ser seu consolador, e que eles teriam escolhido se não ficassem humilhados em sua presença.

170

Aquele que pretende que a felicidade dependa muito da razão, que a submete a exame, que vê defeitos – por assim dizer – em seus gozos e que só admite os prazeres delicados, termina por não ter mais nenhum. É como um homem que, de tanto mandar bater o colchão, vai vendo-o diminuir e termina por deitar-se no estrado duro.

171

O tempo diminui em nós a intensidade dos prazeres *absolutos*, tal como dizem os metafísicos. Porém, parece aumentar os prazeres *relativos*: e suspeito que esse é o artifício pelo qual a natureza soube ligar os homens à vida, depois da perda dos objetos ou dos prazeres que a tornam mais agradável.

172

Quando já fomos bem atormentados, bem fatigados por nossa própria sensibilidade, percebemos que é preciso viver o dia a dia, esquecer muita coisa, enfim, *enxugar a vida* à medida que ela escorre.

173

A falsa modéstia é a mais decente de todas as mentiras.

174

Dizem que devemos nos esforçar todos os dias para suprimir nossas necessidades. É, sobretudo, às necessidades do amor-próprio que é preciso aplicar essa máxima: são as mais tirânicas e as que mais devem ser combatidas.

175

Não é raro vermos almas frágeis que, pela convivência com almas de têmpera mais vigorosa, querem elevar-se acima de seu caráter. Isso produz disparates tão divertidos quanto as pretensões de um tolo a ter espírito.

176

A virtude, assim como a saúde, não é o bem soberano. É o lugar do bem, antes que o próprio bem. É mais seguro o vício tornar infeliz do que a virtude proporcionar felicidade. A razão pela qual a virtude é mais desejável é porque ela é aquilo que existe de mais oposto ao vício.

CAPÍTULO III

· · · · · ·

Da sociedade, dos grandes, dos ricos e da gente mundana

177

Nunca se conheceu o mundo pelos livros, dizia-se outrora. Mas aquilo que não se diz é a razão disso. Ei-la: é porque o conhecimento aí contido é resultado de mil observações sutis, das quais o amor-próprio não ousa fazer confidência a ninguém, nem mesmo ao melhor amigo. Tememos mostrar-nos como homens ocupados com coisas pequenas, embora essas coisas pequenas sejam muito importantes para o sucesso dos maiores negócios.

178

Percorrendo as memórias e os monumentos do século de Luís XIV, encontramos, mesmo nas más companhias daquele tempo, alguma coisa que falta nas boas companhias de hoje em dia.

179

O que é a sociedade, quando a razão não constitui seus laços, quando o sentimento não lança sobre ela seu interesse, quando ela não é uma troca de pensamentos agradáveis e de verdadeira benevolência? Uma feira, uma casa de jogo, um albergue, um bosque, um lupanar e um manicômio: eis o que ela é sucessivamente para a maioria dos que a compõem.

180

Podemos considerar o edifício metafísico da sociedade como um edifício material composto de diversos nichos ou compartimentos, de grandeza mais ou menos considerável. Os cargos – com suas prerrogativas, seus direitos etc. – constituem esses diversos compartimentos, esses diferentes nichos. Eles são duradouros, enquanto os homens passam. Aqueles que os ocupam são ora grandes, ora pequenos, e nenhum ou quase nenhum foi feito para seu cargo. Ali vemos um gigante, curvado ou acocorado em sua pequena morada. Lá está um anão sob uma arcada: raramente o nicho é feito para a estátua. Em torno do edifício circula uma multidão de homens de diferentes tamanhos. Todos esperam que haja um nicho vazio, a fim de se colocarem nele, qualquer que ele seja. Para ser admitido, cada um faz valer seus direitos, ou seja, o seu nascimento ou suas proteções. Eles apupariam aquele que, para ter a preferência, fizesse valer a proporção que existe entre o nicho e o homem, entre o instrumento e o estojo. Os próprios concorrentes se abstêm de objetar essa desproporção aos seus adversários.

181

Não é possível viver na sociedade depois da idade das paixões. Ela só é tolerável na época em que nos servimos de nosso estômago para nos divertir e de nossa pessoa para matar o tempo.

182

A gente de toga, os magistrados, conhecem a Corte, os interesses do momento, quase da mesma forma como os escolares que obtiveram permissão para sair, e jantaram fora do colégio, conhecem o mundo.

183

Aquilo que se diz nos círculos, nos salões, nos banquetes, nas assembleias públicas e nos livros, mesmo os que têm como objetivo fazer conhecer a sociedade, tudo isso é falso ou insuficiente. Pode-se aplicar a isso a expressão italiana *per la predica*[21], ou a latina *ad populum phaleras*[22]. O que é verdadeiro, o que é instrutivo, é o que a consciência de um homem honesto, que muito viu e viu bem, diz ao seu amigo ao pé do fogo: algumas dessas conversas me instruíram mais do que todos os livros e o convívio ordinário com a sociedade. É porque elas me esclareciam melhor e me faziam refletir mais.

184

A influência que exerce sobre nossa alma uma ideia moral, contrastante com os objetos físicos e materiais, mostra-se em muitas ocasiões. Porém, nunca se pode vê-la melhor do que quando sua passagem é breve e imprevista. Você está passeando numa avenida, ao cair da noite: vê um jardim encantador, no fim do qual há um salão iluminado com bom gosto. Entrevê grupos de belas mulheres, bosquezinhos e, entre outras, uma alameda fugidia em que se ouvem risos: são ninfas, como você pode julgar por seu porte esbelto etc. Você pergunta quem é aquela mulher e respondem-lhe: "É a sra. de B..., a dona da casa". Se por infelicidade acontece de você a conhecer, o encanto desaparece.

185

Você encontra o barão de Breteuil; ele lhe fala de sua boa sorte, de seus amores grosseiros etc., e termina por lhe mostrar o retrato da rainha no meio de uma rosa adornada com diamantes.

186

Um tolo orgulhoso de algumas fitas de chapéu parece-me inferior àquele homem ridículo que, durante seus prazeres, fazia suas amantes colocarem

---
21. "Para o sermão".
22. Verso de uma das *Sátiras* de Pérsio: "Contar vantagens diante dos ignorantes".

plumas de pavão em seu traseiro. Pelo menos, ele experimentava o prazer de... Mas o outro...! O barão de Breteuil está muito abaixo do Peixoto[23].

187

Podemos ver, pelo exemplo de Breteuil, que é possível carregar nos seus bolsos retratos rodeados de diamantes de doze ou quinze soberanos e ainda assim não passar de um tolo.

188

É um tolo, é um tolo, está logo dito: Eis como vocês são extremos em tudo. A que isso se reduz? Ele confunde seu cargo com sua pessoa, sua importância com o mérito e seu crédito com uma virtude. Todo mundo não é assim? Existe aí tanto motivo para gritaria?

189

Quando os tolos deixam seus cargos, quer tenham sido ministros, quer caixeiros, conservam uma arrogância ou uma importância ridículas.

190

Aqueles que têm espírito têm mil boas histórias para contar sobre as tolices e as bajulações das quais foram testemunhas, e é o que se pode ver por cem exemplos. Como esse é um mal tão antigo quanto a monarquia, nada comprova melhor quão irremediável ele é. Pelos milhares de casos que ouvi contar, poderia concluir que, se os macacos tivessem o talento dos papagaios, seriam de bom grado transformados em ministros.

---

23. Banqueiro contemporâneo de Chamfort ligado ao duque de Richelieu.

191

Nada é tão difícil de derrubar quanto uma ideia trivial ou um provérbio acreditado. Luís XV foi à completa bancarrota três ou quatro vezes e nem por isso deixou de jurar pela "palavra de fidalgo". A bancarrota do sr. de Guémenée[24] não terá melhor resultado.

192

Os homens deste mundo estão amontoados, enquanto creem estar em sociedade.

193

Vi homens traírem sua consciência para satisfazerem a um homem que porta um barrete de magistrado ou uma toga. E depois vocês se espantam com os que trocam essa consciência pelo barrete ou pela própria toga! São todos igualmente vis, e os primeiros mais absurdos que os outros.

194

A sociedade é composta de duas grandes classes: os que têm mais jantares do que apetite, e os que têm mais apetite do que jantares.

195

Oferecem-se banquetes de dez ou vinte luíses[25] a pessoas a quem não se daria um pequeno escudo[26] para que fizessem a boa digestão desse jantar de vinte luíses.

---

24. O príncipe de Guémenée, camarista-mor, e sua esposa, preceptora das crianças da família real, faliram de maneira escandalosa por levarem uma vida de luxo sustentada por empréstimos sem garantia.
25. Antiga moeda de ouro que recebia esse nome por trazer a efígie do rei da França.
26. Moeda de pequeno valor.

196

Existe uma excelente regra a ser adotada sobre a arte da zombaria e do gracejo: é que o gracejador ou o zombeteiro devem estar seguros do sucesso de sua zombaria com relação à pessoa zombada e que, quando esta se aborrece, a outra está errada.

197

O sr... dizia-me que eu tinha uma grande infelicidade: era a de não me habituar à onipotência dos tolos. Ele tinha razão, e vi que, ao entrar neste mundo, um tolo tinha grandes vantagens: a de achar-se entre seus pares. É como o frade Lourdis[27] no templo da tolice:

>   Tudo lhe agradava; e mesmo ali chegando,
>   Ele acreditou estar ainda em seu convento.

198

Vendo algumas vezes as patifarias dos pequenos e as rapinagens dos homens de posição, somos tentados a considerar a sociedade como um bosque repleto de ladrões, dos quais os mais perigosos são os arqueiros encarregados de deter os outros.

199

Os homens do mundo e da Corte dão aos homens e às coisas um valor convencional e espantam-se por se terem enganado. Como calculadores que, ao fazerem uma conta, dessem aos números um valor variável e arbitrário e que, em seguida, na hora da adição, ao devolverem a eles seu valor real e regulado, ficassem surpresos por não chegarem a um resultado exato.

---

27. Personagem do poema satírico "La pucelle d'Orléans", de Voltaire.

200

Existem momentos em que o mundo parece apreciar por si mesmo aquilo que vale. Eu, muitas vezes, percebi que ele estimava aqueles que não lhe davam nenhuma importância e acontece muitas vezes de ser uma recomendação para ele desprezá-lo soberanamente, desde que esse desprezo seja verdadeiro, sincero, ingênuo, sem afetação e sem jactância.

201

O mundo é tão desprezível que as poucas pessoas honestas que nele se encontram estimam aqueles que o desprezam e são determinadas por esse mesmo desprezo.

202

Amizade de Corte: fidelidade de raposas e sociedade de lobos[28].

203

Eu aconselharia a alguém que queira obter um favor de um ministro que o aborde com ar triste, e não com ar sorridente. Ninguém gosta de ver alguém mais feliz do que ele mesmo.

204

Uma verdade cruel, mas que precisa ser reconhecida, é que no mundo – e sobretudo num mundo seleto – tudo é arte, ciência e cálculo, mesmo a aparência da simplicidade, da espontaneidade mais amável. Vi alguns homens em

---

28. Nesse ponto, Chamfort não foge à regra: ele utiliza, sem muita reflexão, metáforas acerca da vida animal para ilustrar a condição humana. Porém, em termos de comportamento "ético", é impossível comparar a Corte francesa com uma alcatéia, que possui naturalmente códigos mais invioláveis de respeito e fidelidade. De fato, até hoje essas metáforas são muito utilizadas, mas em geral não ajudam a compreender melhor a natureza humana e ainda obscurecem a compreensão da vida selvagem, contribuindo apenas para o preconceito com relação aos animais.

que aquilo que parecia ser a graça de um primeiro impulso era uma combinação na verdade muito repentina, porém muito refinada e muito inteligente. Vi o cálculo mais deliberado ser associado à ingenuidade aparente do descuido mais estouvado. É o descaso inteligente de uma coquete, da qual o artifício baniu tudo que pareça artifício. Isso é desagradável, porém necessário. Em geral, infeliz do homem que, mesmo na mais íntima amizade, deixa que descubram suas fraquezas e seus segredos. Vi os mais íntimos amigos causarem feridas no amor-próprio daqueles de quem haviam descoberto os segredos. Parece impossível que, no atual estado da sociedade (refiro-me sempre à alta sociedade), exista um único homem que possa mostrar o fundo de sua alma e os pormenores de seu caráter, e sobretudo de suas fraquezas, ao seu melhor amigo. Porém, insisto mais uma vez, é preciso levar (neste mundo) o refinamento tão longe que não possa nem mesmo ser suspeitado – mesmo que seja apenas para não ser desprezado como mau ator numa trupe de excelentes comediantes.

205

As pessoas que acreditam amar um príncipe no instante em que são bem tratadas por ele lembram-me as crianças que querem ser padres depois de uma bela procissão ou soldados depois de uma parada a que assistiram.

206

Os favoritos, os homens de posição, têm às vezes interesse em acolher homens de mérito. Porém, eles exigem deles um aviltamento preliminar que afasta para longe todos aqueles que têm algum pudor. Vi homens, aos quais um favorito ou um ministro não deram nenhuma importância, tão indignados com essa disposição quanto poderiam ter ficado homens de perfeita virtude. Um deles dizia-me:

– Os grandes querem que nos degrademos não por um benefício, mas por uma esperança. Pretendem nos comprar não com o prêmio, mas com um bilhete de loteria. E sei de patifes, aparentemente bem tratados por eles, que de fato não obtiveram resultado melhor do que teriam conseguido os homens mais honestos deste mundo.

207

As ações úteis – mesmo com brilho –, os verdadeiros e maiores serviços que possam ser prestados à nação e mesmo à Corte não passam, quando não se tem o favor da Corte, de "esplêndidos pecados", como dizem os teólogos.

208

Não se imagina quanto espírito é preciso ter para não ser ridículo.

209

Todo homem que vive demais no mundo persuade-me de que é pouco sensível, porque não vejo ali quase nada que possa interessar ao coração, ou antes, nada que não o endureça: mesmo que seja o espetáculo da insensibilidade, da frivolidade e da vaidade que nele reinam.

210

Quando os príncipes abandonam suas miseráveis etiquetas, nunca é em favor de um homem de mérito, mas de uma meretriz ou de um bufão. Quando as mulheres querem chamar a atenção, quase nunca é de um homem honesto, mas de um *tipo*. Em tudo, quando se quebra o jugo da opinião geral, raramente é para elevar-se acima dela, mas quase sempre para descer abaixo.

211

Há falhas de conduta que, em nossos dias, quase não são mais cometidas, ou que se cometem muito menos. De tal modo nos refinamos que, pondo o espírito no lugar da alma, até mesmo um homem vil, por pouco que tenha refletido, abstém-se de certas baixezas que outrora podiam ter sucesso. Vi homens desonestos terem, por vezes, uma conduta altiva e decente para com um príncipe, para com um ministro, não se curvarem etc. Isso engana os jovens e os noviços que não sabem ou então se esquecem de que é preciso julgar um homem pelo conjunto de seus princípios e de seu caráter.

212

Ao vermos o cuidado que as convenções sociais parecem ter tido para afastar o mérito de todos os lugares onde poderia ser útil à sociedade, ao examinarmos a aliança dos tolos contra a gente de espírito, acreditamos assistir a uma conjuração de lacaios para afastar seus senhores.

213

O que encontra um jovem ao entrar neste mundo? Pessoas que querem protegê-lo, pretendem *honrá-lo*, governá-lo e aconselhá-lo. Não falo daqueles que querem desvirtuá-lo, causar-lhe danos, perdê-lo ou enganá-lo. Se ele for de um caráter bastante elevado para querer ser protegido apenas por seus modos, não se deixar honrar por nada nem ninguém, governar-se por seus princípios e aconselhar-se por suas luzes, por seu caráter e de acordo com sua posição, que ele conhece melhor do que ninguém, não deixarão de dizer que ele é excêntrico, singular e indomável. Porém, se tiver pouco espírito, pouca elevação e poucos princípios, se não perceber que é protegido, e que querem governá-lo, se for um instrumento das pessoas para se apoderarem dele, vão achá-lo encantador e é, como dizem, o melhor menino deste mundo.

214

A sociedade – aquilo que se chama de mundo – não passa da luta entre mil pequenos interesses opostos, uma luta eterna entre todas as vaidades que se entrecruzam, se chocam, sucessivamente feridas, humilhadas umas pelas outras, que expiam no dia seguinte, no desgosto de uma derrota, o triunfo da véspera. Viver solitário, não ser machucado nesse choque miserável, em que se lança por um instante os olhos para ser arrasado no instante seguinte, é aquilo que se chama não ser nada, não ter existência. Pobre humanidade!

215

Existe uma profunda insensibilidade às virtudes que surpreende e escandaliza muito mais que o vício. Aqueles que a baixeza pública chama de "grandes senhores", ou "grandes", os homens de posição, parecem, em sua maioria, dotados dessa insensibilidade odiosa. Isso não viria da ideia vaga e pouco desenvolvida em suas cabeças de que os homens dotados dessas virtudes não são adequados para serem instrumentos de intriga? Negligenciam esses homens como inúteis para eles próprios e para os outros, numa terra onde sem a intriga, a falsidade e a astúcia nada se consegue!

216

O que se vê neste mundo? Em toda parte, um respeito ingênuo e sincero por convenções absurdas, por uma tolice (os tolos saúdam sua rainha), ou então cautelas forçadas para com essa mesma tolice (os homens de espírito temem seu tirano).

217

Os burgueses, por uma vaidade ridícula, fazem de suas filhas o adubo para as terras das gentes de qualidade.

218

Suponhamos vinte homens, mesmo honestos, que conheçam e estimem um homem de mérito reconhecido, como Dorilas. Louvemos, exaltemos seus talentos e suas virtudes, e que todos admitam suas virtudes e seus talentos. Um dos assistentes acrescenta:

– Pena que seja tão pouco agraciado pela fortuna.
– Mas o que você está dizendo? – retoma um outro. – É que sua modéstia o obriga a viver sem luxo. Você sabia que ele tem vinte e cinco mil libras de renda?
– De fato?!
– Esteja certo disso, eu tenho a prova.

E que então esse homem de mérito apareça e compare a acolhida da sociedade com a maneira mais ou menos fria, embora distinta, como era recebido antes. Foi o que ele fez: comparou e gemeu. Porém, nessa sociedade, houve um homem cuja atitude foi a mesma com relação a ele. "Um em vinte", diz nosso filósofo, "estou contente."

219

Que vida, a da maior parte da gente da Corte! Deixam-se aborrecer, esfalfar, aviltar, escravizar e atormentar por interesses miseráveis. Aguardam, para viver, para serem felizes, a morte de seus inimigos, de seus rivais na ambição, e mesmo daqueles que chamam de amigos. E enquanto fazem votos por essa morte, secam, definham, morrem eles próprios, pedindo notícias sobre a saúde do cavalheiro tal, ou de madame tal, que teimam em não morrer.

220

Por mais loucuras que certos fisionomistas de nossos dias tenham escrito, é certo que o hábito de nossos pensamentos pode determinar alguns traços de nossa fisionomia. Numerosos cortesãos têm o olhar falso, pela mesma razão que a maioria dos alfaiates tem as pernas tortas.

221

Talvez não seja verdade que as grandes fortunas pressupõem sempre o espírito, como muitas vezes ouvi dizerem mesmo algumas pessoas de espírito. Porém, é bem mais verdadeiro que existem coisas de espírito e de habilidade às quais a fortuna não poderia escapar, mesmo quando aquele que as têm possui a honestidade mais pura – obstáculo que, como se sabe, é o maior de todos para a fortuna.

222

Quando Montaigne diz, a propósito da grandeza: "Já que não podemos alcançá-la, vinguemo-nos, maldizendo-a", ele diz uma coisa divertida, muitas vezes verdadeira, mas escandalosa, e que dá armas aos tolos que foram favorecidos pela fortuna. Muitas vezes é por pequenez que se odeia a desigualdade das condições. Porém, um verdadeiro sábio e um homem honesto poderiam odiá-la como a barreira que separa as almas feitas para se aproximarem. Há poucos homens de caráter distinto que não tenham rejeitado os sentimentos que lhes inspirava determinado homem de classe superior, que não tenham repelido, para sua própria aflição, alguma amizade que poderia ser para eles uma fonte de doçuras e consolações. Cada um deles, em vez de repetir as palavras de Montaigne, pode dizer: "Odeio a grandeza que me faz fugir daquilo que eu amava ou teria amado".

223

Quem é que tem apenas ligações inteiramente honoráveis? Quem é que não vê alguém por quem tem de pedir perdão a seus amigos? Qual é a mulher que não se viu forçada a explicar à sociedade a visita de determinada mulher que causou espanto ao ser vista em sua casa?

224

Você é amigo de um homem da Corte, de um homem de qualidade, como se diz, e deseja inspirar-lhe o mais vivo apego do qual seja suscetível o coração humano? Não se limite a prodigalizar-lhe os cuidados da mais terna amizade, a aliviá-lo em seus males, a consolá-lo em suas dores, a dedicar-lhe todos os seus momentos, a salvar-lhe – quando for a ocasião – a vida ou a honra. Não perca seu tempo com essas bagatelas; faça mais, faça melhor: faça a sua genealogia.

225

Você acredita que um ministro, um homem de posição, tenha determinado princípio, e acredita nisso porque o ouviu dizê-lo. Como consequência, você se abstém de perguntar-lhe qualquer coisa que o poria em contradição com sua máxima favorita. Você aprende logo que foi enganado, e o vê fazer coisas que provam que um ministro não tem nenhum princípio, mas apenas o hábito, a mania de dizer tal ou tal coisa.

226

Vários cortesãos são odiados sem proveito e pelo prazer de o ser. São como lagartos que, ao rastejar, só o que ganharam foi perder a cauda.

227

Tal homem foi feito para nunca ser considerado: é preciso que faça fortuna e viva com a ralé.

228

As corporações (parlamentos, academias, assembleias), por mais que tenham se degradado, sustentam-se por sua massa e não se pode nada contra elas. A desonra e o ridículo deslizam por sobre elas, como as balas de fuzil por um javali ou crocodilo.

229

Vendo o que se passa neste mundo, até o homem mais misantropo acabaria por divertir-se e Heráclito, por morrer de rir.

230

Parece-me que, com igualdade de espírito e de luzes, o homem nascido rico jamais conhecerá tão bem quanto o pobre a natureza, o coração humano e a sociedade. É porque, no momento em que o primeiro desfrutava de um gozo, o segundo consolava-se com uma reflexão.

231

Vendo os príncipes fazerem, por iniciativa própria, certas coisas desonestas, somos tentados a censurar aqueles que os cercam pela maior parte de seus erros e de suas fraquezas. Dizem: "É lamentável que esse príncipe tenha como amigos Damis ou Aramont!". Mas não pensamos que Damis ou Aramont, se fossem personagens que tivessem nobreza e caráter, não teriam se tornado amigos desse príncipe.

232

À medida que a filosofia faz progressos, a tolice redobra seus esforços para estabelecer o império dos preconceitos. Basta ver os favores que o governo concede às ideias de fidalguia. Chegou a tal ponto que agora só existem duas condições para as mulheres: mulheres de qualidade ou meretrizes; o resto não é nada. Nenhuma virtude eleva uma mulher acima de sua condição. Ela só sai desta pelo vício.

233

Alcançar a fortuna e a consideração, apesar da desvantagem de não ter antepassados – e isso entre tanta gente que trouxe tudo ao nascer –, é como ganhar ou recomeçar uma partida de xadrez depois de ter entregue a torre ao adversário. Muitas vezes, também, os outros têm sobre nós muitas vantagens convencionais, e então é necessário renunciar à partida. Pode-se muito bem ceder uma torre, mas não a rainha.

234

As pessoas que instruem os príncipes e pretendem dar-lhes uma boa educação, após se submeterem às suas formalidades e às suas aviltantes etiquetas, parecem professores de aritmética que querem formar grandes calculadores depois de concordarem com seus alunos que três mais três são oito.

235

Qual é o ser mais estranho para aqueles que o cercam? Seria um francês em Pequim ou em Macau? Seria um lapão no Senegal? Ou não seria, por acaso, um homem de mérito sem ouro e sem pergaminho entre gente que possui uma dessas duas vantagens, ou ambas reunidas? Não é uma maravilha que a sociedade sobreviva com a convenção tácita de excluir da partilha de seus direitos dezenove vigésimos da sociedade?

236

O mundo e a sociedade são como uma biblioteca onde, à primeira vista, tudo parece em ordem, porque os livros estão arrumados segundo o formato e o tamanho dos volumes, mas onde, no fundo, tudo está em desordem, porque nada é organizado segundo a ordem das ciências, das matérias, nem dos autores.

237

Ter ligações consideráveis, ou mesmo ilustres, não pode mais ser um mérito para ninguém num país em que se agrada muitas vezes pelos vícios e algumas vezes se é procurado pelos ridículos.

238

Há homens que não são amáveis, mas não impedem que os outros o sejam: conviver com eles às vezes é suportável. Há outros que, não sendo amáveis, ainda prejudicam só com a sua presença o desenvolvimento da amabilidade alheia: esses são insuportáveis. Eis o grande inconveniente do pedantismo.

239

A experiência, que esclarece os cidadãos comuns, corrompe os príncipes e os homens de posição.

240

O público da atualidade é, como a tragédia moderna, absurdo, atroz e chato.

241

A condição de *cortesão* é um ofício do qual quiseram fazer uma ciência. Todos procuram elevar-se.

242

A maior parte das ligações de sociedade, a camaradagem etc., está para a amizade, assim como o chichisbeísmo[29] está para o amor.

243

A arte do parêntese é um dos grandes segredos da eloquência na sociedade.

---

29. De "chichisbéu", nome pejorativo dado aos homens que cortejavam constantemente mulheres casadas ou viúvas.

244

Na Corte, tudo é cortesão: o príncipe de sangue, o capelão da semana, o cirurgião de bairro, o boticário.

245

Os magistrados encarregados de zelar pela ordem pública – tais como o tenente-criminal, o tenente-civil, o tenente de polícia e tantos outros – quase sempre acabam por ter uma opinião horrível sobre a sociedade. Acreditam conhecer os homens e conhecem somente o rebotalho. Não se julga uma cidade por seus esgotos nem uma casa por suas latrinas. A maior parte desses magistrados lembra-me sempre do colégio onde os inspetores têm uma cabine junto aos reservados e só saem dali para distribuir chibatadas.

246

É a pilhéria que deve fazer justiça a todos os defeitos dos homens e da sociedade. É por meio dela que evitamos nos comprometer; é por meio dela que colocamos tudo em seu devido lugar sem sair do nosso. É ela que atesta nossa superioridade sobre as coisas e sobre as pessoas das quais zombamos, sem que as pessoas possam se ofender com isso – a menos que careçam de bom humor ou de bons modos. A reputação de saber manejar bem essa arma confere ao homem de condição inferior, no mundo e entre as melhores companhias, essa espécie de consideração que os militares têm por aqueles que manejam superiormente a espada. Ouvi um homem de espírito dizer: "Retirem da pilhéria seu império e amanhã abandono a sociedade". É uma espécie de duelo em que não há derramamento de sangue e que, como o outro, torna os homens mais comedidos e mais polidos.

247

Não se duvida, logo à primeira vista, o mal que faz a ambição de merecer este elogio tão comum: "O senhor fulano é muito amável". Acontece, não sei como, de haver um gênero de leviandade, de descaso, de fraqueza, de desatino, que agrada muito quando essas qualidades acham-se misturadas com o espírito; de o homem, do qual se faz o que se quer, que pertence ao momento, ser mais agradável do que aquele que tem nexo, caráter e princípios, que não se esquece do amigo doente ou ausente, que sabe abrir mão de um divertimento para prestar-lhe um favor etc.! Seria aborrecida a lista de todos os erros, falhas e defeitos que agradam. Assim, as pessoas mundanas, que refletiram sobre a arte de agradar mais do que se crê, e mais do que creem elas próprias, têm a maioria desses defeitos, e isso provém da necessidade de fazer com que se digam delas: "O senhor fulano é muito amável".

248

Existem coisas que um rapaz bem nascido é incapaz de adivinhar. Como poderia desconfiar, aos vinte anos, de um espião da polícia que usa um cordão vermelho[30]?

249

Os hábitos mais absurdos e as etiquetas mais ridículas estão, na França e em outros lugares, sob a proteção das seguintes palavras: "É o costume". É exatamente com essas mesmas palavras que respondem os hotentotes[31] quando os europeus lhes perguntam por que comem gafanhotos ou devoram os bichos que os cobrem. Eles também dizem: "É o costume".

250[32]

A pretensão mais absurda e mais injusta, que seria apupada numa assembleia de pessoas honestas, pode transformar-se em matéria de processo e desde logo declarar-se legítima, porque todo processo pode ser perdido ou

---

30. "Cordão vermelho" (*cordon rouge*) era o nome dado aos cavaleiros da Ordem de São Luís, cuja comenda era presa a uma fita dessa cor.
31. Povo de pastores africanos que representava, para os europeus de outrora, o mais perfeito modelo do primitivismo e da selvageria.
32. Cf. aforismo 99.

ganho, do mesmo modo que, nas corporações, a opinião mais louca e mais ridícula pode ser admitida e o ponto de vista mais sábio rejeitado com desprezo. Trata-se apenas de fazer com que um ou outro sejam considerados um assunto de partido, e nada é tão fácil entre os dois partidos opostos em que se dividem quase todas as corporações.

251

O que é um presunçoso sem a sua fatuidade? Arranquem as asas de uma borboleta e ela vira uma lagarta.

252

Os cortesãos são pobres enriquecidos pela mendicância.

253

É fácil reduzir a termos simples o valor da celebridade: quem é conhecido por algum talento ou alguma virtude entrega-se à benevolência inativa de algumas pessoas honestas e à malevolência ativa de todos os homens desonestos. Computem as duas classes e pesem as duas forças.

254

Poucas pessoas podem amar um filósofo. É quase um inimigo público um homem que, nas diferentes pretensões dos homens e na mentira das coisas, diz a cada homem e a cada coisa: "Tomo-te somente pelo que és; aprecio-te somente pelo que vales". E não é pequena a empreitada de fazer-se amar e estimar com o anúncio desse firme propósito.

255[33]

Quando nos impressionamos em demasia com os males da sociedade universal e com os horrores que apresentam a capital ou as grandes cida-

---

33. Cf. aforismo 41.

des, devemos dizer a nós mesmos: "Poderia haver infelicidades ainda maiores da sequência de combinações que submeteram vinte e cinco milhões de homens a um só, e reuniram setecentos mil homens num espaço de duas léguas quadradas".

256

Muitas vezes, qualidades muito superiores tornam um homem menos apto à vida em sociedade. Não se vai ao mercado com barras de ouro; vai-se com prata ou dinheiro trocado.

257

A sociedade, os círculos, os salões, aquilo que se chama de mundo, são uma peça miserável, uma ópera ruim e sem interesse, que se sustenta um pouco por causa do cenário e dos figurinos.

258

Para ter uma ideia justa das coisas, é preciso tomar as palavras no sentido oposto ao que lhes é dado neste mundo. "Misantropo", por exemplo, quer dizer "filantropo"; "mau francês", quer dizer "bom cidadão", o que aponta certos abusos monstruosos; "filósofo", "homem simples, que sabe que dois e dois são quatro" etc.

259

Em nossos dias, um pintor faz nosso retrato em sete minutos, um outro nos faz aprender a pintar em três dias, e um terceiro nos ensina inglês em quatro lições. Querem nos ensinar oito línguas com gravuras que representam as coisas com seus nomes embaixo em oito línguas. Enfim, se fosse possível colocar juntos os prazeres, os sentimentos ou as idéias de toda uma vida e reuni-los no espaço de vinte e quatro horas, isso seria feito. Seríamos obrigados a engolir essa pílula e ainda ouviríamos: "Vamos com isso".

260

Não se pode considerar Burro[34] um homem absolutamente virtuoso. Só o foi em oposição a Narciso[35]. Sêneca e Burro são as pessoas honestas de um século em que não existia isso.

261

Quando queremos agradar no mundo, precisamos nos conformar a aprender muitas coisas que já sabemos, ensinadas por pessoas que as ignoram.

262

Os homens que são conhecidos apenas pela metade não são conhecidos. As coisas das quais se sabem apenas três quartas partes não são absolutamente sabidas. Essas duas reflexões são suficientes para que se possa avaliar quase todos os discursos proferidos neste mundo.

263

Numa terra onde todo mundo procura *parecer*, muita gente deve acreditar – e acredita, com efeito – que mais vale ser falido do que não ser nada.

264

A ameaça do *resfriado mal-curado* é, para os médicos, o que o purgatório é para os padres: um *Peru*[36].

---

34. General romano que, tal como Sêneca, foi preceptor de Nero.
35. Não se trata do personagem mitológico, mas de um dos amigos de Nero que ajudaram a corrompê-lo.
36. Alusão irônica à fonte de riquezas fáceis e abundantes que esse país representava para os conquistadores espanhóis e para toda a Europa.

265

A conversação assemelha-se às viagens que fazemos por mar: afastamo-nos da terra quase sem sentir e só nos apercebemos de que deixamos a margem quando já estamos muito longe.

266

Um homem de espírito afirmava, diante de milionários, que era possível ser feliz com dois mil escudos de renda. Eles sustentaram o contrário com azedume, e mesmo com irritação. Saindo da casa deles, o homem procurou a causa desse azedume por parte de pessoas que tinham amizade por ele. Ele por fim a encontrou. É que, ao dizer isso, fez com que entrevissem que ele não estava na dependência deles. Todo homem que tem poucas necessidades parece ameaçar os ricos de estar sempre prestes a escapar-lhes. Os tiranos veem por aí que estão perdendo um escravo. Podemos aplicar essa reflexão a todas as paixões de um modo geral. O homem que sobrepujou a inclinação para o amor mostra uma indiferença sempre odiosa para com as mulheres, e estas logo deixam de interessar-se por ele. Talvez seja por isso que ninguém se interesse pela sorte de um filósofo: ele não tem as paixões que comovem a sociedade. Veem que não podem fazer quase nada por sua felicidade e deixam-no para lá.

267

É perigoso para um filósofo ligado a um poderoso (e os poderosos sempre tiveram um filósofo por perto) mostrar todo o seu desprendimento: seria pego pela palavra. Ele se vê na necessidade de ocultar seus verdadeiros sentimentos e é, por assim dizer, um hipócrita por ambição.

CAPÍTULO IV

▪ ▪ ▪ ▪ ▪

Do gosto pelo retiro e da dignidade do caráter

268

Um filósofo encara aquilo que se chama de *uma posição no mundo* como os tártaros encaram as cidades, ou seja, como uma prisão. É um círculo em que as ideias se fecham, se concentram, roubando da alma e do espírito sua amplitude e seu desenvolvimento. Um homem que tem uma grande posição neste mundo tem uma prisão maior e mais enfeitada; e aquele que tem apenas uma pequena posição acha-se num calabouço. O homem sem posição é o único homem livre, desde que seja abastado ou, pelo menos, que não tenha nenhuma necessidade dos outros homens.

269

O homem mais modesto, vivendo neste mundo, deve, se for pobre, ter um sustento muito seguro e certa abastança que impeçam que se adquira alguma vantagem sobre ele. É necessário, nesse caso, adornar a modéstia com o orgulho.

270

A fraqueza de caráter ou a falta de ideias – em poucas palavras, tudo aquilo que pode nos impedir de viver com nós mesmos – são as coisas que preservam muita gente da misantropia.

271

Somos mais felizes na solidão do que no mundo. Será que isso não vem do fato de que, na solidão, pensamos nas coisas e que, no mundo, somos forçados a pensar nos homens?

272

Os pensamentos de um solitário, homem de senso (e mesmo que fosse medíocre), seriam bem pouca coisa se não valessem o mesmo que aquilo que se diz e se faz no mundo.

273

Um homem que teima em não deixar que sua razão, sua probidade ou, pelo menos, seus escrúpulos se dobrem sob o peso de nenhuma das convenções absurdas ou desonestas da sociedade, que não transige jamais nas ocasiões em que tem interesse em transigir, acaba infalivelmente por ficar sem apoio, não tendo outro amigo além de um ser abstrato chamado virtude, que nos deixa morrer de fome.

274

Não é preciso saber viver apenas com aqueles que podem nos apreciar: seria necessário um amor-próprio muito delicado e muito difícil de contentar. Porém, é preciso expor o fundamento de nossa vida habitual somente àqueles que podem perceber aquilo que valemos. O próprio filósofo não censura de modo algum esse gênero de amor-próprio.

275

Dizem algumas vezes de um homem que vive sozinho: "Ele não gosta da sociedade". É quase sempre como se dissessem de um homem que ele não gosta de passear, sob o pretexto de que não passeia de bom grado, à noite, pela floresta de Bondy[37].

276

É certo que um homem que tenha uma razão perfeitamente reta e um senso moral perfeitamente requintado possa viver com alguém? Por viver, não entendo permanecer junto sem brigar; entendo agradar-se mutuamente, amar-se, relacionar-se com prazer.

277

Um homem de espírito estará perdido se não juntar ao espírito a energia de caráter. Quando se tem a lanterna de Diógenes, também é preciso ter seu cajado.

278

Não há ninguém neste mundo que tenha mais inimigos do que um homem correto, orgulhoso e sensível, disposto a largar as pessoas e as coisas por aquilo que são, antes de tomá-las por aquilo que não são.

279

O mundo endurece o coração da maioria dos homens. Porém, aqueles que são menos suscetíveis de endurecimento são obrigados a criar para si uma espécie de insensibilidade fictícia, para não serem enganados nem pelos homens nem pelas mulheres. O sentimento que um homem honesto carrega, depois de entregar-se alguns dias ao convívio social, é ordinariamente penoso e triste: a única vantagem que ele produzirá é a de fazê-lo achar o retiro agradável.

---

37. Essa floresta era bastante conhecida pela prodigiosa quantidade de ladrões que agiam nela.

280

As ideias do público não poderiam deixar de ser quase sempre vis e baixas. Como praticamente só gosta dos escândalos e das ações de uma indecência marcante, ele pinta com essas mesmas cores quase todos os fatos ou discursos que chegam a seu conhecimento. Vê uma ligação, mesmo da mais nobre espécie, entre um grande senhor e um homem de mérito, entre um homem de posição e um cidadão comum? No primeiro caso, vê apenas um protetor e um cliente; no segundo, nada além de astúcia e espionagem. Muitas vezes, num ato de generosidade misturado a circunstâncias nobres e interessantes, nada mais vê que dinheiro emprestado a um homem esperto por um bobo. No fato que dá publicidade a uma paixão, algumas vezes muito interessante, entre uma mulher honesta e um homem digno de ser amado, vê apenas dissolução ou libertinagem. É porque seus juízos são determinados de antemão pelo grande número de casos em que teve de condenar e desprezar. Resulta dessas observações que aquilo que pode acontecer de melhor às pessoas honestas é escapar dele.

281

A natureza nunca me disse: "Não seja pobre", e menos ainda: "Seja rico", mas exclama: "Seja independente".

282

Comportando-se o filósofo como um ser que somente dá aos homens seu verdadeiro valor, é muito natural que essa maneira de julgar não agrade a ninguém.

283

O homem do mundo, o amigo da fortuna e mesmo o amante da glória traçam todos diante de si uma linha reta que os conduz a um fim desconhecido. O sábio, o amigo de si mesmo, descreve uma linha circular cuja extremidade o reconduz a ele próprio. É o *totus teres atque rotundus* de Horácio[38].

284

Não devemos nos espantar com o gosto de J.-J. Rousseau pelo retiro: semelhantes almas estão sujeitas a se verem sozinhas, a viverem isoladas, como a águia. Porém, assim como ela, a amplitude de seu olhar e a altura de seu voo são o encanto de sua solidão.

285

Quem quer que não tenha caráter não é um homem: é uma coisa.

286

Acharam sublime o "eu" de *Medeia*[39]. Mas aquele que não pode dizê-lo em todos os acidentes da vida é bem pouca coisa ou, antes, não é nada.

287

Não se conhece em absoluto o homem que não se conhece muito bem. Porém, poucos homens merecem ser estudados. Daí vem o fato de o homem de mérito verdadeiro dever ter, em geral, pouca pressa de ser conhecido. Ele sabe que poucas pessoas podem apreciá-lo e que, nesse pequeno número, cada uma tem suas ligações, seus interesses e seu amor-próprio, que a impedem de conceder ao mérito a atenção que seria necessária para colocá-lo em seu devido lugar. Quanto aos elogios comuns e usuais que lhe são concedidos, quando se suspeita de sua existência, o mérito não poderia ficar lisonjeado com isso.

---

38. "Completo e perfeitamente redondo" (*Sátiras*, 2, VII, 86).
39. Trata-se da *Medeia* de Corneille, na quinta cena do primeiro ato: Nerino: "Forçai a cegueira que vos seduziu,/ Para ver a que estado a sorte vos reduziu./ Vosso povo vos odeia, vosso esposo não tem fé:/ Em um tão grande revés, o que vos resta?". Medeia: "Eu!/ Eu – digo – e é o bastante".

288

Quando um homem elevou-se por seu caráter a ponto de merecer que adivinhem qual será sua conduta em todas as ocasiões que dizem respeito à honestidade, não somente os patifes, mas as pessoas meio honestas, desacreditam-no e evitam-no com cuidado. Além disso, as pessoas honestas, persuadidas de que, por efeito de seus princípios, sempre o encontrarão nos momentos em que tiverem necessidade dele, permitem-se deixá-lo de lado, para assegurarem-se daqueles sobre os quais têm dúvidas.

289

Quase todos os homens são escravos pela mesma razão que os espartanos davam à servidão dos persas: a incapacidade de saber pronunciar a palavra "não". Saber pronunciar essa palavra e saber viver sozinho são os dois únicos meios de conservar a liberdade e o caráter.

290

Quando se toma o partido de ver apenas os que são capazes de tratar conosco nos termos da moral, da virtude, da razão e da verdade, não considerando as convenções, as vaidades e as etiquetas senão como sustentáculos da sociedade civil; quando, repito, se toma esse partido (e é necessário tomá-lo, sob pena de ser tolo, fraco ou vil), acontece de se viver praticamente sozinho.

291

Todo homem que reconhece em si mesmo sentimentos elevados tem o direito, para ser tratado como convém, de partir antes de seu caráter que de sua posição.

CAPÍTULO V

□ □ □ □ □ □

Pensamentos morais

292

Os filósofos reconhecem quatro virtudes principais, das quais fazem derivar todas as outras. Essas virtudes são a justiça, a temperança, a força e a prudência. Pode-se dizer que esta última abarca as duas primeiras – a justiça e a temperança – e que supre, de certa maneira, a força, salvando o homem que tem a infelicidade de carecer dela em grande parte das ocasiões em que é necessária.

293

Os moralistas, assim como os filósofos que constituíram sistemas na física ou na metafísica, generalizaram demais, multiplicaram demais as máximas. O que foi feito, por exemplo, das palavras de Tácito: *Neque mulier, amissa pudicitia, alia abnuerit*[40], depois do exemplo de tantas mulheres que a fraqueza não impediu de praticarem diversas virtudes? Vi madame de L..., após uma juventude pouco diferente da de Manon Lescaut[41], ter, na idade madura, uma paixão digna de Heloísa[42]. Porém, esses exemplos são de uma moralidade perigosa de estabelecer nos livros. Deve-se somente observá-los, para não ser enganado pela charlatanice dos moralistas.

---

40. "Uma mulher, que sacrificou seu pudor, nada mais pode recusar".
41. Protagonista do romance homônimo do abade Prévost; era uma mulher sensual e de paixões ardentes.
42. Ou seja, uma paixão puramente platônica, espiritual e abnegada como a de Heloísa por Abelardo, depois da tragédia que o privou de sua virilidade.

294

Neste mundo, tem-se removido dos maus costumes tudo aquilo que choca o bom gosto: é uma reforma que data dos últimos dez anos.

295

A alma, quando está doente, faz precisamente como o corpo: atormenta-se e agita-se em todos os sentidos, mas acaba por encontrar um pouco de sossego. Detém-se enfim no gênero de sentimentos e de ideias mais necessário para o seu repouso.

296

Há homens para quem as ilusões sobre as coisas que os interessam são tão necessárias quanto a vida. Algumas vezes, no entanto, têm percepções que levariam a crer que estão perto da verdade. Porém, eles escapam bem depressa e parecem crianças que correm atrás de um mascarado e fogem quando o mascarado vem para cima delas.

297

O sentimento que temos pela maior parte dos benfeitores é como o reconhecimento que temos pelos dentistas. Dizemos a nós mesmos que eles nos fizeram um bem, que nos livraram de um mal, mas lembramo-nos da dor que nos causaram e não os amamos com muita ternura.

298

Um benfeitor delicado deve pensar que existe, no benefício, uma parte material cuja ideia se deve ocultar daquele que é objeto da beneficência. É preciso, por assim dizer, que essa ideia se perca e se envolva no sentimento que produziu o benefício, assim como, entre dois amantes, a ideia do gozo se envolve e se enobrece no encanto do amor que o fez nascer.

299

Qualquer benefício que não seja caro ao coração é odioso. É como uma relíquia ou um osso de morto: deve-se colocá-lo num relicário ou esmagá-lo com os pés.

300

A maior parte dos benfeitores que desejam permanecer ocultos, depois de nos terem feito algum bem, fogem como a Galateia de Virgílio: *Et se cupit ante videri*[43].

301

Diz-se comumente que ficamos presos pelos benefícios que fazemos. É uma bondade da natureza. É justo que a recompensa por fazer o bem seja amar.

302

A calúnia é como a vespa que importuna e contra a qual não se deve fazer nenhum movimento, a menos que se esteja seguro de matá-la; caso contrário, ela voltará à carga mais furiosa do que nunca.

303

Os novos amigos que fazemos depois de certa idade, e com os quais tentamos substituir os que perdemos, são, comparados com os nossos amigos antigos, o mesmo que os olhos de vidro, os dentes postiços e as pernas de pau comparados aos olhos verdadeiros, aos dentes naturais e às pernas de carne e osso.

---

43. "Mas quer que a vejam antes" (*Bucólicas*, livro III).

304

Na ingenuidade de uma criança bem nascida há algumas vezes uma filosofia bem amável.

305

A maioria das amizades estão cheias de *se* e de *mas*, e acabam sendo simples ligações que subsistem à força de *subentendidos*.

306

Há, entre os costumes antigos e os nossos, a mesma relação que encontramos entre Aristides, controlador-geral das finanças dos atenienses, e o abade Terray[44].

307

O gênero humano, mau por natureza, tornou-se pior por causa da sociedade. Nela, cada homem carrega os defeitos: 1º) da humanidade; 2º) do indivíduo; 3º) da classe a que pertence na ordem social. Esses defeitos aumentam com o tempo e cada homem, avançando em idade, ferido por todos esses vícios alheios e infeliz pelos seus próprios, adquire pela humanidade e pela sociedade um desprezo que só pode voltar-se contra ambas.

308

Acontece com a felicidade o mesmo que com os relógios. Os menos complicados são os que apresentam menos defeitos. O relógio de repetição[45]

---

44. Aristides, general e estadista ateniense, era chamado de "O Justo" por causa de sua extrema honradez; foi responsável pela administração das finanças de Atenas. O abade Terray, exercendo funções semelhantes no reinado de Luís XV, envolveu-se numa fraude para monopolizar o comércio de grãos.
45. Tratava-se de um relógio que soava a hora certa ao se apertar um botão.

é mais sujeito a variações. Se marca, além disso, os segundos, nova causa de irregularidade; e, depois, os que marcam o dia da semana e o mês do ano, sempre mais prontos a estragar-se.

309

Tudo é igualmente vão nos homens, suas alegrias e suas tristezas. Porém, é preferível que a bolha de sabão seja dourada ou azulada, em vez de negra ou cinza.

310

Aquele que disfarça a tirania, a proteção ou mesmo os benefícios sob a aparência e o nome da amizade, lembra-me aquele padre celerado que envenenava com uma hóstia.

311

Há poucos benfeitores que não digam como Satã: *Si cadens adoraveris me*[46].

312

A pobreza dá um desconto para o crime.

313

Os estoicos são uma espécie de inspirados que levam para a moral a exaltação e o entusiasmo poéticos.

---

46. Citação do Evangelho de Mateus (4,9): "Tudo isto te darei se, prostrado, me adorares".

314

Se fosse possível uma pessoa sem espírito sentir a graça, o refinamento, a amplitude e as diferentes qualidades dos espíritos alheios, e demonstrar que o sente, a convivência com tal pessoa, mesmo que não produzisse nada por si própria, ainda assim seria muito procurada. O mesmo resultado aplica-se à mesma suposição com relação às qualidades da alma.

315

Ao vermos ou experimentarmos os sofrimentos vinculados aos sentimentos extremados, no amor, na amizade, seja pela morte daquilo que amamos, seja pelos acidentes da vida, somos tentados a crer que a dissipação e a frivolidade não são tolices tão grandes e que a vida não vale muito mais do que aquilo que fazem dela as gentes do mundo.

316

Em certas amizades apaixonadas têm-se a felicidade das paixões e, ainda por cima, o testemunho da razão.

317

A amizade extremada e delicada muitas vezes é ferida pelo amassar de uma rosa.

318

A generosidade não passa da piedade das almas nobres.

319

Goza e faze gozar sem fazer mal nem a ti nem a ninguém: eis aí, creio eu, toda a moral.

320

Para os homens verdadeiramente honestos, e que possuem certos princípios, os mandamentos de Deus foram resumidos na fachada da abadia de Teleme[47]: "Faze aquilo que desejares".

321

A educação deve assentar-se sobre duas bases: a moral e a prudência. A moral, para apoiar a virtude; a prudência, para nos defender contra os vícios alheios. Fazendo pender a balança para o lado da moral, tornamo-nos apenas tolos ou mártires; fazendo-a pender para o outro lado, tornamo-nos calculadores egoístas. O princípio de qualquer sociedade é fazer justiça a si mesmo e aos outros. Se devemos amar ao próximo como a nós mesmos é, no mínimo, tão justo amar a si mesmo como ao próximo.

322

Não há nada como a amizade integral para desenvolver todas as qualidades da alma e do espírito de certas pessoas. A convivência social ordinária não deixa que elas exibam senão alguns de seus atrativos. São belos frutos que só alcançam a maturidade sob o sol e que, na estufa abafada, produziriam somente folhas graciosas e inúteis.

---

47. Local imaginário criado por Rabelais, em *Gargântua*.

323

Quando eu era jovem, tendo as necessidades das paixões, e atraído por elas para o mundo, forçado a procurar no convívio social e nos prazeres algumas distrações para sofrimentos cruéis, pregavam-me o amor pelo retiro, pelo trabalho, e enfadavam-me com sermões pedantescos sobre esse assunto. Chegado aos quarenta anos, tendo perdido as paixões, que tornam suportável o convívio em sociedade, não vendo nisso mais do que a miséria e a futilidade, e não tendo mais necessidade do mundo para escapar dos sofrimentos que não mais existem, o gosto pelo retiro e pelo trabalho tornou-se muito vivo em mim e substituiu todo o resto. Deixei de frequentar o mundo: desde então, não cessam de me atormentar para que eu volte a ele. Tenho sido acusado de ser misantropo etc. O que concluir dessa bizarra diferença? A necessidade que os homens têm de tudo criticar.

324

Só estudo aquilo que me agrada; não ocupo meu espírito senão com as ideias que me interessam. Elas serão úteis ou inúteis, seja para mim, seja para os outros. O tempo trará ou não as circunstâncias que farão com que eu faça das minhas aquisições um emprego proveitoso. Em todos os casos, terei tido a vantagem inestimável de não me contrariar e de ter obedecido ao meu pensamento e ao meu caráter.

325

Destruí minhas paixões quase como um homem violento que mata seu cavalo quando não consegue domá-lo.

326

Os primeiros motivos de pesar serviram-me de couraça contra os outros.

327

Conservo pelo sr. de la B... o mesmo sentimento que um homem honesto experimenta ao passar diante do túmulo de um amigo.

328

Tenho de lamentar muito certamente as coisas, e talvez os homens; porém, calo-me sobre estes. Só lamento as coisas e, se evito os homens, é para não conviver com aqueles que me fazem carregar o peso das coisas.

329

A fortuna, para chegar até mim, terá de passar pelas condições que lhe são impostas por meu caráter.

330

Quando meu coração tem necessidade de enternecimento, recordo-me da perda dos amigos que já não tenho, das mulheres que a morte me arrebatou; habito seu ataúde, envio minha alma para vagar em torno dos meus. Ai de mim! Possuo três túmulos.

331

Quando faço algum bem e acabam por sabê-lo, creio estar sendo punido, ao invés de me crer recompensado.

332

Renunciando ao mundo e à fortuna, encontrei a felicidade, a calma, a saúde e até mesmo a riqueza. E, a despeito do provérbio, percebi que quem abandona a partida a ganha.

333

A celebridade é o castigo do mérito e a punição do talento. O meu, qualquer que seja ele, não me parece mais do que um delator nascido para perturbar meu repouso. Experimento, ao destruí-lo, a alegria de triunfar sobre um inimigo. O sentimento, em mim, triunfou até mesmo sobre o amor-próprio, e a vaidade literária pereceu na destruição do interesse que eu tinha pelos homens.

334

A amizade delicada e verdadeira não suporta misturar-se com nenhum outro sentimento. Considero uma grande felicidade que a amizade entre mim e o sr... já fosse perfeita, antes que eu tivesse a oportunidade de prestar-lhe o serviço que lhe prestei e que só eu podia prestar. Se tudo aquilo que ele fez por mim pudesse ser suspeito de ter sido ditado pelo interesse de encontrar-me tal como ele me encontrou naquela circunstância; se fosse possível que ele a tivesse previsto, a felicidade da minha vida estaria envenenada para sempre.

335

Toda a minha vida é um tecido de aparentes contrastes com meus princípios. Não gosto dos príncipes e estou ligado a uma princesa e a um príncipe[48]. Conhecem-me pelas máximas republicanas, e vários de meus amigos estão cobertos de condecorações monárquicas. Gosto da pobreza voluntária e convivo com pessoas ricas. Fujo das honrarias, e algumas chegam até mim. As letras são quase que meu único consolo, e nunca vejo os belos espíritos e nunca vou à Academia. Somem a isso que acredito que as ilusões são necessárias ao homem e vivo sem ilusão; que creio que as paixões são mais úteis do que a razão e não sei mais o que são as paixões etc.

---

48. Chamfort foi secretário do príncipe de Condé.

336

Aquilo que aprendi, não sei mais. O pouco que ainda sei, adivinhei.

337

Uma das grandes infelicidades do homem é que mesmo suas boas qualidades lhe são algumas vezes inúteis, e a arte de servir-se delas e de bem governá-las não passa, quase sempre, de um fruto tardio da experiência.

338

A indecisão e a ansiedade são, para o espírito e para a alma, aquilo que a tortura é para o corpo.

339

O homem honesto, desenganado de todas as ilusões, é o homem por excelência. Mesmo que tenha pouco espírito, sua companhia é muito agradável. Não poderia ser pedante, não dando importância a nada. É indulgente, porque lembra que teve ilusões, como aqueles que ainda se ocupam com isso. Um dos efeitos de sua indiferença é ser seguro em seus relacionamentos, não se permitir repetições inúteis nem intrigas. Se se permitem para com ele, esquece-as ou as desdenha. Ele deve ser mais alegre do que os outros, porque está constantemente em condições de fazer um epigrama contra seu próximo. Está com a verdade e ri dos passos em falso daqueles que seguem às apalpadelas no falso. Trata-se de um homem que, de um lugar iluminado, vê num quarto escuro os gestos ridículos daqueles que andam por ali a esmo. Rompe, risonho, os falsos pesos e as falsas medidas que se aplicam aos homens e às coisas.

340

As pessoas se assustam com os partidos violentos, porém eles convêm às almas fortes. Os caracteres vigorosos repousam nos extremos.

341

A vida contemplativa é quase sempre miserável. É necessário agir mais, pensar menos e não ficar a observar-se viver.

342

O homem pode aspirar à virtude: o que não pode, racionalmente, é pretender encontrar a verdade.

343

O jansenismo dos cristãos é o estoicismo dos pagãos, degradado na forma e posto ao alcance de um populacho cristão. Essa seita teve um Pascal e um Arnauld[49] como defensores!

---

49. Trata-se do teólogo Antoine Arnauld (1612-94).

CAPÍTULO VI

○ ○ ○ ○ ○ ○

Das mulheres, do amor, do casamento e da galanteria

344

Tenho vergonha da opinião que fazem de mim. Nem sempre fui tão Céladon[50] quanto me veem. Se contasse três ou quatro histórias de minha juventude, veriam que isso não é muito honesto, e que pertence às melhores companhias.

345

O amor é um sentimento que, para parecer honesto, tem necessidade de ser composto tão somente dele próprio, de viver e de subsistir apenas por si.

346

Todas as vezes em que vejo admiração exagerada em uma mulher, ou mesmo em um homem, começo a desconfiar de sua sensibilidade. Essa regra jamais me enganou.

---

50. O mesmo que "amante tímido e dedicado", "apaixonado platônico"; referência a um personagem do romance *Astrée*, de Honoré d'Urfé.

347

Quando se trata de sentimentos, aquilo que pode ser avaliado não tem valor.

348

O amor é como as doenças epidêmicas: quanto mais se tem medo delas, mais se está exposto.

349

Um homem apaixonado é um homem que deseja ser mais amável do que pode; é por isso que quase todos os apaixonados são ridículos.

350

Há mulheres que se tornaram infelizes para o resto da vida, que se perderam e se desonraram por causa de um amante que deixaram de amar porque ele se desempoou mal, esqueceu-se de cortar uma das unhas ou pôs as meias do avesso.

351

Uma alma orgulhosa e honesta, que conheceu as paixões fortes, foge delas, teme-as e desdenha a galanteria, assim como a alma que sentiu a amizade desdenha as ligações triviais e os interesses mesquinhos.

352

Perguntam por que é que as mulheres exibem os homens; apresentamos diversas razões para isso, a maioria delas ofensiva para os homens. A verdade é que elas só podem desfrutar de seu império sobre eles através desse expediente.

353

As mulheres de uma condição social intermediária, que têm a esperança ou a mania de serem alguma coisa neste mundo, não possuem nem a felicidade da natureza nem a da opinião: são as criaturas mais infelizes que já conheci.

354

A sociedade, que diminui muito os homens, reduz as mulheres a nada.

355

As mulheres têm fantasias, entusiasmos excessivos e, algumas vezes, gostos. Podem até mesmo elevar-se às paixões: aquilo de que são menos suscetíveis é de apego. São feitas para relacionar-se com nossas fraquezas, com nossa loucura, mas não com nossa razão. Existem entre elas e os homens simpatias de epiderme, e pouquíssimas simpatias de espírito, de alma e de caráter. É o que está provado pelo pouco caso que fazem de um homem de quarenta anos – e falo mesmo daquelas que são quase dessa idade. Observem que, quando a ele concedem uma preferência, é sempre com objetivos desonestos, com um cálculo de interesse ou vaidade. E, então, a exceção comprova a regra, e até mais do que a regra. Acrescentemos que, nesse caso, não é válido o axioma: "Quem muito prova, não prova nada".

356

É por nosso amor-próprio que o amor nos seduz. Ah! Como resistir a um sentimento que embeleza aos nossos olhos aquilo que temos, devolve-nos aquilo que perdemos e dá-nos aquilo que não temos?

357

Quando um homem e uma mulher têm um pelo outro uma paixão violenta, sempre me parece que, quaisquer que sejam os obstáculos que os separem – marido, parentes etc. –, os dois amantes são um do outro *em nome da natureza*, que se pertencem *por direito divino*, apesar das leis e das convenções humanas.

358

Retirem o amor-próprio do amor e dele só restará pouca coisa. Uma vez purgado da vaidade, é um convalescente enfraquecido, que mal consegue se arrastar.

359

O amor, tal como existe na sociedade, não passa da troca de duas fantasias e do contato de duas epidermes.

360

Dizem-nos, algumas vezes, para nos convencer a ir à casa de determinada mulher: "Ela é muito amável". Mas e se eu não a quiser amar? Seria preferível dizer: "Ela é muito amante", porque existem mais pessoas que querem ser amadas do que pessoas que querem amar.

361

Se quisermos fazer uma ideia do amor-próprio das mulheres em sua juventude, basta julgarmos por aquele que lhes resta depois que passaram da idade de agradar.

362

Dizia o sr. de... a propósito dos favores das mulheres: "Parece-me que na verdade se disputam como num concurso, mas não são concedidos nem ao sentimento nem ao mérito".

363

As mulheres jovens têm uma infelicidade em comum com os reis, a de não ter nenhum amigo. Porém, felizmente, tanto elas quanto os próprios reis não sentem essa infelicidade: a grandeza de uns e a vaidade das outras roubam deles esse sentimento.

364

Dizem, na política, que os sábios não fazem conquistas: isso também pode ser aplicado à galanteria.

365

É engraçado que a expressão "conhecer uma mulher" queira dizer "deitar-se com uma mulher", e isso em diversas línguas antigas, nos costumes mais simples e mais próximos da natureza, como se não fosse possível conhecer uma mulher de outro modo. Se os patriarcas fizeram essa descoberta, eram mais avançados do que imaginamos.

366

As mulheres travam contra os homens uma guerra em que eles levam uma grande vantagem, porque têm as *meretrizes* do seu lado.

367

Há certas meretrizes que encontram a quem se vender, mas não encontrariam a quem se dar.

368

Mesmo o amor mais honesto abre a alma às paixões mesquinhas: o casamento abre sua alma às paixões mesquinhas de sua mulher, à ambição, à vaidade etc.

369

Seja tão amável e tão honesto quanto possível, ame a mulher mais perfeita que se possa imaginar; nem por isso estará menos sujeito a perdoá-la por seu predecessor ou por seu sucessor.

370

Talvez seja necessário ter sentido o amor para bem conhecer a amizade.

371

O comércio[51] entre os homens e as mulheres é parecido com o que os europeus fazem nas Índias: um comércio guerreiro.

372

Para que uma ligação entre homem e mulher seja verdadeiramente interessante é preciso que haja entre eles gozo, memória ou desejo.

---

51. "Comércio", mantido para não eliminar o jogo de palavras, aqui é sinônimo de trato, relações ou convivência.

373

Uma mulher de espírito disse-me, um dia, uma frase que bem poderia ser o segredo do seu sexo: é que toda mulher, ao arranjar um amante, leva mais em conta a maneira como as outras mulheres veem esse homem do que a maneira como ela própria o vê.

374

Madame de... foi encontrar-se com seu amante na Inglaterra para dar prova de grande ternura, embora quase não a tivesse. Atualmente, os escândalos acontecem por respeito humano.

375

Lembro-me de ter visto um homem desistir das raparigas de teatro por ter visto nelas – dizia ele – tanta falsidade quanto nas mulheres honestas.

376

Há repetições inúteis para os ouvidos e para o espírito, mas nunca para o coração.

377

Sentir faz pensar: é o que se admite com bastante facilidade. Admite-se menos que pensar faz sentir, mas isso não é menos verdadeiro.

378

O que é uma amante? Uma mulher junto da qual não nos lembramos mais daquilo que sabemos de cor, ou seja, de todos os defeitos do seu sexo.

379

Na galanteria, o tempo faz com que a atração pelo mistério seja sucedida pela atração pelo escândalo.

380

Parece que o amor não busca as perfeições reais; dir-se-ia que as teme. Só gosta daquelas que ele cria, supõe; é como aqueles reis que só reconhecem as grandezas que eles próprios concederam.

381

Os naturalistas dizem que, em todas as espécies animais, a degeneração começa pelas fêmeas. Os filósofos podem aplicar essa observação à moral, na sociedade civilizada.

382

Aquilo que torna o relacionamento com as mulheres tão atraente é que há sempre uma multidão de subentendidos, e os subentendidos – que entre homens são incômodos ou, pelo menos, insípidos – são agradáveis entre um homem e uma mulher.

383

Diz-se comumente: "A mais bela mulher deste mundo não pode dar senão aquilo que tem", o que é muito falso. Ela dá precisamente aquilo que acreditamos receber, já que nesse caso é a imaginação que produz o valor daquilo que se recebe.

384

A indecência e a falta de pudor são absurdas em qualquer sistema: na filosofia que goza, assim como naquela que se abstém.

385

Observei, lendo as Escrituras, que em diversas passagens, quando se trata de censurar a humanidade pelos furores ou pelos crimes, o autor diz: "os filhos dos homens", e quando se trata de tolices ou de fraquezas, ele diz: "os filhos das mulheres".

386[52]

Seria muito lamentável se, junto das mulheres, nós nos lembrássemos minimamente daquilo que sabemos de cor.

387

Parece que a natureza, dando aos homens um gosto totalmente indestrutível pelas mulheres, adivinhou que, sem essa precaução, o desprezo que inspiram os vícios do seu sexo – principalmente a vaidade – seria um grande obstáculo à preservação e à propagação da espécie humana.

388

"Aquele que não andou muito com meretrizes não conhece absolutamente as mulheres", dizia-me gravemente um homem, grande admirador da sua, que o enganava.

---

52. Cf. aforismo 378.

389

O casamento e o celibato têm ambos inconvenientes. Deve-se preferir aquele cujos inconvenientes não são irremediáveis.

390

No amor, basta ser agradável por suas qualidades e por seus atrativos; mas no casamento, para ser feliz, é preciso ser amado, ou pelo menos aceito, por seus defeitos.

391

O amor dá mais prazer que o casamento, pela mesma razão que os romances são mais divertidos que a história.

392

O casamento vem depois do amor, como a fumaça depois da chama.

393

A frase mais sensata e mais comedida que já foi dita sobre a questão do celibato e do casamento é a seguinte: "Seja qual for a decisão que tomares, tu te arrependerás". Fontenelle arrependeu-se, em seus derradeiros anos, de não ter se casado. Esqueceu-se dos noventa e cinco anos passados na despreocupação.

394

Quando se trata de casamento, só é banal aquilo que é sensato, e só é interessante aquilo que é louco. O resto é um cálculo vil.

395

Casam as mulheres antes que sejam alguma coisa e possam ser alguma coisa. Um marido não passa de uma espécie de artesão que trabalha o corpo de sua mulher, delineia seu espírito e desbasta sua alma.

396

O casamento, tal como praticado entre os grandes, é uma indecência admitida.

397

Vimos homens considerados honestos e círculos respeitáveis aplaudirem a felicidade de mademoiselle..., jovem, bela, espirituosa e virtuosa, que teve a vantagem de tornar-se esposa do sr..., velho malsão, repugnante, desonesto, imbecil, porém rico. Se alguma coisa caracteriza um século infame é semelhante motivo de júbilo, é o ridículo de tal alegria, é a inversão de todas as ideias morais e naturais.

398

A condição de marido tem algo de deplorável: é que mesmo o marido mais espirituoso pode ser supérfluo em qualquer parte, mesmo em sua casa, maçante sem abrir a boca e ridículo quando diz a coisa mais simples. Ser amado pela esposa compensa uma parte desses defeitos. É por isso que o sr... dizia à sua: "Minha querida amiga, ajude-me a não ser ridículo".

399

O divórcio é tão natural que, em várias residências, ele se deita todas as noites entre os cônjuges.

400

Graças à paixão pelas mulheres, é necessário que mesmo o homem mais honesto seja marido, chichisbéu, devasso ou impotente.

401

O pior de todos os casamentos desiguais é o do coração.

402

Sermos amados não é tudo, é preciso sermos apreciados, e só o podemos ser por aqueles que se parecem conosco. É por isso que o amor não existe – ou ao menos não dura – entre dois seres dos quais um é muito inferior ao outro. E isso não é de modo algum efeito da vaidade, mas de um amor-próprio justo, do qual seria absurdo e impossível querer despojar a natureza humana. A vaidade pertence à natureza fraca ou corrompida; já o amor-próprio, bem conhecido, pertence à natureza bem ordenada.

403

As mulheres só concedem à amizade aquilo que tomam do amor.

404

Uma feia imperiosa, e que quer agradar, é como um pobre que ordena que lhe façam caridade.

405

O amante, amado demais por sua amante, parece amá-la menos, e vice-versa. Será que acontece com os sentimentos do coração o mesmo que com os favores? Quando não temos mais esperança de poder pagá-los, caímos na ingratidão.

406

A mulher que é mais estimada pelas qualidades de sua alma ou de seu espírito que por sua beleza é superior ao seu sexo. Aquela que é mais estimada por sua beleza que por seu espírito ou pelas qualidades de sua alma pertence ao seu sexo. Porém, aquela que é mais estimada por seu nascimento ou por sua condição social que por sua beleza está fora e abaixo do seu sexo.

407

Parece que no cérebro das mulheres existe um compartimento a menos e, em seu coração, uma fibra a mais do que nos dos homens. Seria necessária uma organização especial para torná-los capazes de suportar, cuidar e tratar com carinho as crianças.

408

Foi ao amor materno que a natureza confiou a conservação de todos os seres. E para assegurar às mães sua recompensa, ela a depositou nos prazeres e mesmo nos sofrimentos vinculados a esse delicioso sentimento.

409

No amor, tudo é verdadeiro e tudo é falso; e é a única coisa sobre a qual não se pode dizer nenhum absurdo.

410

Um homem apaixonado que lamenta o homem sensato parece-me semelhante a um homem que lê contos de fadas e zomba daqueles que leem história.

411

O amor é um comércio tempestuoso que sempre acaba em bancarrota, e é a pessoa que foi vítima da bancarrota que é desonrada.

412

Uma das melhores razões que podemos ter para nunca nos casar é que não podemos ser totalmente enganados por uma mulher enquanto ela não for nossa.

413

Você já conheceu alguma mulher que, ao ver um dos amigos dela assiduamente junto de outra mulher, não tenha suposto que essa outra mulher estivesse sendo cruel com ele? Vê-se por aí a opinião que elas têm umas das outras. Tire suas conclusões.

414

Por mais mal que um homem possa pensar das mulheres, não existe mulher que não pense ainda pior do que ele.

415

Alguns homens possuíam o necessário para se elevarem acima das miseráveis considerações que rebaixam os homens abaixo de seu mérito. Porém, o casamento e as ligações com as mulheres puseram-nos no nível daqueles que não se comparavam a eles. O casamento e a galanteria são uma espécie de fio condutor que faz com que essas paixões mesquinhas cheguem até eles.

416

Vi neste mundo homens e mulheres que não exigem troca de sentimento por sentimento, mas de procedimento por procedimento, e que abandonariam essa última transação se conduzisse a outra.

CAPÍTULO VII

□ □ □ □ □ □

Dos sábios e dos homens de letras

417

Existe certa energia ardente, mãe ou companheira, necessária de certos tipos de talentos, que de ordinário condena à infelicidade aqueles que os possuem, não por não terem moral ou gestos belíssimos, mas por se entregarem com frequência a desvios que fariam supor a ausência de qualquer moral. Trata-se de uma afetação devoradora da qual não são senhores e que os torna extremamente odiosos. Afligimo-nos ao pesar que Pope e Swift, na Inglaterra, Voltaire e Rousseau, na França, julgados não pelo ódio nem pela inveja, mas pela equidade e pela benevolência, com base em fatos atestados ou reconhecidos por seus amigos e por seus admiradores, seriam acusados e condenados por ações bastante recrimináveis e por sentimentos algumas vezes muito perversos. *O altitudo*[53]!

418

Observou-se que aqueles que escrevem sobre física, história natural, fisiologia e química são normalmente homens de caráter amável, tranquilo e em geral felizes; e que, ao contrário, aqueles que escrevem sobre política, legislação e mesmo sobre moral são de temperamento triste, melancólico etc.

---

53. Referência ao Novo Testamento (Romanos, 11,33): "Ó abismo da riqueza, da sabedoria e da ciência de Deus! Como são insondáveis seus juízos e impenetráveis seus caminhos!".

Nada mais simples: uns estudam a natureza e os outros, a sociedade; uns contemplam a obra de um grande ser, enquanto os outros voltam o olhar para a obra do homem. Os resultados devem ser diferentes.

419

Se examinarmos com cuidado o conjunto de qualidades raras do espírito e da alma que são necessárias para julgar, sentir e apreciar os bons versos (o tato, a sensibilidade dos órgãos, dos ouvidos e da inteligência etc.), ficaríamos convencidos de que, apesar das pretensões de todas as classes da sociedade de julgar as obras de entretenimento, os poetas têm aí menos juízes verdadeiros que os geômetras. Então, os poetas, não levando em conta o público e ocupando-se apenas dos conhecedores, deveriam fazer, com relação às suas obras, o mesmo que fazia o célebre matemático Viécio com as suas, numa época em que o estudo das matemáticas era menos difundido do que hoje. Ele mandava imprimir apenas um pequeno número de exemplares e os distribuía àqueles que podiam entendê-lo e desfrutar de seu livro ou fazer uso dele. Quanto aos outros, nem pensava neles. Mas Viécio era rico, e a maioria dos poetas é pobre. E, depois, talvez um geômetra tenha menos vaidade do que um poeta – ou se tiver o mesmo tanto, deve calculá-la melhor.

420

Há homens nos quais o *espírito* (esse instrumento aplicável a tudo) não passa de um *talento* pelo qual parecem dominados, que não governam e que não está submetido às ordens de sua razão.

421

De bom grado, eu diria dos metafísicos aquilo que Scaliger[54] dizia dos bascos: "Dizem que eles se entendem, mas não creio em nada disso".

---

54. Joseph Justus Scaliger (1540-1609), filólogo e historiador, filho do célebre filósofo e humanista ítalo-francês Júlio César Scaliger.

422

O filósofo que faz tudo pela vaidade tem o direito de desprezar o cortesão que faz tudo pelo interesse? Parece-me que um se apodera dos luíses de ouro e o outro se retira contente depois de ouvi-los tilintar. D'Alembert, cortesão de Voltaire por um interesse de vaidade, estará muito acima de algum cortesão de Luís XIV, que queria uma pensão ou um cargo no governo?

423

Quando um homem amável ambiciona o pequeno triunfo de agradar a outros além de seus amigos (como fazem tantos homens, sobretudo os letrados, para os quais agradar é como um ofício), está claro que só pode ser levado a isso por um motivo de interesse ou de vaidade. Seria necessário que escolhesse entre o papel de uma cortesã e o de uma coquete ou, se preferirem, de um comediante. O homem que se torna amável para um grupo porque gosta dele, é o único que desempenha o papel de um homem honesto.

424

Alguém disse que tomar dos antigos era piratear além dos limites; mas que pilhar os modernos era furtar nas esquinas.

425

Os versos conferem espírito ao pensamento do homem que, às vezes, tem muito pouco; e é isso que se chama talento. Muitas vezes, eles tiram o espírito do pensamento daquele que tem muito espírito, e essa é a melhor prova da ausência de talento para os versos.

426

A maior parte dos livros de hoje parece feita em um dia, com livros lidos na véspera.

427

O bom gosto, o tato e o bom-tom têm mais relação do que fingem acreditar os homens de letras. O tato é o bom gosto aplicado à atitude e à conduta; o bom-tom é o bom gosto aplicado aos discursos e à conversação.

428

Uma das excelentes observações de Aristóteles, em sua *Retórica*, é que qualquer metáfora fundamentada na analogia deve ser igualmente justa no sentido inverso. Assim, dizemos da velhice que ela é o inverno da vida; inverta a metáfora e a achará igualmente justa, dizendo que o inverno é a velhice do ano.

429

Para ser um grande homem nas letras, ou pelo menos para operar uma revolução perceptível, é necessário – como na ordem política – encontrar tudo preparado e nascer no momento certo.

430

Os grandes senhores e os belos espíritos, duas classes que se buscam mutuamente, querem unir duas espécies de homens, a dos que fazem um pouco mais de poeira e a dos que fazem um pouco mais de barulho.

431

Os homens de letras gostam daqueles que eles divertem, assim como os viajantes gostam daqueles que eles assombram.

432

O que é um homem de letras que não é realçado por seu caráter, pelo mérito de seus amigos e por um pouco de abastança? Se essa última vantagem lhe faz falta, a ponto de estar fora de condições de viver convenientemente no meio social para o qual o mérito o chama, que necessidade ele tem do mundo? Sua única opção não seria escolher um retiro onde pudesse cultivar em paz sua alma, seu caráter e sua razão? Terá ele de carregar o peso da convivência social sem recolher uma única das vantagens que ela proporciona às outras classes de cidadãos? Mais de um homem de letras, forçado a fazer essa escolha, encontrou aí a felicidade que teria buscado em vão em outros lugares. É ele quem pode dizer que, ao lhe recusarem tudo, tudo lhe deram. Quantas vezes se pode repetir as palavras de Temístocles: "Ai de nós! Estaríamos perdidos se não tivéssemos nos perdido"[55].

433

O que faz o sucesso de grande quantidade de obras é a relação que se encontra entre a mediocridade das ideias do autor e a mediocridade das ideias do público.

434

Dizem e repetem, depois de ler alguma obra que transpira virtude: "É pena que os autores não se retratem em seus escritos, e que não se possa concluir de semelhante obra que o autor é o que parece ser". É verdade que muitos exemplos autorizam esse pensamento. Porém, observei que as pessoas muitas vezes fazem essa reflexão para se dispensarem de honrar as virtudes cuja imagem encontra-se nos escritos de um homem honesto.

435

Um autor, homem de gosto, é, no meio desse público *blasé*, o mesmo que uma meretriz no meio de um círculo de velhos libertinos.

---

55. Essa citação se encontra na *Vida de Temístocles*, de Plutarco.

436

Pouca filosofia leva a desprezar a erudição; muita filosofia leva a estimá-la.

437

O trabalho do poeta – e muitas vezes do homem de letras – é bem pouco frutuoso para ele próprio; e, por parte do público, acha-se entre o "muitíssimo obrigado" e o "vá passear". Sua fortuna se reduz a desfrutar de si próprio e do tempo.

438

O repouso de um escritor que realizou boas obras é mais respeitado pelo público do que a fecundidade ativa de um autor que multiplica as obras medíocres. É desse modo que o silêncio de um homem conhecido por seu bem falar se impõe muito mais do que a tagarelice de um homem que fala mal.

439

Vendo a composição da Academia Francesa, acreditar-se-ia que ela tomou como divisa os seguintes versos de Lucrécio: *Certare ingenio, contendere nobilitate*[56].

440

A honra de pertencer à Academia Francesa é como a cruz de São Luís[57], que se vê tanto nos banquetes de Marly[58] como nos albergues a dez tostões.

---

56. "Lutam pelo gênio e disputam a glória por causa de seu nascimento" (*Da natureza*, II, 11).
57. Importante condecoração que Chamfort menciona de modo implicitamente pejorativo no aforismo 248.
58. Antigo retiro campestre dos reis da França que teve seu apogeu no reinado de Luís XIV.

441

A Academia Francesa é como o Teatro da Ópera, que se sustenta de coisas alheias a ele: as pensões que se exigem para ele das óperas cômicas da província, a permissão de ir da plateia ao salão de descanso etc. Do mesmo modo, a Academia se sustenta de todas as vantagens que proporciona. Parece a Cidalise de Gresset[59]:

> Tenha-a, é primeiramente o que deveis a ela;
> E vós a estimareis depois, se puderdes.

442

Ocorre mais ou menos com as reputações literárias, e sobretudo com as reputações teatrais, o mesmo que com as fortunas que outrora se faziam nas ilhas. Quase que bastava passar por uma delas para conseguir uma grande riqueza. Porém, essas mesmas grandes fortunas foram prejudiciais às da geração seguinte: as terras esgotadas não produziram mais com tanta abundância.

443

Em nossos dias, os sucessos do teatro e da literatura não são muito mais que ridículos.

444

É a filosofia que descobre as virtudes úteis da moral e da política. É a eloquência que as torna populares. E é a poesia que as torna, por assim dizer, proverbiais.

---

59. Poeta francês do século XVIII; Cidalise é uma das personagens de sua peça mais conhecida, a comédia *Le méchant*. É dessa peça a máxima: "O espírito que se quer ter estraga aquele que se tem".

445

Um sofista eloquente, mas desprovido de lógica, é para um orador filósofo aquilo que um prestidigitador é para um matemático, aquilo que Pinetti é para Arquimedes.

446

Não se é um homem de espírito por ter muitas idéias, assim como não se é um bom general por ter muitos soldados.

447

As pessoas muitas vezes se zangam com os homens de letras que se retiram do mundo. Querem que eles se interessem pela sociedade, da qual não tiram quase nenhuma vantagem. Querem forçá-los a assistir eternamente aos sorteios de uma loteria da qual não têm bilhete.

448

O que admiro nos antigos filósofos é o desejo de adequar seus costumes a seus escritos: é o que se observa em Platão, em Teofrasto e em diversos outros. A moral prática era de tal modo a parte essencial de sua filosofia que vários deles foram colocados à frente de escolas sem nada terem escrito, como Xenócrates, Polemon, Xentipo[60] etc. Sócrates, sem ter publicado uma única obra e sem ter estudado nenhuma outra ciência além da moral, nem por isso deixou de ser o principal filósofo de seu século.

---

60. Não se conhece nenhum filósofo com esse nome. É provável que Chamfort esteja se referindo a Espeusipo, que era sobrinho de Platão e dirigiu a Academia depois da morte de seu fundador, sendo sucedido por Xenócrates e depois por Polemon. No entanto, Diógenes Laércio aponta Espeusipo como autor de dezenas de obras.

449

Aquilo que sabemos melhor é: 1º) aquilo que adivinhamos; 2º) aquilo que aprendemos pela experiência com os homens e com as coisas; 3º) aquilo que aprendemos não nos livros, mas através dos livros, ou seja, através das reflexões que provocaram em nós; 4º) aquilo que aprendemos nos livros ou com algum mestre.

450

Os homens de letras, sobretudo os poetas, são como os pavões, aos quais mesquinhamente se atiram alguns grãos em suas gaiolas e das quais algumas vezes são tirados para vê-los exibir a cauda. Enquanto isso, os galos, as galinhas, os patos e os perus passeiam livremente no terreiro, enchendo o papo à vontade.

451

Sucessos produzem sucessos, assim como dinheiro produz dinheiro.

452

Existem livros que mesmo o homem de mais espírito não poderia compor sem um carro de aluguel, ou seja, sem consultar os homens, as coisas, as bibliotecas, os manuscritos etc.

453

É quase impossível que um filósofo ou um poeta não sejam misantropos: 1º) porque seu gosto e seu talento os levam à observação da sociedade, estudo que aflige constantemente o coração; 2º) porque como seu talento quase nunca é recompensado pela sociedade (e feliz daquele que não é punido!), esse motivo de aflição só faz redobrar sua tendência à melancolia.

454

As memórias que os homens de posição ou os homens de letras – mesmo aqueles considerados os mais modestos – deixam para servir à história de suas vidas traem sua vaidade secreta e lembram a história daquele santo que deixou cem mil escudos para ajudar na sua canonização.

455

É uma grande infelicidade perder, por causa de nosso caráter, os direitos que nossos talentos nos deram sobre a sociedade.

456

Foi depois da idade das paixões que os grandes homens produziram suas obras-primas, assim como é depois das erupções dos vulcões que a terra se torna mais fértil.

457

A vaidade dos homens do mundo serve-se habilmente da vaidade dos homens de letras. Estes fizeram mais de uma reputação que conduziu a grandes posições. De início, de ambos os lados, tudo não passa de vento, mas os intrigantes competentes enfunam com esse vento as velas de sua fortuna.

458

Os economistas são como cirurgiões que possuem um excelente escalpelo e um bisturi cego, e operam maravilhosamente bem os mortos e martirizam os vivos.

459

Os homens de letras raramente ficam enciumados da reputação, algumas vezes exagerada, de certas obras da gente da Corte. Consideram esse sucesso tal como as mulheres honestas consideram a fortuna das meretrizes.

460

O teatro reforça os costumes ou os modifica. É preciso necessariamente que corrija o ridículo ou que o propague. Vimo-lo operar na França esses dois efeitos alternadamente.

461

Vários homens de letras acreditam amar a glória e não amam senão a vaidade. São duas coisas bem diferentes e até mesmo opostas, porque uma é uma pequena paixão, e a outra é uma grande. Há, entre a vaidade e a glória, a mesma diferença que existe entre um enfatuado e um amante.

462

A posteridade só considera os homens de letras por suas obras, e não por seus cargos. "Antes o que fizeram do que o que foram", parece ser sua divisa.

463

Sperone Speroni[61] explica muito bem como um autor que expõe suas ideias muito claramente para si mesmo é algumas vezes obscuro para o seu leitor:
– É – diz ele – porque o autor vai do pensamento à expressão, enquanto o leitor vai da expressão ao pensamento.

---

61. Sperone Speroni degli Alvarotti, humanista italiano (1500-88).

464

As obras que um autor realiza com prazer são quase sempre as melhores, assim como os filhos do amor são os mais belos.

465

Quando se trata de belas-artes, e mesmo em muitas outras coisas, só se sabe bem aquilo que nunca se aprendeu.

466

O pintor dá alma à forma, e o poeta empresta forma ao sentimento e à ideia.

467

Quando La Fontaine é ruim, é quando é deixado de lado; quando La Motte é ruim, é quando é requisitado[62].

468

A perfeição de uma comédia de caracteres consistiria em arranjar a intriga de maneira que essa intriga não pudesse servir a nenhuma outra peça. Talvez, no teatro, apenas *Tartufo* possa suportar essa prova.

469

Há uma maneira divertida de provar que, na França, os filósofos são os piores cidadãos deste mundo. Eis a prova: é que tendo impresso uma grande quantidade de verdades importantes na ordem política e econômica,

---

62. Jean de La Fontaine, poeta e fabulista (1621-95); Antoine Houdar de La Motte, escritor, poeta e dramaturgo (1672-1731).

tendo dado vários conselhos úteis, consignados em seus livros, esses conselhos foram seguidos por quase todos os soberanos da Europa, em quase todos os lugares, com exceção da França. Donde se pode concluir que, a prosperidade dos estrangeiros aumentando seu poderio – enquanto a França permanece nas mesmas condições, conservando os abusos etc. –, ela acabará numa posição de inferioridade com relação às outras potências. E isso evidentemente é culpa dos filósofos. Sabemos, com relação a esse assunto, da resposta do duque da Toscana a um francês acerca das felizes inovações promovidas por ele em seus Estados:

– O senhor me louva em demasia por isso – dizia ele. – Tirei todas as minhas ideias dos seus livros franceses.

470

Vi na Antuérpia, numa das principais igrejas, o túmulo do célebre impressor Plantin ornado de quadros soberbos, obras de Rubens, dedicados à sua memória. Lembrei-me, à vista daquilo, que os Étienne (Henri e Robert), que por sua erudição grega e latina prestaram grandes serviços às letras, levaram na França uma velhice miserável e que Charles Étienne, seu sucessor, morreu num asilo, depois de ter contribuído quase tanto quanto eles para os progressos da literatura. Lembrei-me que André Duchêne[63], que pode ser considerado o pai da história da França, foi expulso de Paris pela miséria e obrigado a refugiar-se numa pequena granja que tinha na Champagne: morreu ao cair do alto de uma carroça carregada de feno, de uma altura imensa. Adrien de Valois, criador da história numismática, não teve destino muito melhor. Samson, o pai da geografia, aos setenta anos ia dar aulas a pé para poder sobreviver. Todo mundo conhece o destino dos Du Ryer, Tristan, Maynard e tantos outros. Corneille não contava nem com um caldo em sua derradeira doença. La Fontaine não estava muito melhor. Se Racine, Boileau, Molière e Quinault tiveram melhor sorte, é porque seus talentos estavam dedicados mais particularmente ao rei. O abade de Longuerue, que relata e

---

63. Também conhecido como André Duchesne.

compara diversas dessas anedotas sobre o triste destino dos homens de letras ilustres na França, acrescenta: "É assim que sempre se procedeu neste miserável país". Aquela lista tão célebre dos homens de letras aos quais o rei queria dar uma pensão, e que foi apresentada a Colbert, era obra de Chapelain, Perrault, Tallemant e do abade Gallois, que omitiram os nomes dos confrades que eles odiavam, mas incluíram os nomes de vários sábios estrangeiros – sabendo muito bem que o rei e o ministro ficariam mais lisonjeados de serem louvados a quatrocentas léguas de Paris.

CAPÍTULO VIII

Da escravidão e da liberdade da França antes e depois da Revolução

471

Zombam muito daqueles que falam com entusiasmo do estado selvagem em oposição ao estado civilizado. No entanto, eu queria saber o que se pode responder a essas três objeções: não há exemplo de que, entre os selvagens, se tenha visto: 1º) um louco; 2º) um suicida; 3º) um selvagem que tenha desejado abraçar a vida civilizada, enquanto um grande número de europeus, tanto no Cabo[64] quanto nas duas Américas, depois de terem vivido entre os selvagens, quando voltaram para junto de seus compatriotas, logo retornaram para as florestas. Que repliquem sem palavrório e sem sofismas.

472

A infelicidade da humanidade, considerada no estado civilizado, é que, embora na moral e na política seja possível apresentar como definição que "o mal é aquilo que causa dano", não é possível dizer que "o bem é aquilo que

---

64. Antiga colônia inglesa, atual território da África do Sul.

tem serventia"; porque aquilo que serve por um momento pode causar dano por muito tempo ou para sempre.

473

Quando se considera que o produto do trabalho e das luzes de trinta ou quarenta séculos foi entregar trezentos milhões de homens espalhados pelo globo a uma trintena de déspotas, na maior parte ignorantes e imbecis, cada um dos quais é governado por três ou quatro celerados, algumas vezes estúpidos, o que pensar da humanidade, e o que esperar dela no futuro?

474

Quase toda a história não passa de uma sequência de horrores. Se os tiranos a detestam enquanto vivos, parece que seus sucessores admitem que os crimes de seus antepassados sejam transmitidos à posteridade para distrair a atenção do horror que eles próprios inspiram. De fato, para consolar os povos, não resta muito mais do que lhes ensinar que seus ancestrais foram tão ou mais infelizes do que eles.

475

O caráter natural do francês é composto das qualidades do macaco e do cão perdigueiro. Engraçado e saltitante como o macaco – e, no fundo, malfazejo como ele –, o francês, como o cão de caça, é de baixa extração e afetuoso, lambe a mão do dono que o espanca, deixa-se pôr na corrente e depois pula de alegria quando o soltam para ir à caça.

476

Antigamente, o tesouro real chamava-se *Economia*. Ficaram com vergonha do nome, que parecia contrariar a verdade depois que esbanjaram os tesouros do Estado, e passaram a chamá-lo simplesmente de *tesouro real*.

477

O título mais respeitável da nobreza francesa é descender diretamente de alguns desses trinta mil homens de elmo, couraça, braçadeiras e perneiras que, montados em grandes cavalos encouraçados de ferro, espezinhavam oito ou nove milhões de homens nus, que são os ancestrais da nação atual. Eis um direito evidente ao amor e ao respeito de seus descendentes! E, para acabar de tornar essa nobreza respeitável, ela recruta novos membros e se regenera através da adoção desses homens que aumentaram suas fortunas despojando a cabana do pobre, que não tem condição de pagar os impostos. Miseráveis instituições humanas que, feitas para inspirar o desprezo e o horror, exigem que as respeitemos e que as reverenciemos!

478

A necessidade de ser fidalgo, para ser capitão de navio, é quase tão racional quanto a de ser secretário do rei para ser marinheiro ou grumete.

479

Essa impossibilidade de alcançar os altos postos a menos que se seja fidalgo é um dos absurdos mais funestos em quase todos os países. Parece que estou vendo asnos proibindo a equitação e os torneios a cavalo.

480

A natureza, para fazer um homem virtuoso ou um homem de gênio, não vai consultar Chérin[65].

481

Que importa que ocupem o trono um Tibério ou um Tito, se têm Sejano como ministro[66]?

---

65. Cf. aforismo 15.
66. Cf. aforismo 101.

482

Se algum historiador, tal como Tácito, escrevesse a história de nossos melhores reis, fazendo um levantamento exato de todos os atos tirânicos, de todos os abusos de autoridade, cuja maior parte está enterrada na obscuridade mais profunda, haveria poucos reinados que não nos inspirassem o mesmo horror que o de Tibério.

483

Pode-se dizer que não houve mais governo civil em Roma depois da morte de Tibério Graco. E Cipião Nasica, partindo do Senado para empregar a violência contra esse tribuno, ensinou aos romanos que só a força faria as leis no fórum. Foi ele quem revelou, antes de Sila[67], esse funesto mistério.

484

O que produz o secreto interesse que nos atrai tão fortemente para a leitura de Tácito é o contraste contínuo e sempre renovado entre a antiga liberdade republicana e os vis escravos que o autor retrata; é a comparação dos antigos Escauros, Cipiões etc., com as torpezas de seus descendentes. Em poucas palavras, o que contribui para o efeito de Tácito é Tito Lívio.

485

Os reis e os sacerdotes, ao proscreverem a doutrina do suicídio, quiseram garantir a duração de nossa escravidão. Querem nos manter trancados em um calabouço sem saída: tal como esse celerado, em Dante, que mandou murar a porta da prisão onde estava encerrado o infeliz Ugolino[68].

---

67. Célebre ditador romano de 82 a 79 a.C. Oriundo de família patrícia, serviu sob o comando de Mário; afastado por este, ocupou Roma e estabeleceu uma ditadura; acumulou uma fortuna imensa para si e para seus amigos à força de confiscos.
68. Tirano de Pisa, que foi preso e trancado numa torre com seus filhos, para que morresse de fome. Essa história transformou-se num dos mais célebres episódios da *Divina Comédia*.

486

Escrevem-se livros sobre os interesses dos príncipes; fala-se em estudar os interesses dos príncipes: será que ninguém nunca fala em estudar os interesses do povo?

487

A única história digna de atenção é a dos povos livres: a história dos povos submetidos ao despotismo não passa de uma coletânea de anedotas.

488

A verdadeira Turquia da Europa seria a França. Podemos ler em vinte escritores ingleses: "Os países despóticos, tais como a França e a Turquia...".

489

Os ministros não passam de empregados domésticos, e só são tão importantes porque as terras do fidalgo, seu senhor, são muito consideráveis.

490

Um ministro, exibindo aos seus senhores defeitos e tolices danosas ao público, muitas vezes só faz se consolidar no cargo: dir-se-ia que se liga ainda mais a eles pelos laços dessa espécie de cumplicidade.

491

Por que acontece, na França, de um ministro permanecer no cargo depois de cem operações ruins? E por que é demitido pela única boa que realizou?

492

Acreditar-se-ia que o despotismo tem defensores, do ponto de vista da necessidade de estímulo às belas-artes? É difícil acreditar quanto o esplendor do século de Luís XIV multiplicou o número daqueles que pensam desse modo. Segundo eles, o ápice de toda a civilização humana é ter belas tragédias, belas comédias etc. São pessoas que perdoam todo mal que fizeram os padres, considerando que, sem os padres, não teríamos a comédia do *Tartufo*.

493

Na França, o mérito e a reputação dão tanto direito às posições quanto a coroa de rosas[69] dá a uma aldeã o direito de ser apresentada à Corte.

494

França, país onde é muitas vezes útil mostrar seus vícios e sempre perigoso mostrar suas virtudes.

495

Paris, terra singular, onde são precisos trinta soldos para jantar, quatro francos para tomar ar, cem luíses para o supérfluo no necessário e quatrocentos luíses para ter apenas o necessário no supérfluo.

496

Paris, cidade dos divertimentos, dos prazeres etc., em que quatro quintos dos habitantes morrem de tristeza.

---

69. Antigamente, em algumas aldeias francesas, as moças reconhecidamente virtuosas recebiam como recompensa uma coroa de rosas.

497

Poder-se-ia aplicar à cidade de Paris os próprios termos de Santa Teresa para definir o inferno: "O lugar que fede e onde não se ama ninguém".

498

É uma coisa notável a quantidade de etiquetas numa nação tão vivaz e tão alegre quanto a nossa. Podemos nos espantar também com o espírito pedantesco e a gravidade das corporações e das companhias. Parece que o legislador procurou colocar um contrapeso que detivesse a leviandade do francês.

499

É coisa segura que, na ocasião em que foi nomeado diretor dos Inválidos[70], o sr. de Guibert encontrou nesse hospital seiscentos pretensos soldados que não estavam feridos e, quase todos, nunca haviam participado de nenhum cerco nem de nenhuma batalha, mas estavam sendo recompensados por terem sido cocheiros ou lacaios de grandes senhores ou homens de posição. Que texto e que matéria para reflexões!

500

Na França, deixa-se em paz quem ateia o fogo e persegue-se quem aciona o alarme.

501

Quase todas as mulheres, sejam de Versalhes, sejam de Paris, quando são de condição um tanto considerável, não são outra coisa que burguesas de qualidade, umas madames Naquart[71], apresentadas ou não apresentadas.

---

70. Célebre hospital criado por Luís XIV, com a finalidade de acolher os soldados inválidos.
71. Personagem da comédia *La fête de village ou Les bourgeoises de qualité*, de Florent Carton Dancourt (1661-1725).

502

Na França, não existe mais povo nem nação, pela mesma razão que um monte de linha não é uma roupa.

503

O povo é governado tal como ele raciocina. Seu direito é dizer tolices, assim como o dos ministros é fazê-las.

504

Quando se comete alguma tolice pública, penso num pequeno número de estrangeiros que podem estar em Paris, e estou pronto a afligir-me, porque continuo amando minha pátria.

505

Os ingleses são o único povo que encontrou o meio de limitar o poder de um homem cujo rosto está num mísero tostão.

506

Como ocorre que, mesmo sob o despotismo mais horroroso, alguém resolva se reproduzir? É porque a natureza tem suas leis mais brandas, porém mais imperiosas que as dos tiranos. É porque o filho sorri para a mãe no reinado de Domiciano como no de Tito.

507

Um filósofo dizia: "Não sei como um francês que esteve uma vez na antecâmara do rei, ou no olho-de-boi[72], pode dizer de quem quer que seja: 'É um grande senhor'."

---

72. Pequena abertura pela qual se podia observar a movimentação dos cortesãos na antecâmara do rei.

508

Os aduladores dos príncipes costumam dizer que a caça é uma imagem da guerra. E, com efeito, os camponeses – cujos campos são devastados pela caça – devem achar que ela a representa muito bem.

509

É lamentável para os homens, e talvez alvissareiro para os tiranos, que os pobres e os infelizes não tenham o instinto ou o orgulho do elefante, que nunca se reproduz em cativeiro.

510

Na eterna luta que a sociedade promove entre o pobre e o rico, o nobre e o plebeu, o homem famoso e o homem desconhecido, há duas observações a serem feitas: a primeira é que suas ações e seus discursos são avaliados segundo medidas diferentes, pesos diferentes, um de uma libra e o outro de dez ou cem – desproporção admitida, e da qual se parte como de uma coisa definida; e só isso já é horrível. Essa preferência por pessoas, autorizada pela lei e pelo costume, é um dos enormes vícios da sociedade, que bastaria por si só para explicar todos os seus vícios. A outra observação é que mesmo partindo dessa desigualdade, comete-se em seguida outra malversação: é que se diminui a libra do pobre, do plebeu, que se a reduz a um quarto, enquanto se elevam para cem as dez libras do rico e do nobre, para mil suas cem libras etc. Eis o efeito natural e necessário de suas respectivas posições: o pobre e o plebeu têm como invejosos todos os seus iguais; e o rico e o nobre têm como sustentáculos e cúmplices o pequeno número dos seus, que os favorecem para partilhar as suas vantagens e obter outras semelhantes.

511

O que é um cardeal? É um padre vestido de vermelho que recebe cem mil escudos do rei para zombar dele em nome do papa.

512

É uma verdade incontestável que há na França sete milhões de homens que pedem esmola e doze milhões que não têm condições de dá-la.

513

"A nobreza", dizem os nobres, "é um intermediário entre o rei e o povo..." Sim, como o cão de caça é um intermediário entre o caçador e as lebres.

514

A maioria das instituições sociais parece ter como objetivo manter o homem em uma mediocridade de ideias e de sentimentos que o torne mais apropriado a governar ou ser governado.

515

Um cidadão da Virgínia, possuidor de cinquenta acres de terra fértil, paga quarenta e dois soldos de nossa moeda para desfrutar em paz, sob leis justas e brandas, da proteção do governo, da segurança de sua pessoa e de sua propriedade, da liberdade civil e religiosa, do direito de votar nas eleições, de ser membro do Congresso e, por conseguinte, de ser legislador etc. Um camponês francês, da Auvergne ou do Limousin, é esmagado por talhas, vigésimos e corveias de todo tipo, para ser insultado por capricho de um subdelegado, detido arbitrariamente etc., e transmitir a uma família espoliada essa herança de infortúnio e aviltamento.

516

A América setentrional é o lugar do universo onde os direitos do homem são mais bem conhecidos. Os americanos são os dignos descendentes desses famosos republicanos que se expatriaram para fugir da tirania. Foi lá que se formaram homens dignos de combater e de vencer os próprios ingleses, na época em que estes recuperaram sua liberdade e conseguiram constituir o mais belo governo que jamais existiu. A revolução da América será útil à própria Inglaterra, forçando-a a fazer um novo exame de sua constituição e a banir dela os abusos. O que acontecerá? Os ingleses, expulsos das terras da América setentrional, se lançarão sobre as ilhas e as possessões francesas e espanholas e lhes darão seu governo, que é fundado no amor natural que os homens têm pela liberdade e aumenta este mesmo amor. Serão formuladas nessas ilhas espanholas e francesas, e sobretudo nas terras da América espanhola – que então terá se tornado inglesa –, novas constituições, cujos princípio e base será a liberdade. Assim, os ingleses terão a glória única de ter formado quase que os únicos povos livres do universo, os únicos, propriamente dizendo, dignos do nome de homens, já que serão os únicos que souberam reconhecer e conservar os direitos dos homens. Porém, quantos anos não serão necessários para que se realize essa revolução? Será preciso ter purgado de franceses e de espanhóis essas terras imensas, onde só poderiam se formar escravos, e ter transplantado ingleses para lá a fim de levar para elas as primeiras sementes da liberdade. Essas sementes se desenvolverão e, produzindo novos frutos, realizarão a revolução que expulsará os próprios ingleses das duas Américas e de todas as ilhas.

517

O inglês respeita a lei e rejeita ou despreza a autoridade. O francês, ao contrário, respeita a autoridade e despreza a lei. É preciso ensiná-lo a fazer o contrário, mas talvez seja coisa impossível dada a ignorância na qual se mantém a nação – ignorância que não se pode contestar, a julgar pelas luzes espalhadas pelas capitais.

518

"Para mim, tudo; para o resto, nada": eis o despotismo, a aristocracia e seus partidários. "Eu sou o outro; o outro sou eu": eis o regime popular e seus partidários. Depois disso, decida-se.

519

Tudo que é oriundo da classe do povo arma-se contra ele para oprimi-lo, desde o miliciano até o negociante transformado em secretário do rei, o pregador saído de uma aldeia para pregar a submissão ao poder arbitrário, o historiógrafo filho de um burguês etc. São como os soldados de Cadmo[73]: os primeiros a receber suas armas voltam-se contra seus irmãos e atiram-se sobre eles.

520

Semelhante aos animais que não podem respirar a certa altitude sem perecer, o escravo morre na atmosfera da liberdade.

521

Governa-se os homens com a cabeça: não se joga xadrez com um bom coração.

522

É preciso recomeçar a sociedade humana do mesmo modo como Bacon dizia que era preciso recomeçar o entendimento humano.

523

Diminuam os males do povo e diminuirão sua ferocidade, da mesma forma como se curam as suas doenças com um bom caldo.

---

73. Mitológico fundador de Tebas. Chegando à Beócia, Cadmo matou um dragão que devorara seus homens e, por ordem de Minerva, semeou seus dentes. Desses dentes nasceram soldados, que lutaram entre si até só restarem cinco, que tornaram-se os ancestrais dos tebanos.

524

Observo que os homens mais extraordinários, e que promoveram revoluções – que parecem ser produto unicamente de seu gênio – foram auxiliados pelas circunstâncias mais favoráveis e pelo espírito de seu tempo. Sabe-se de todas as tentativas feitas antes da grande viagem de Vasco da Gama às Índias Ocidentais. Não se ignora que diversos navegadores estavam convencidos da existência de grandes ilhas e provavelmente de um continente a oeste, antes de Colombo o descobrir – e ele próprio tinha em mãos os papéis de um célebre piloto a quem estivera ligado. Filipe preparou tudo para a guerra contra os persas, antes de sua morte. Diversas seitas de heréticos, levantando-se contra os abusos da comunhão romana, precederam Lutero e Calvino, e mesmo Wyclif[74].

525

Acredita-se comumente que Pedro, o Grande, despertou um dia com a ideia de criar tudo na Rússia. O próprio sr. de Voltaire reconhece que o pai dele, Alexis, planejou transportar para lá as artes. Existe em tudo uma maturidade que é preciso esperar. Feliz do homem que chega ao momento dessa maturidade!

526

Os pobres são os negros da Europa.

527

A Assembleia Nacional de 1789 deu ao povo francês uma Constituição mais forte do que ele. É preciso que ela se apresse a elevar a nação a essa altura, através de uma boa educação pública. Os legisladores devem fazer como

---

74. John Wyclif, teólogo e reformador inglês (1330?-84).

esses médicos habilidosos que, ao tratar de um doente esgotado, fazem com que tome os fortificantes com a ajuda de algo que facilite a digestão.

528

Ao ver o grande número de deputados na Assembleia Nacional de 1789, e todos os preconceitos dos quais a maioria estava repleta, poder-se-ia dizer que eles só os destruíram para se apossarem deles, tal como essas pessoas que demolem um edifício para se apropriarem dos escombros.

529

Uma das razões pelas quais as corporações e as assembleias praticamente não podem fazer outra coisa além de tolices é que, em uma deliberação pública, a melhor coisa que poderia ser dita a favor ou contra o assunto ou a pessoa que está em discussão, quase nunca pode ser dita em voz alta sem grandes perigos ou extremos inconvenientes.

530

No momento em que Deus criou o mundo, o movimento do caos deve ter feito o caos parecer mais desordenado do que quando repousava em pacífica desordem. É assim que, entre nós, a confusão de uma sociedade que se reorganiza deve parecer o excesso da desordem.

531

Os cortesãos, e aqueles que viviam dos abusos monstruosos que esmagavam a França, dizem incessantemente que se podia consertar os abusos sem destruir como se destruiu. Eles bem teriam desejado que os estábulos de Áugias fossem limpos com um espanador[75].

---

75. Limpar os imensos estábulos do rei Áugias, que não foram limpos durante trinta anos, foi um dos doze trabalhos de Hércules.

532

No Antigo Regime, um filósofo escrevia verdades ousadas. Um desses homens, que o nascimento ou circunstâncias favoráveis chamaram a ocupar uma posição, lia, enfraquecia, modificava, aproveitava-se de um vigésimo dessas verdades e era considerado um homem inquietante, mas um homem de espírito. Ele abrandava seu zelo e conseguia tudo, enquanto o filósofo era atirado na Bastilha. No novo regime, é o filósofo que consegue tudo; suas ideias não lhe servem mais para ser encarcerado, nem para desentupir o espírito de um tolo e arranjar-lhe uma posição, mas para que ele próprio obtenha essa posição. Julgue como a multidão daqueles que foram preteridos por sua causa pode acostumar-se com essa nova ordem de coisas!

533

Não é uma coisa muito engraçada ver o marquês de Bièvre (neto do cirurgião Maréchal) crer-se obrigado a fugir para a Inglaterra, assim como o sr. de Luxemburgo e os grandes aristocratas, fugitivos depois da catástrofe de 14 de julho de 1789?

534

Os teólogos, sempre fiéis ao projeto de cegar os homens, e os agentes dos governos, sempre fiéis ao de oprimi-los, pressupõem gratuitamente que a grande maioria dos homens está condenada à estupidez acarretada pelos trabalhos puramente mecânicos ou manuais. Pressupõem que os artesãos não podem elevar-se aos conhecimentos necessários para fazer valer os direitos de homens e de cidadãos. Diríamos que esses conhecimentos são muito complicados? Suponhamos que se tivesse empregado, para esclarecer as classes mais baixas, um quarto do tempo e dos cuidados que se tiveram para embrutecê-las; suponhamos que, em vez de pôr em suas mãos um catecismo de metafísica absurdo e ininteligível, se tivesse feito um que contivesse os princípios fundamentais dos direitos dos homens e de seus deveres, fundados em seus direitos. Ficaríamos surpresos com quão longe teriam chegado seguindo essa trilha, traçada numa boa obra elementar. Suponhamos que, em vez de pregar-lhes essa doutrina de paciência, sofrimento, abnegação de si próprio e aviltamento (tão cômoda para os usurpadores), se lhes tivesse pregado a de conhecer seus direitos e o dever de defendê-los; teríamos visto que a natureza, que formou os homens para a sociedade, deu a eles todo o bom senso necessário para constituir uma sociedade racional.

Caracteres e anedotas

TEXTO ORIGINAL

Oeuvres complètes de Chamfort, publicadas por Pierre-René Auguis

Paris, Chaumerot Jeune, 1824 (volume II, páginas 1-157)

1

Nosso século produziu oito grandes atrizes: quatro do teatro e quatro da sociedade. As quatro primeiras são: mademoiselle D'Angeville, mademoiselle Duménil, mademoiselle Clairon e madame Saint-Huberti. As quatro outras são: madame de Montesson, madame de Genlis, madame Necker e madame D'Angivilliers.

2

O sr... dizia-me:

Vi-me reduzido a encontrar todos os meus prazeres em mim mesmo, ou seja, unicamente no exercício da minha inteligência. A natureza colocou no cérebro do homem uma pequena glândula chamada cerebelo, que desempenha a função de um espelho. Nele, nós representamos, mediocremente, de forma reduzida ou ampliada, no todo ou em detalhe, todos os objetos do universo e mesmo os produtos do nosso próprio pensamento. É uma lanterna mágica da qual o homem é proprietário e diante da qual são representadas cenas das quais ele é ator e espectador. Eis, propriamente, o homem. Nisso se limita o seu império: todo o resto lhe é estranho.

3

Dizia o sr. de...: "Hoje, 15 de março de 1782, realizei uma boa ação de uma espécie bastante rara: consolei um homem honesto, cheio de virtudes, com cem mil libras de renda, uma enorme reputação, muito espírito, uma excelente saúde etc. E eu sou pobre, obscuro e estou doente".

4

É conhecido o discurso fanático que o bispo de Dol fez ao rei acerca da repatriação dos protestantes. Ele falou em nome do clero. Quando o bispo de Saint-Pol perguntou-lhe por que havia falado em nome de seus confrades, sem tê-los consultado, ele disse:

– Consultei meu crucifixo.

– Nesse caso – replicou o bispo de Saint-Pol – seria necessário ter repetido exatamente aquilo que seu crucifixo lhe respondeu.

5

É um fato conhecido que Madame[1], filha do rei, brincando com uma de suas amas, olhou para a mão dela e, depois de contar os seus dedos, disse com surpresa:

– Mas como! Você também tem cinco dedos como eu? – e contou novamente para certificar-se.

6

Quando o marechal de Richelieu propôs a Luís XV que se tornasse amante de uma grande dama (esqueci-me de qual), o rei não quis, dizendo que custaria muito caro livrar-se dela.

7

O sr. de Tressan havia feito, em 1738, alguns versos contra o duque de Nivernois. Candidatou-se à Academia em 1780 e foi à casa do sr. de Niver-

---

1. Na França do Antigo Regime, o título de "Madame", sem qualquer complemento, designava a filha mais velha do rei ou do delfim. Esse título também era dado à esposa de "Monsieur", como era chamado o irmão mais velho do rei.

nois, que o recebeu muito bem, falou-lhe do sucesso de suas obras mais recentes e despediu-se dele deixando-o cheio de esperanças, até que, vendo o sr. de Tressan prestes a subir em sua carruagem, disse-lhe:

– Adeus, senhor conde, eu o felicito por não ter mais memória...

8

O marechal de Biron teve uma doença muito perigosa. Quis confessar-se e, diante de vários dos seus amigos, disse:

– Aquilo que devo a Deus, aquilo que devo ao rei, aquilo que devo ao Estado...

Um de seus amigos interrompeu-o:

– Cale-se, ou morrerá sem absolvição.

9

Duclos tinha o costume de pronunciar incessantemente, em plena Academia, f... e b...[2]. O abade du Renel, que por causa de sua figura esguia era chamado de grande serpente sem veneno, disse-lhe:

– Cavalheiro, saiba que só se deve pronunciar na Academia as palavras que se encontram no dicionário.

10

O sr. de L... falava com seu amigo, o sr. de B..., homem muito respeitável e, no entanto, pouco poupado pelo público. Contava-lhe os boatos e os falsos juízos que corriam a seu respeito. O sr. de B... respondeu friamente:

– É bem coisa de bestas e de patifes como o público de hoje! Julgar um caráter da minha têmpera!

---

2. Iniciais de dois dos mais populares palavrões franceses.

11

O sr... dizia-me: "Vi mulheres de todos os países: a italiana só acredita ser amada por seu amante quando ele é capaz de cometer um crime por ela; a inglesa, uma loucura; e a francesa, uma tolice".

12

Duclos dizia de um patifezinho qualquer que havia feito fortuna: "Cospem-lhe na cara, limpam os pés nele e ele agradece".

13

D'Alembert, que já desfrutava de grande reputação, estava na casa de madame du Deffant, onde estavam o presidente Hénault e o sr. de Pont-de-Veyle. Chega um médico, chamado Fournier, que, ao entrar, diz a madame du Deffant:
– Madame, tenho a honra de apresentar-lhe o meu mais humilde respeito –, e ao presidente Hénault – cavalheiro, tenho a honra de saudá-lo –, ao sr. de Pont-de-Veyle – cavalheiro, sou seu mais humilde servidor –, e a D'Alembert – bom dia, cavalheiro.

14

Um homem ia, havia trinta anos, passar todas as suas tardes na casa de Madame de... Quando perdeu sua mulher, acharam que se casaria com a outra e encorajaram-no a isso. Ele recusou:
– Não saberia mais onde passar as minhas tardes.

15

Madame de Tencin, com suas maneiras doces, era uma mulher sem princípios e capaz de tudo, exatamente. Um dia, quando louvavam sua doçura, disse o abade Trublet:

– Sim, se ela tivesse interesse em envenená-lo, escolheria o veneno mais doce.

16

O sr. de Broglie, que só admira o mérito militar, dizia um dia: "Esse Voltaire, a quem tanto se elogia e de quem faço pouco caso, fez, no entanto, um belo verso: 'O primeiro que foi rei foi um soldado feliz'"[3].

17

Refutavam uma opinião qualquer do sr... sobre uma obra, falando-lhe do público que a julgava de modo bem diferente:
– O público, o público – diz ele – quantos tolos são necessários para fazer um público?

18

O sr. d'Argenson dizia ao conde de Sébourg, que era amante de sua esposa: "Há dois cargos que lhe seriam igualmente adequados: a direção da Bastilha e a dos Inválidos[4]. Se eu lhe der a Bastilha, todo mundo dirá que o mandei para lá; se eu lhe der os Inválidos, acreditarão que foi a minha mulher".

19

Existe uma medalha que o príncipe de Condé disse-me ter possuído e cuja perda eu o vi lamentar. Essa medalha representa, de um lado, Luís XIII, com os dizeres ordinários: *Rex Franc. et Nav.*[5], e, do outro, o cardeal de Richelieu, tendo em volta as seguintes palavras: *Nihil sine consilio*[6].

---

3. O verso pertence à tragédia *Mérope*.
4. Célebre hospital, fundado por Luís XIV.
5. "Rei de França e de Navarra".
6. "Nada sem o seu conselho".

20

O sr..., tendo lido a carta de São Jerônimo, na qual ele pinta com a máxima energia a violência de suas paixões, dizia: "Tenho mais inveja da força das suas tentações do que medo da sua penitência".

21

O sr... dizia: "As mulheres só têm de bom aquilo que têm de melhor".

22

A princesa de Marsan, agora tão devota, vivia outrora com o sr. de Bissy. Ela havia alugado uma casinha, na rua Plumet, para onde se dirigiu, enquanto o sr. de Bissy lá estava com algumas moças: ele se recusou a deixá-la entrar. As vendedoras de frutas da rua de Sèvres reuniram-se em torno da sua carruagem, dizendo:

– É bem feio recusar a casa à princesa que paga para nela oferecer banquete a mulheres da vida!

23

Um homem, apaixonado pelos encantos da condição de sacerdote, dizia: "Mesmo que seja preciso ir para o inferno, tenho de me tornar padre".

24

Um homem estava de luto da cabeça aos pés: grandes braçadeiras nas mangas, peruca negra, rosto chupado. Um de seus amigos abordou-o com tristeza:

– Mas então, meu bom Deus, quem é que você perdeu?

– Eu não perdi nada – diz ele. – É que fiquei viúvo.

25

Madame de Bassompierre, vivendo na corte do rei Estanislau, era a amante oficial do sr. de La Galaisière, chanceler do rei da Polônia. O rei foi um dia à sua casa e tomou com ela algumas liberdades que não tiveram êxito:

– Eu me calo – diz Estanislau. – Meu chanceler lhe dirá o resto.

26

Antigamente, servia-se o bolo de reis[7] antes do banquete. O sr. de Fontenelle foi rei[8]. Como não se preocupava em servir um excelente prato que tinha diante de si, disseram-lhe:

– O rei esquece seus súditos.

Ao que ele respondeu:

– É assim que somos.

27

Quinze dias antes do atentado de Damiens[9], um negociante provençal, passando por uma cidadezinha a seis léguas de Lyon e estando num albergue, escutou dizerem, num quarto que estava separado do seu apenas por um tabique, que alguém chamado Damiens deveria assassinar o rei. Quando esse negociante chegou a Paris, foi apresentar-se na casa do sr. Berrier e, não o encontrando, deixou-lhe por escrito aquilo que ouvira. Voltou para ver o sr. Berrier e disse-lhe quem era. Retornou para a sua província: enquanto estava viajando, ocorreu o atentado de Damiens. O sr. Berrier, compreendendo que esse negociante contaria sua história, e que essa negligência causaria a sua perda, enviou um oficial de polícia e alguns guardas para a estrada de Lyon. O homem foi preso, amordaçado, levado para Paris e posto na Basti-

---
7. Tipo de bolo feito especialmente para a festa dos reis magos, em 6 de janeiro.
8. É provável que isso signifique que ele representou o papel de rei durante a celebração dos reis magos.
9. Nesse atentado, Damiens esfaqueou Luís XV.

lha, onde permaneceu durante dezoito anos. O sr. de Malesherbes, que libertou de lá diversos prisioneiros em 1775, contou essa história no calor da sua indignação.

28

Um jovem sensível, e fazendo uso da honestidade no amor, era vítima das troças de alguns libertinos que zombavam do seu jeito sentimental. Respondeu-lhes com candura:

– Será que é minha culpa se gosto mais das mulheres de quem gosto do que das mulheres de quem não gosto?

29

O cardeal de Rohan, que estivera preso por dívidas durante sua embaixada em Viena, foi, na condição de capelão-mor, libertar alguns prisioneiros do Châtelet[10] para comemorar o nascimento do delfim. Um homem, vendo um grande tumulto em torno da prisão, perguntou qual era a causa daquilo. Responderam-lhe que era por causa do cardeal de Rohan que, naquele dia, tinha vindo ao Châtelet:

– Mas como! – diz ele ingenuamente. – Será que ele foi preso?

30

O sr. de Roquemont, cuja mulher era muito galante, dormia uma vez por mês no quarto de sua esposa para prevenir os mexericos caso engravidasse. Depois ia embora, dizendo:

– Fiz a minha parte, que venha quem semeia.

---

10. O Petit Châtelet era uma fortaleza, em Paris, que servia de prisão.

31

O sr. de..., que amargas tristezas impediam de recuperar a saúde, dizia-me: "Mostrem-me o rio do Esquecimento e eu encontrarei a fonte da Juventude".

32

Fazia-se uma investigação na Academia Francesa. Faltava um escudo de seis francos ou um luís de ouro. Um dos membros, conhecido por sua avareza, foi suspeito de não ter contribuído, embora afirmasse que o fizera. Aquele que fazia a coleta disse:

– Eu não vi, mas acredito.

O sr. de Fontenelle encerrou a discussão, dizendo:

– Eu vi, mas não acredito.

33

O abade Maury, indo à casa do cardeal de La Roche-Aimon, encontrou-o voltando da assembleia do clero. Achou-o de mau humor e perguntou a razão:

– Tenho razões muito boas – disse o velho cardeal. – Convidaram-me para presidir essa assembleia do clero, onde tudo se passou da pior maneira possível. Lá estavam até esses jovens agentes do clero, como o tal abade de La Luzerne, que não se contentam com más razões.

34

O abade Raynal, jovem e pobre, aceitou rezar uma missa todos os dias por vinte soldos. Quando ficou mais rico, cedeu-a ao abade de La Porte, ficando com oito soldos. De La Porte, tornando-se menos mendigo, sublocou-a ao abade Dinouart, ficando com quatro soldos, além da parte do abade Raynal. De modo que essa pobre missa, onerada por duas pensões, não rendia mais do que oito soldos ao abade Dinouart.

35

Um bispo de Saint-Brieux, numa oração fúnebre por Maria Teresa[11], safou-se com muita simplicidade de falar no caso da partilha da Polônia[12]: "Como a França nada disse sobre essa partilha", diz ele, "tomarei o partido de fazer como a França e também não direi nada sobre isso".

36

Estando milorde Marlborough na trincheira com um de seus amigos e um de seus sobrinhos, um tiro de canhão estourou os miolos desse amigo, cobrindo com eles o rosto do rapaz, que recuou com horror. Marlborough disse-lhe intrepidamente:
– Mas como, cavalheiro! Parece espantado?
– Sim – disse o rapaz, limpando o rosto –, fiquei espantado que um homem que tinha tantos miolos se houvesse exposto gratuitamente a um perigo tão inútil.

37

A duquesa do Maine, cuja saúde andava mal, reclamava com seu médico, e dizia-lhe:
– Será que vale a pena impor-me tantas privações e fazer com que eu viva isolada?
– Mas Vossa Alteza tem agora quarenta pessoas no castelo!
– Pois então! Não sabe que quarenta ou cinquenta pessoas são o isolamento de uma princesa?

---

11. Imperatriz da Alemanha, mãe de Maria Antonieta.
12. Em 1772, a Polônia foi dividida entre a Rússia, a Prússia e a Áustria.

38

O duque de Chartres[13], ao ser informado do insulto feito à duquesa de Bourbon, sua irmã, pelo conde de Artois, disse: "É uma grande felicidade não ser pai nem marido".

39

Um dia em que ninguém se entendia numa disputa na Academia, disse o sr. de Mairan: "Cavalheiros, falemos apenas quatro de cada vez!".

40

O conde de Mirabeau, feíssimo de rosto, mas cheio de espírito, sendo processado por um pretenso rapto de sedução, fez-se ele mesmo seu advogado:

– Senhores – diz ele – sou acusado de sedução. Como única resposta e como única defesa, solicito que meu retrato seja exposto em juízo.

Como o comissário não entendesse, o juiz disse:

– Sua besta, dê uma olhada na cara desse cavalheiro!

41

O sr... dizia-me

Foi pela incapacidade de poder dispor de um sentimento verdadeiro que tomei o partido de tratar o amor como todo mundo. Esse expediente foi o pior que se poderia fazer: como um homem que, querendo ir ao teatro e não encontrando ingresso para *Ifigênia*[14], vai ao Variedades divertidas[15].

---

13. O duque de Orléans, guilhotinado em 6 de novembro de 1793. [Nota de Pierre-René Auguis.]
14. Chamfort refere-se à tragédia de Racine.
15. Teatro popular parisiense.

42

Madame de Brionne rompeu com o cardeal de Rohan por causa do duque de Choiseul, que o cardeal queria mandar embora. Houve entre eles uma cena violenta e madame de Brionne terminou ameaçando mandar atirá-lo pela janela:

– Eu bem posso descer por onde tantas vezes já subi – disse ele.

43

O duque de Choiseul costumava jogar com Luís xv quando foi exilado. O sr. de Chauvelin, que também participava do jogo, disse ao rei que não podia continuar, porque o duque era seu parceiro. O rei disse ao sr. de Chauvelin:

– Pergunte a ele se quer continuar.

O sr. de Chauvelin escreveu à Chanteloup e o sr. de Choiseul aceitou. No fim do mês, o rei perguntou se a divisão dos ganhos já havia sido feita:

– Sim – disse o sr. de Chauvelin –, o sr. de Choiseul ganhou três mil luíses.

– Ah! Fico muito contente com isso – diz o rei –, mande-os para ele bem depressa.

44

Dizia o sr...: "O amor deveria ser o prazer somente das almas refinadas. Quando vejo homens grosseiros se misturarem ao amor, sou tentado a dizer: 'Com que você anda se misturando?'. Com o jogo, com a gula, com a ambição dessa canalha!".

45

Não louvem diante de mim o caráter de N...: ele é um homem duro, inabalável, apoiado numa filosofia fria, como uma estátua de bronze sobre o mármore.

46

Dizia-me o sr. de...:

Sabe por que na França se é mais honesto na juventude e até os trinta anos do que depois de passada essa idade? É porque é só depois dessa idade que nos desiludimos, temos de escolher entre ser bigorna ou martelo e vemos claramente que os males que fazem gemer a nação são irremediáveis. Até então parecemos o cão que defende o jantar do seu dono contra os outros cães. Depois dessa idade, fazemos como o mesmo cão que pega sua parte junto com os outros.

47

Como madame de B..., apesar da sua grande reputação, não pudesse fazer nada pelo sr. de D..., seu amante, homem demasiado medíocre, casou-se com ele. Como amante, ele não é daqueles que se mostre; como marido, mostra-se qualquer coisa.

48

O conde de Orsay, filho de um coletor-geral de impostos, e tão conhecido por sua mania de ser homem de qualidade, encontrou-se com o sr. de Choiseul-Gouffier na casa do preboste dos mercados. O sr. de Choiseul-Gouffier acabava de falar com esse magistrado, para fazer com que fosse diminuída a sua taxação, consideravelmente aumentada. O conde de Orsay tinha vindo queixar-se de que haviam diminuído a sua e acreditava que essa diminuição pressupunha algum golpe desferido contra os seus títulos de nobreza.

49

Diziam do abade Arnaud que nunca contava nenhuma mentira: "Ele fala muito, mas não é que seja tagarela; é que, enquanto se fala, não se pode inventar".

50

O sr. d'Autrep dizia do sr. de Ximenez: "Trata-se de um homem que prefere a chuva ao bom tempo e que, ao ouvir cantar o rouxinol, diz: 'Ah, que bicho desagradável!'".

51

O czar Pedro I, estando em Spithead, quis saber como era o castigo da quilha[16], que era infligido aos marinheiros. Como não houvesse, na ocasião, nenhum condenado, Pedro disse:
– Peguem um dos meus homens.
– Príncipe – responderam-lhe –, seus homens estão na Inglaterra e, por conseguinte, sob a proteção das leis.

52

O sr. de Vaucanson tornara-se o principal objeto das atenções de um príncipe estrangeiro, embora o sr. de Voltaire estivesse presente. Embaraçado e envergonhado por esse príncipe não ter dito nada a Voltaire, aproximou-se desse último e disse-lhe:
– O príncipe acaba de dizer-me tal coisa (um cumprimento muito lisonjeiro para Voltaire).
Este viu bem que se tratava de uma gentileza de Vaucanson e disse-lhe:
– Reconheço todo o seu talento na maneira como fez o príncipe falar[17].

53

Na época da tentativa de assassinato de Damiens contra Luís XV, o sr. d'Argenson estava abertamente rompido com madame de Pompadour. No

---

16. Do inglês "Keelhaul". Esse castigo consistia em fazer com que o punido, amarrado por uma corda, fosse lançado ao mar por um lado do navio e puxado pelo outro, passando por baixo dele.
17. Para compreender bem o sentido das palavras de Voltaire, basta saber que Vaucanson era um célebre fabricante de autômatos.

dia seguinte a essa catástrofe, o rei mandou chamá-lo para dar-lhe a ordem de dispensá-la. Ele se conduziu como um homem consumado na arte das cortes: sabendo bem que a ferida do rei não era grave, acreditou que este, depois de recuperado, chamaria de volta madame de Pompadour. Por conseguinte, fez com que o rei percebesse que, tendo tido a infelicidade de desagradar à rainha, seria bárbaro fazer com que essa notícia fosse levada a ela por uma boca inimiga e convenceu-o a entregar essa missão ao sr. de Machaut, que era um dos amigos de madame de Pompadour e suavizaria essa ordem com todos os consolos da amizade. Foi essa missão que causou a perda do sr. de Machaut. Porém, esse mesmo homem, que essa sábia conduta havia reconciliado com madame de Pompadour, cometeu um erro de colegial, abusando de sua vitória e cumulando-a de injúrias quando, voltando ao seu lugar, ela pôs a França aos seus pés.

54

Quando madame Dubarry e o duque D'Aiguillon fizeram com que o sr. de Choiseul fosse demitido, os cargos que a sua retirada deixava vagos ainda não haviam sido preenchidos. O rei não queria de modo algum o sr. D'Aiguillon como ministro dos Negócios Estrangeiros. O príncipe de Condé pleiteava o cargo para o sr. de Vergennes, que havia conhecido na Borgonha. Madame Dubarry empenhava-se pelo cardeal de Rohan, que havia se ligado a ela. O sr. D'Aiguillon, que era então seu amante, quis afastar a ambos, e foi isso que fez com que a embaixada da Suécia fosse dada ao sr. de Vergennes, então esquecido e retirado em suas terras, e a embaixada de Viena, ao cardeal de Rohan, que então se chamava príncipe Louis.

55

Dizia o sr...: "Minhas ideias e meus princípios não convêm a todo mundo: são como os pós de Ailhaut e certas drogas que fizeram muito mal aos temperamentos fracos e foram muito proveitosas para as pessoas robustas". Dava essa desculpa para se dispensar de se ligar ao sr. de J..., jovem da corte com quem queriam que ele se relacionasse.

56

Vi o sr. de Foncemagne desfrutar, em sua velhice, de grande consideração. No entanto, tendo tido a oportunidade de suspeitar por um momento de sua retidão, perguntei ao sr. Saurin se o conhecera em particular. Respondeu-me que sim. Insisti para saber se nunca tivera nada contra o sr. de Foncemagne. O sr. Saurin, após um momento de reflexão, respondeu-me:

– Há muito tempo que ele é um homem honesto.

Não pude extrair disso nada de positivo, a não ser que outrora o sr. de Foncemagne tivera uma conduta ambígua e astuciosa em diversos negócios de agiotagem.

57

O sr. d'Argenson, ao ser informado que na batalha de Raucoux um ordenança do exército fora ferido por um tiro de canhão, atrás do local onde ele próprio estava com o rei, disse: "Esse engraçadinho não nos dará a honra de morrer por isso".

58

Em meio às desgraças do fim do reinado de Luís XIV, após a perda das batalhas de Turim, Oudenarde, Malplaquet, Ramillies e Hochstedt, os homens mais honestos da corte diziam: "Pelo menos o rei está se portando bem. Isso é o principal".

59

Quando o conde d'Estaing, após a sua campanha em Grenada, veio fazer sua corte à rainha pela primeira vez, chegou apoiado em suas muletas e acompanhado de vários oficiais feridos como ele. A rainha não soube dizer-lhe outra coisa, a não ser:

– Senhor Conde, ficou satisfeito com o pequeno Laborde?

60

Dizia o sr...: "Só vi neste mundo jantares sem digestão, banquetes sem prazer, conversas sem confiança, ligações sem amizade e relações carnais sem amor".

61

Quando o pároco de São Sulpício foi visitar madame de Mazarino durante sua última doença, para fazer-lhe algumas pequenas exortações, ela lhe disse, ao perceber sua presença: "Ah! Senhor pároco, estou encantada de vê-lo; eu tinha de lhe dizer que a manteiga do Menino Jesus não anda muito boa. Cabe ao senhor pôr ordem nisso, já que o Menino Jesus é uma dependência de sua igreja"[18].

62

Eu dizia ao sr. R..., agradável misantropo, que me apresentara um jovem de suas relações:

– Seu amigo não tem nenhum traquejo do mundo, não sabe nada de nada.

– Sim – disse ele –, e já está triste como se soubesse de tudo.

63

O sr... dizia que um espírito sábio, penetrante e que visse a sociedade tal como é, só encontraria em toda parte a amargura. É absolutamente necessário orientarmos nossa visão para o lado divertido e nos acostumarmos a considerar o homem apenas como uma marionete, e a sociedade, como o palco no qual ela se movimenta. A partir daí, tudo se modifica: o espírito das diferentes classes, a vaidade peculiar a cada uma delas, suas diferentes

---

[18]. Madame de Mazarino atribuía, erroneamente, a fabricação dessa manteiga à comunidade religiosa denominada "Menino Jesus".

gradações nos indivíduos, as patifarias etc.; tudo se torna divertido, e conservamos nossa sanidade.

64

Dizia o sr...:

É apenas com muita dificuldade que um homem de mérito se sustenta neste mundo sem o apoio de um nome, de uma posição e de uma fortuna: o homem que tem essas vantagens é, ao contrário, sustentado mesmo contra a sua vontade. Existe entre esses dois homens a mesma diferença que existe entre o colete salva-vidas e o nadador.

65

O sr... dizia-me: "Renunciei à amizade de dois homens: um, porque nunca me falou de si; o outro, porque nunca me falou de mim".

66

Perguntaram a esse mesmo homem por que os governadores de província tinham mais pompa que o rei: "É porque os atores do interior exageram mais que os de Paris", disse ele.

67

Um pregador da Liga havia adotado, como texto para seu sermão, as seguintes palavras: *Eripe nos, Domine, a luto foecis*[19], que ele traduzia assim: "Senhor, desbourbonai-nos!".

---

19. "Tirai-nos, Senhor, desse mar de lama". Trata-se de um complicado jogo de palavras entre o termo latino "lutum" e sua tradução francesa "bourbe" (ambos significando "lodo" ou "lama"), aqui asssociada à dinastia dos Bourbons, principal alvo da Liga.

68

O sr..., intendente de província, homem muito ridículo, tinha diversas pessoas em seu salão, enquanto estava em seu gabinete, cuja porta estava aberta. Assumiu um ar atarefado e, segurando na mão alguns papéis, ditou gravemente ao seu secretário:

– "Luís, pela graça de Deus, rei de França e de Navarra, a todos aqueles que verem (verem, com *e*) as presentes cartas, saudações." O resto é o de praxe – diz ele entregando os papéis.

E então passa para a sala de audiências, para entregar ao público o grande homem ocupado com tão grandes questões.

69

O sr. de Montesquiou pedia ao sr. de Maurepas que se interessasse pela pronta decisão de seu caso e de suas pretensões ao nome Fezensac[20]. O sr. de Maurepas disse-lhe:

– Não há pressa; o conde de Artois tem filhos.

Isso foi antes do nascimento do delfim.

70

O regente[21] mandou pedir ao presidente Daron que se demitisse do cargo de primeiro-presidente do Parlamento de Bordeaux. Daron respondeu que não poderia ser tirado do cargo sem um processo. O regente, ao receber a carta, escreveu no rodapé: "Que sejam dispensadas essas formalidades", e devolveu-a em resposta. O presidente, conhecendo o príncipe com quem estava lidando, entregou sua demissão.

---

20. François Montesquiou, político francês (1756-1832), de fato passou depois a chamar-se Montesquiou-Fezensac.
21. Filipe de Orléans, regente da França durante a minoridade de Luís XV.

71

Um homem de letras tinha a cabeça ocupada com um poema e com um negócio do qual dependia sua fortuna. Perguntaram-lhe como estava indo seu poema:

– Perguntem-me antes – diz ele – como vai o meu negócio. Estou parecendo muito aquele fidalgo que, sendo processado criminalmente, deixou crescer a barba porque não queria, dizia ele, mandar fazê-la antes de saber se sua cabeça lhe pertenceria. Antes de ser imortal, quero saber se viverei.

72

O sr. de La Reynière, obrigado a escolher entre o cargo de administrador dos correios e o de coletor-geral, depois de já haver ocupado esses dois cargos, nos quais fora mantido por proteção dos grandes senhores que jantavam em sua casa, queixava-se com eles da alternativa que lhe era proposta e diminuía em muito a sua renda. Um deles disse-lhe candidamente:

– Ah, meu Deus! Isso não fará grande diferença em sua fortuna. É um milhão a ser posto a fundo perdido; e nós nem por isso deixaremos de vir jantar em sua casa.

73

O sr..., provençal, que tem ideias bastante divertidas, dizia-me a respeito dos reis e mesmo dos ministros que, se a máquina estivesse bem montada, a escolha de uns e outros era indiferente. Dizia ele:

> Eles são como cães amarrados a uma manivela para girar um assado no espeto; basta que mexam as patas para que tudo corra bem. Quer o cão seja bonito, quer tenha inteligência ou bom faro, ou nada disso, o espeto gira, e o jantar será sempre igualmente bom.

74

Fazia-se uma procissão com o relicário de Santa Genoveva para pedir estiagem. Mal a procissão pôs-se a caminho, começou a chover. Diante disso, o bispo de Castres disse jovialmente:
– A santa está enganada; pensa que estão lhe pedindo chuva.

75

Dizia o sr...: "Pelo tom que reina nos últimos dez anos na literatura, a celebridade literária parece-me uma espécie de difamação, que ainda não tem as mesmas más consequências da golilha[22]. Mas chegaremos lá".

76

Citavam-se alguns exemplos da gulodice de diversos soberanos. "O que vocês querem?", diz o simplório sr. de Brequigny. "O que querem que façam esses pobres reis? É necessário que comam."

77

Perguntaram a uma duquesa de Rohan em que época esperava dar à luz.
– Orgulho-me – diz ela – de ter essa honra dentro de dois meses.
A honra era parir um Rohan.

78

Um brincalhão, tendo visto na Ópera a execução em balé do famoso *Que ele morresse*, de Corneille, pediu a Noverre[23] que transformasse em dança as *Máximas* de La Rochefoucauld.

---

22. Argola de ferro pregada a um poste à qual se prendiam os criminosos pelo pescoço para execração pública.
23. Jean-Georges Noverre (1727-1810), célebre bailarino e professor de dança nascido em Paris.

79

O sr. de Malesherbes dizia ao sr. de Maurepas que era preciso convencer o rei a ir visitar a Bastilha.

– Temos é que evitar isso – respondeu-lhe o sr. de Maurepas.

Ele não queria colocar mais ninguém lá dentro.

80

Durante um cerco, um carregador de água gritava pela cidade:

– Seis soldos por dois baldes cheios d'água!

Veio uma bomba e destruiu um dos seus baldes. Sem se espantar, o carregador começou a gritar:

– Doze soldos por um balde d'água!

81

O abade de Molière era um homem simples e pobre, alheio a tudo, com exceção dos seus trabalhos sobre o sistema de Descartes. Não tinha criados e trabalhava em sua cama, na falta de lenha para se aquecer, com os calções na cabeça, por cima da touca de dormir, as pernas pendendo para cá e para lá. Certa manhã, ouve baterem à porta:

– Quem está aí?

– Abra...

Ele puxa um cordão e a porta se abre. O abade de Molière, sem olhar, pergunta:

– Quem é você?

– Entregue-me o dinheiro.

– Dinheiro?

– Sim, o dinheiro.

– Ah! Entendi, você é um ladrão?

– Ladrão ou não, eu preciso do dinheiro.

– É verdade sim, ele lhe faz falta. Pois então, procure-o aqui dentro...

Ele esticou o pescoço e mostrou um dos bolsos dos calções; o ladrão vasculhou:

– Pois então, aqui não há nenhum dinheiro?

– Na verdade, não; mas tem a minha chave.

– Mas então! Essa chave...

– Pegue essa chave.

– Já peguei.

– Vá até aquela escrivaninha e abra...

O ladrão enfiou a chave numa outra gaveta.

– Largue isso, não desarrume nada! São os meus papéis. Com os diabos! Não vai parar? São os meus papéis: vai encontrar o dinheiro na outra gaveta.

– Está aqui.

– Pois então pegue e depois feche a gaveta...

O ladrão foge.

– Senhor ladrão, feche a porta. Com a breca! Ele deixou a porta aberta! Que ladrão cachorro! Vou ter de me levantar com o frio que está fazendo! Maldito ladrão!

O abade pôs-se de pé, foi fechar a porta e voltou ao seu trabalho.

82

O sr..., com relação aos seis mil anos de Moisés, dizia, considerando a lentidão dos progressos das artes e o estado atual da civilização: "O que ele quer que se faça com os seus seis mil anos? Foi necessário mais do que isso para aprender a fazer fogo e para inventar os fósforos".

83

A condessa de Boufflers dizia ao príncipe de Conti que ele era o melhor dos tiranos.

84

Madame de Montmorin dizia ao seu filho: "Você está entrando no mundo e eu não tenho senão um conselho a lhe dar: é ser apaixonado por todas as mulheres".

85

Uma mulher dizia ao sr... que suspeitava que ele jamais tivesse "tirado os pés do chão" com as mulheres:

– Nunca – disse-lhe ele –, a não ser no céu.

Com efeito, seu amor sempre aumentava com o desfrute, após ter começado com bastante tranquilidade.

86

Nos tempos do sr. de Machaut, foi apresentado ao rei o projeto de uma corte plenária, tal como aquele que se quis depois executar. Tudo foi acertado entre o rei, madame de Pompadour e os ministros. Ditaram ao rei as respostas que ele daria ao primeiro-presidente; tudo foi explicado num relatório no qual se dizia: "Aqui o rei assumirá um ar severo; aqui a expressão do rei se suavizará; aqui o rei fará tal gesto etc.". Esse relatório existe.

87

Dizia o sr...: "É preciso satisfazer o interesse ou assustar o amor-próprio dos homens: eles são como macacos que só dançam em troca de nozes ou pelo temor de uma chibatada".

88

Madame de Créqui, falando com a duquesa de Chaulnes sobre seu casamento com o sr. de Giac, após as desagradáveis consequências que isso gerou[24], disse-lhe que ela deveria tê-las previsto e insistiu na diferença de idade.

– Madame – disse-lhe madame de Giac –, aprenda que uma mulher da corte nunca é velha e que um homem de toga é sempre velho.

89

Quando o sr. de Saint-Julien, o pai, ordenou que seu filho lhe apresentasse a lista de suas dívidas, este colocou em primeiro lugar no seu balanço sessenta mil libras por um cargo de conselheiro no Parlamento de Bordeaux. O pai, indignado, pensou que fosse uma brincadeira e fez-lhe algumas críticas pesadas. O filho afirmou que havia pago por esse cargo.

– Foi – disse ele – quando travei conhecimento com madame Tilaurier. Ela desejava um cargo de conselheiro no Parlamento de Bordeaux para o seu marido e, sem isso, ela nunca teria se tornado minha amiga. Eu paguei pelo cargo e o senhor pode ver, meu pai, que não há razão para encolerizar-se comigo, e que não estou fazendo uma brincadeira de mau gosto.

90

O conde d'Argenson, homem de espírito, mas depravado, brincando com sua própria vergonha, dizia: "Meus inimigos tentam inutilmente e não conseguem me derrubar: aqui não existe ninguém mais rasteiro do que eu".

91

O sr. de Boulainvilliers, homem sem espírito, muito vaidoso e orgulhoso da comenda que correspondia ao seu cargo, dizia a um homem, enquanto punha a comenda pela qual comprara um cargo de cinquenta mil escudos:

– Não ficaria contente de ter um ornamento semelhante?

– Não – diz o outro –, mas gostaria de ter aquilo que ele lhe custou.

---

24. A duquesa era bem mais velha que o marido, o que provocou certo escândalo na Corte francesa.

92

O marquês de Chastellux, apaixonado como um rapaz de vinte anos, ao ver sua mulher ocupada durante todo um jantar com um estrangeiro jovem e bonito, abordou-a ao se levantaram da mesa e dirigiu-lhe algumas humildes censuras. O marquês de Genlis disse-lhe:

– Passe, passe, meu bom homem, você já ganhou (fórmula que se usava com os pobres que pediam esmolas).

93

O sr..., conhecido por seu traquejo do mundo, dizia-me que aquilo que mais contribuíra para a sua formação era ter sabido se deitar, no momento certo, com mulheres de quarenta anos e escutar velhos de oitenta.

94

O sr... dizia que correr atrás da fortuna com insistência, cuidado e assiduidade junto aos grandes, negligenciando o cultivo do espírito e da alma, é como pescar sardinhas com anzol de ouro.

95

Sabe-se quanta familiaridade o rei da Prússia permitia a alguns daqueles que conviviam com ele. O general Quintus Icilius[25] era quem se aproveitava disso com mais liberdade. O rei da Prússia, antes da batalha de Rosbach, disse-lhe que, se perdesse, iria para Veneza, onde viveria do exercício da medicina. Quintus respondeu-lhe:

– Sempre assassino!

---

25. Karl Gottlieb Guischardt (1724-75), que adotou o nome de um dos ajudantes de Júlio César.

96

O sr. de Buffon cerca-se de aduladores e de tolos que o louvam despudoradamente. Um homem jantara na casa de Buffon com o abade Leblanc, o sr. de Juvigny e dois outros homens do mesmo gabarito. Mais tarde, durante a ceia, ele disse que vira, em pleno coração de Paris, quatro ostras agarradas a um rochedo. Buscaram por muito tempo o sentido desse enigma, do qual, por fim, ele forneceu a chave.

97

Durante a derradeira doença de Luís xv, que desde os primeiros dias apresentou-se como mortal, Lorry – que fora chamado juntamente com Bordeu – utilizou, nos detalhes dos conselhos que dava ao rei, a expressão: "É forçoso". O rei, chocado com essas palavras, repetia baixinho, com voz de moribundo: "É forçoso! É forçoso!".

98

Eis uma anedota que ouvi do sr. de Clermont-Tonnerre sobre o barão de Breteuil. O barão, que se interessava pelo sr. de Clermont-Tonnerre, repreendia-o por não se exibir o bastante no mundo.

– É que tenho pouca fortuna – respondeu o sr. de Clermont.

– É preciso pedir emprestado: você pagará com o seu nome.

– E se eu morrer?

– Não morrerá.

– É o que espero. Mas, enfim, e se isso acontecer?

– Pois bem! Morreria com dívidas, como tantos outros.

– Não quero morrer falido.

– Cavalheiro, é preciso subir neste mundo: com o seu nome, deveria conseguir tudo. Ah, se eu tivesse o seu nome!

– Veja para que é que ele me serve.

– A culpa é sua. Eu tomei emprestado, e veja a carreira que fiz, eu, que não passo de um "pé-chato".

Essa palavra foi repetida duas ou três vezes, para grande surpresa do interlocutor, que não podia compreender como alguém podia falar assim de si próprio.

99

Cailhava[26], que durante toda a revolução só conseguia pensar nas queixas dos autores contra os atores, queixava-se com um homem de letras, ligado a diversos membros da Assembleia Nacional, de que o decreto não saía[27]. Este lhe disse:

– Mas o senhor pensa que se trata aqui apenas de representações de obras dramáticas?

– Não – respondeu Cailhava –, bem sei que se trata também da impressão.

100

Algum tempo antes de Luís XV ter se arranjado com madame de Pompadour, ela acompanhava o rei nas caçadas. O rei teve a complacência de remeter ao sr. d'Étioles uma galhada de cervo. Este mandou colocá-la em sua sala de jantar, com a seguinte legenda: "Presente dado pelo rei ao sr. d'Étioles[28]".

101

Madame de Genlis vivia com o sr. de Senevoi. Um dia, quando estava com o marido no toucador, chegou um soldado e pediu a ela que intercedesse por ele junto ao sr. de Senevoi, seu coronel, a quem solicitava uma dispensa. Madame de Genlis irritou-se com o impertinente e disse que conhecia

---

26. Jean-François Cailhava (1731-1813) foi dramaturgo, poeta e crítico teatral. Autor de um *Tratado da arte da comédia*, foi membro da Academia Francesa.
27. Trata-se de uma questão referente aos direitos autorais.
28. O sr. d'Étioles era o marido "oficial" de madame de Pompadour.

o sr. de Senevoi como qualquer outra pessoa. Em resumo, recusou. O sr. de Genlis reteve o soldado e disse-lhe:

– Vá pedir sua dispensa em meu nome e se Senevoi recusá-la, diga-lhe que farei com que seja dada a dele.

102

O sr... muitas vezes recitava máximas libertinas acerca do amor. No fundo, porém, era sensível e feito para as paixões. Assim, alguém dizia dele:

– Finge ser desonesto, a fim de que as mulheres não o rejeitem.

103

O sr. de Richelieu dizia, com relação ao cerco de Mahon pelo duque de Crillon: "Tomei Mahon por um desatino e, nesse gênero de coisas, o sr. de Crillon parece saber mais do que eu".

104

Na batalha de Rocoux ou de Lawfeld, o jovem sr. de Thyange teve seu cavalo morto sob ele, e ele próprio foi lançado para muito longe. No entanto, isso não lhe provocou nenhum ferimento. O marechal de Saxe disse-lhe:

– Pequeno Thyange, você teve muito medo?

– Sim, sr. marechal – disse-lhe ele –, temi que o senhor fosse ferido.

105

Voltaire dizia, com relação ao *Anti-Maquiavel* do rei da Prússia[29]: "Ele cospe no prato para tirar o apetite dos outros".

---

29. Frederico II. (Voltaire foi o encarregado de editar essa obra, escrita em francês.)

106

Alguém estava cumprimentando madame Denis pela maneira como acabara de representar Zaira[30]:
– Para isso – diz ela – é preciso ser bela e jovem.
– Ah! Madame – respondeu ingenuamente aquele que a estava cumprimentando –, a senhora é uma boa prova do contrário.

107

Poissonnier, o médico, depois de voltar da Rússia, foi a Ferney e falou com Voltaire sobre tudo aquilo que este havia dito de falso e de exagerado sobre aquele país:
– Meu amigo – respondeu candidamente Voltaire, em vez de divertir-se em contradizê-lo –, eles me deram boas peliças, e sou muito friorento.

108

Madame de Tencin dizia que as pessoas de espírito cometiam muitas falhas de conduta porque nunca acreditavam que o mundo fosse estúpido o bastante, tão estúpido quanto é.

109

Uma mulher tinha um processo no Parlamento de Dijon. Foi a Paris solicitar ao ministro da Justiça (1784) que se dispusesse a escrever, em seu favor, algumas palavras que fariam com que ela ganhasse um processo justíssimo. O ministro da Justiça recusou. A condessa de Talleyrand tinha interesse nessa mulher e conversou com o ministro da Justiça: nova recusa. Madame de Talleyrand fez com que a rainha falasse com ele: outra recusa. Ela lembrou-se de que o ministro gostava muito do abade de Périgord,

---

30. Protagonista da tragédia homônima de Voltaire, inspirada no *Otelo* de Shakespeare.

seu filho; ela fez com que este escrevesse ao ministro: recusa muito bem composta. Essa mulher, desesperada, resolveu fazer uma tentativa e ir a Versalhes. Na manhã seguinte, parte. O desconforto da viatura pública a convence a descer em Sèvres e fazer o resto do caminho a pé. Um homem se oferece para conduzi-la por um caminho mais agradável e que encurta a distância; ela aceita e lhe conta a sua história. Esse homem lhe diz:

– A senhora terá amanhã aquilo que pede.

Ela o encara e fica confusa. Vai à casa do ministro da Justiça e, recebendo outra recusa, quer partir. O homem a convence a dormir em Versalhes e, na manhã seguinte, traz o papel que ela solicitava. Era um assessor de um assessor, chamado Étienne.

110

O duque de La Vallière, vendo na Ópera a pequena Lacour sem diamantes, aproximou-se dela e perguntou-lhe como isso havia acontecido.

– É que – disse-lhe ela –, os diamantes são a cruz de São Luís de nossa condição.

Ao ouvir essas palavras, ele ficou loucamente apaixonado por ela. Viveu com ela por muito tempo. Ela o subjugava pelos mesmos meios que fizeram o sucesso de madame Dubarry junto a Luís XV. Tirava seu cordão azul[31], colocava-o no chão e dizia-lhe:

– Ajoelhe-se em cima disso, velha ducalha.

111

Um famoso jogador, chamado Sablière, acabara de ser preso. Estava desesperado e dizia a Beaumarchais, que queria impedi-lo de se matar:

> Eu, preso por causa de duzentos luíses! Abandonado por todos os meus amigos! Fui eu quem os formei, que lhes ensinei todas as patifarias. Sem mim, o que seria de B..., D... e N...! (Todos eles ainda vivem.) Por fim, cavalheiro, julgue o excesso do meu aviltamento: para viver, sou espião da polícia.

---

31. A condecoração da Ordem do Espírito Santo.

112

Um banqueiro inglês, chamado Ser ou Sair, foi acusado de ter tramado uma conspiração para raptar o rei (Jorge III) e transportá-lo para a Filadélfia. Levado diante dos juízes, disse-lhes: "Sei muito bem aquilo que um rei pode fazer com um banqueiro, mas ignoro aquilo que um banqueiro pode fazer com um rei".

113

Diziam ao satírico inglês Donne[32]:
– Ataque os vícios com veemência, mas poupe os viciosos.
– Como – diz ele – condenar as cartas e perdoar os trapaceiros?

114

Perguntaram ao sr. de Lauzun o que responderia à sua mulher (que havia dez anos ele não via), se ela lhe escrevesse dizendo: "Acabo de descobrir que estou grávida". Ele refletiu e respondeu:
– Eu lhe escreveria dizendo: "Estou encantado por saber que o céu finalmente abençoou a nossa união. Cuide de sua saúde; irei fazer-lhe a corte esta noite".

115

Madame de H... contava-me a morte do duque de Aumont.

Foi uma grande reviravolta, dizia ela. Dois dias antes, o sr. Bouvard havia permitido que ele comesse e, no mesmo dia da sua morte, duas horas antes da volta da sua paralisia, ele estava como há trinta anos, como havia sido toda a sua vida. Havia pedido seu papagaio, havia dito: "Escovem essa poltrona, vejam meus dois brocados novos". Enfim, toda a sua cabeça, suas ideias estavam como de hábito.

---

32. Trata-se do poeta John Donne (1572-1631).

116

O sr..., que depois de ter conhecido o mundo tomou o partido da solidão, dava como razões para isso o fato de que, depois de ter examinado as convenções da sociedade no relacionamento que existe entre o homem de qualidade e o homem vulgar, havia descoberto que era uma transação de imbecis e de lorpas. "Eu parecia", acrescentava ele, "um grande jogador de xadrez, que consente em jogar com pessoas às quais é preciso ceder a rainha[33]. Joga-se divinamente, quebra-se a cabeça e termina-se por ganhar alguns trocados".

117

Um cortesão dizia, na morte de Luís XIV: "Depois da morte do rei, pode-se acreditar em tudo".

118

Dizem que Jean-Jacques Rousseau foi amante da condessa de Boufflers, e também (perdoem-me o termo) que a deixou em falta: o que lhes criou muita animosidade um contra o outro. Um dia, diziam diante deles que o amor pelo gênero humano extinguia o amor pela pátria.

– Da minha parte – diz ela – eu sei, pelo meu exemplo, e sinto que isso não é verdadeiro. Sou muito boa francesa e nem por isso me interesso menos pela felicidade de todos os povos.

– Sim, eu entendo – diz Rousseau. – A senhora é francesa pelo seu busto e cosmopolita com o resto da sua pessoa.

119

A marechala de Noailles, ainda hoje viva (1780), é uma mística como madame Guyon, quase no mesmo espírito. Sua cabeça chegara ao ponto de

---

33. Abrir mão dessa peça desde o início do jogo, como forma de dar vantagem a um adversário mais fraco.

escrever à Virgem. Sua carta foi deixada na caixa de esmolas da igreja de São Roque, e a resposta a essa carta foi dada por um padre daquela paróquia. Essa manobra durou muito tempo: o padre foi descoberto e perseguido, mas abafou-se o caso.

120

Um jovem havia ofendido o lacaio de um ministro. Um amigo, que testemunhou a cena, disse-lhe, após a partida do ofendido:

– Saiba que teria sido melhor ter ofendido o próprio ministro do que o homem que o acompanha no seu quarto de vestir.

121

Tendo uma das amantes do regente lhe falado de negócios durante um encontro, ele pareceu escutá-la com atenção:

– Você acredita – replicou ele – que a chancelaria dê uma boa pândega?

122

O sr. de..., que havia vivido com algumas princesas, dizia-me:

– Você acredita que o sr. de L... seja amante de madame de S...? Respondi-lhe eu:

– Ele nem mesmo tem essa pretensão. Ele se apresenta como aquilo que é, um libertino, um homem que gosta das meretrizes acima de tudo.

– Rapaz – respondeu-me ele –, não se engane dessa maneira; é com isso que se conquistam as rainhas.

123

O sr. de Stainville, tenente-general, acabara de mandar enclausurar sua mulher. O sr. de Vaubecourt, marechal-de-campo, solicitou uma ordem para mandar enclausurar a sua. Acabara de obter a ordem e saía da casa do ministro com um ar triunfante. O sr. de Stainville, acreditando que ele acabara de ser nomeado tenente-general, disse-lhe, diante de muita gente:

– Eu o felicito, o senhor é seguramente um dos nossos.

124

L'Écluse, aquele que esteve à frente do Variedades Divertidas[34], contava que, muito jovem e sem fortuna, chegou a Lunéville, onde obteve o cargo de dentista do rei Estanislau, precisamente no dia em que o rei perdeu seu último dente.

125

Asseguram que madame de Montpensier, tendo sido algumas vezes obrigada – durante a ausência de suas aias – a mandar que algum de seus pajens calçasse seus sapatos, perguntava-lhe se ele havia tido alguma tentação. O pajem respondia que sim. A princesa, demasiado honesta para tirar proveito dessa confissão, dava-lhe alguns luíses para que ele tivesse condições de ir à casa de alguma meretriz para perder a tentação da qual ela havia sido a causa.

126

O sr. de Marville dizia que não podia haver homens honestos na polícia, a não ser, no máximo, o tenente.

127

Quando o duque de Choiseul estava satisfeito com um chefe de posta[35], pelo qual fora bem tratado, ou cujos filhos eram bonitos, dizia-lhe:

---
34. Cf. aforismo 41.
35. No tempo das viagens por diligência, as postas eram locais estabelecidos ao longo dos caminhos para a troca dos cavalos e descanso dos viajantes.

– Quanto se paga? É posta ou posta e meia[36] de sua casa a tal lugar?
– Posta, meu senhor.
– Pois então! De agora em diante será posta e meia.
A fortuna do chefe de posta estava feita.

128

Madame de Prie, amante do regente, orientada por seu pai – um tratante que se chamava, creio eu, Pleneuf –, havia feito um açambarcamento de trigo que havia levado o povo ao desespero e, por fim, causado uma revolta. Uma companhia de mosqueteiros recebeu ordem de pacificar o tumulto; e seu chefe, o sr. d'Avejan, tinha instruções de atirar na canalha – como era designado o povo na França. Esse homem honesto teve pena de atirar em seus concidadãos, e eis como fez para cumprir a missão. Mandou fazer todos os preparativos para uma salva de mosquete e, antes de dizer "atirem", avançou para a multidão, tendo numa das mãos seu chapéu e na outra a ordem da Corte.

– Senhores – disse ele –, minhas ordens dizem para atirar na canalha; peço a todos os homens honestos que se retirem, antes que eu ordene que façam fogo.

Todos fugiram e desapareceram.

129

É fato conhecido que a carta do rei enviada ao sr. de Maurepas fora escrita para o sr. de Machault. Sabe-se qual interesse particular fez com que fosse mudada essa disposição; mas aquilo que não se sabe é que o sr. de Maurepas surrupiou, por assim dizer, o cargo que, acreditam, lhe fora oferecido. O rei queria apenas conversar com ele e, no fim da conversa, o sr. de Maurepas disse-lhe:

– Desenvolverei minhas ideias amanhã, no Conselho.

---

36. Como medida de distância, uma posta equivalia a duas léguas (ou cerca de doze quilômetros).

Asseguram também que, nessa mesma conversa, disse ao rei:
– Vossa Majestade faz de mim, portanto, primeiro-ministro?
– Não – diz o rei –, não é de maneira alguma a minha intenção.
– Entendo – diz o sr. de Maurepas –, Vossa Majestade quer que eu lhe ensine a se forçar a isso.

130

Discutia-se, na casa de madame de Luxemburgo, sobre estes versos do abade Delille: "E essas duas grandes ruínas consolavam-se uma à outra".
Anunciaram a presença do bailio de Breteuil e madame de La Reinière:
– O verso é bom – diz a marechala.

131

Quando o sr... me expôs seus princípios sobre a sociedade, o governo, sua maneira de ver os homens e as coisas, que me pareceu triste e aflitiva, fiz-lhe essa observação e acrescentei que ele devia ser infeliz. Respondeu-me que, com efeito, fora-o por bastante tempo, mas que essas mesmas ideias não tinham mais nada de assustador para ele:
– Eu sou como os espartanos – continuou ele –, a quem eram dados como leitos juncos espinhosos, cujos espinhos só lhes era permitido quebrar com o próprio corpo, operação após a qual o leito lhes parecia bastante suportável.

132

Um homem de qualidade casa-se sem amar sua mulher, pega uma atriz de teatro, que larga dizendo: "É como a minha mulher"; pega uma mulher honesta para variar e abandona-a dizendo: "É como uma qualquer"; e assim por diante.

133

Alguns rapazes da corte jantavam na casa do sr. de Conflans. Começaram por uma canção livre, mas sem excesso de indecência. O sr. de Fronsac[37], subitamente, pôs-se a cantar algumas coplas abomináveis que chegaram a espantar o bando alegre. O sr. de Conflans interrompeu o silêncio geral, dizendo:

– Que diabos, Fronsac! Há dez garrafas de champanhe entre essa canção e a primeira.

134

Madame du Deffant, quando era mocinha e estava no convento, pregava a irreligião para as suas coleguinhas. A abadessa mandou chamar Massillon[38], a quem a pequena expôs as suas razões. Massillon retirou-se dizendo:

– Ela é encantadora.

A abadessa, que dava muita importância a tudo isso, perguntou ao bispo que livro era preciso fazer com que aquela criança lesse. Ele refletiu um minuto e respondeu:

– Um catecismo de cinco tostões.

Não se pode tirar outra coisa disso.

135

O abade Baudeau dizia de Turgot que era um instrumento de excelente têmpera, mas não tinha cabo.

136

O Pretendente[39], exilado em Roma, velho e atormentado pela gota, gritava durante seus acessos:

---

37. O filho do marechal de Richelieu. [Nota de Pierre-René Auguis.]
38. Jean-Baptiste Massillon, célebre pregador francês (1663-1742).
39. Carlos Eduardo Stuart (1720-88), neto de Jaime II (rei da Inglaterra deposto em 1688). Era conhecido como "o Pretendente" pelo fato de reivindicar os tronos da Inglaterra, da Escócia e da Irlanda.

– Pobre rei! Pobre rei!

Um viajante francês, que ia muitas vezes à sua casa, disse-lhe que se espantava por não ver ali ingleses.

– Eu sei por quê – respondeu ele. – Eles pensam que vou tornar a me lembrar daquilo que se passou. Eu os reveria com prazer. Amo meus súditos.

137

O sr. de Barbançon, que fora muito belo, possuía um lindíssimo jardim que a duquesa de La Vallière foi visitar. O proprietário, então muito velho e cheio de gota, disse-lhe que fora loucamente apaixonado por ela. Madame de La Vallière respondeu-lhe:

– Ai, ai! Meu Deus, o que está dizendo? O senhor me teria tido como os outros.

138

O abade Fraguier perdeu um processo que durou vinte anos. Quando lhe mencionaram todos os sofrimentos que lhe causara um processo que ele terminara por perder, ele disse:

– Oh! Eu o ganhei todos os dias durante vinte anos.

Essas palavras são muito filosóficas e podem ser aplicadas a tudo. Explicam como se ama a coquete: ela nos faz ganhar o processo durante seis meses, para um dia que nos faz perdê-lo.

139

Madame Dubarry, estando em Lucienne[40], teve o capricho de ver o Val, casa do sr. de Beauvau. Mandou perguntar a ele se isso não desagradaria madame de Beauvau. Madame de Beauvau achou de bom tom estar presente e

---

40. Mais precisamente Luciennes, localidade na região da Île-de-France, atualmente conhecida como Louveciennes, para onde madame Dubarry mudou-se após a morte de Luís XV.

fazer as honras da casa. Falou-se daquilo que se passara no reinado de Luís xv. Madame Dubarry lamentava diferentes coisas que pareciam significar que sua pessoa era odiada.

– De maneira alguma – diz madame de Beauvau –, nós só queríamos estar no seu lugar.

Depois dessa cândida confissão, perguntaram a madame Dubarry se Luís xv falava muito mal dela (madame de Beauvau) e de madame de Grammont.

– Oh! Muito.

– Pois então! Que mal dizia de mim, por exemplo?

– Da senhora, madame? Que é arrogante, intrigueira e faz gato e sapato do seu marido.

O sr. de Beauvau estava presente e apressaram-se a mudar de assunto.

140

O sr. de Maurepas e o sr. de Saint-Florentin, ambos ministros no tempo de madame de Pompadour, fizeram um dia, por brincadeira, o ensaio do discurso de demissão que previam que um faria um dia para o outro. Quinze dias depois dessa facécia, o sr. de Maurepas entra uma tarde na casa do sr. de Saint-Florentin, assume um ar triste e sério e vem pedir-lhe que se demita. O sr. de Saint-Florentin parecia estar sendo enganado, quando foi tranquilizado por um acesso de riso do sr. de Maurepas. Três semanas depois, chegou a vez deste último, mas a sério. O sr. de Saint-Florentin entra na casa dele e, lembrando-se do começo da arenga do sr. de Maurepas, no dia de sua facécia, repetiu suas próprias palavras. O sr. de Maurepas acreditou, inicialmente, que era uma brincadeira. Vendo, porém, que o outro falava a sério, disse:

– Vamos lá, bem vejo que não está zombando de mim. O senhor é um homem honesto; darei minha demissão.

141

O abade Maury tratava de fazer com que o abade de Beaumont, velho e paralítico, contasse os detalhes de sua juventude e de sua vida: "Abade", disse-lhe este último, "o senhor está tirando as minhas medidas", indicando que Maury estava buscando material para fazer o seu elogio na Academia.

142

D'Alembert encontrou-se, na casa de Voltaire, com um célebre professor de direito de Genebra. Este, admirando a universalidade de Voltaire, diz a D'Alembert:

– Só o considero um pouco fraco em direito público.

– E eu – diz D'Alembert – só o considero um pouco fraco em geometria[41].

143

Madame de Maurepas tinha amizade pelo conde Lowendal (filho do marechal) e este, ao voltar de Santo Domingo, bem fatigado da viagem, passou pela casa dela.

– Ah! Ei-lo, querido conde! – diz ela. – Chega bem a propósito; está nos faltando um dançarino, e o senhor é necessário.

O conde só teve tempo de fazer uma rápida toalete e dançou.

144

O sr. de Calonne, na época em que foi demitido, soube que seu cargo estava sendo oferecido ao sr. de Fourqueux, mas que este hesitava em aceitá-lo.

– Eu queria que ele assumisse – diz o ex-ministro. – Ele era amigo do sr. Turgot, e entraria nos meus planos.

– Isso é verdade – diz Dupont, que era muito amigo do sr. de Fourqueux e ofereceu-se para ir convencê-lo a aceitar o cargo.

O sr. de Calonne o enviou. Dupont voltou uma hora depois, exclamando:

– Vitória! Vitória! Nós o temos, ele aceita.

O sr. de Calonne quase estourou de rir.

---

41. Além de filósofo, D'Alembert também era matemático.

145

O arcebispo de Toulouse fez com que o sr. de Cadignan recebesse quarenta mil libras de gratificação pelos serviços que prestara à província. O maior deles era ter sido amante de sua mãe, velha e feia, madame de Loménie.

146

O conde de Saint-Priest, enviado à Holanda, e retido em Antuérpia por oito ou quinze dias, depois dos quais voltou a Paris, recebeu pela viagem oitenta mil libras, na mesma ocasião em que se multiplicavam as supressões de cargos, empregos, pensões etc.

147

O visconde de Saint-Priest, intendente do Languedoc durante algum tempo, quis aposentar-se e solicitou ao sr. de Calonne uma pensão de dez mil libras.

– O que pretende fazer com dez mil libras? – disse Calonne. E mandou aumentar a pensão para vinte mil. Esta se inclui no pequeno número daquelas que foram respeitadas, na época da supressão das pensões, pelo arcebispo de Toulouse, que havia participado de diversas esbórnias com o visconde de Saint-Priest.

148

O sr... dizia, com relação a madame de...: "Acreditei que ela estava me pedindo um bobo, e estava perto de lhe dar; mas ela me pedia um tolo, e isso eu lhe recusei categoricamente".

149

O sr... dizia, a propósito das tolices ministeriais e ridículas: "Sem o governo, não se riria mais na França".

150

Dizia o sr...:

Na França, é necessário purgar o temperamento melancólico e o espírito patriótico. São duas moléstias *contra natura* num país que se encontra entre o Reno e os Pireneus, e quando um francês é atingido por um desses dois males, é preciso temer muito por ele.

151

Houve uma época em que a duquesa de Grammont gostava de dizer que o sr. de Liancourt tinha tanto espírito quanto o sr. de Lauzun. O sr. de Créqui encontra-se com este último e diz-lhe:

– Você hoje janta em minha casa.
– Meu amigo, isso me é impossível.
– É preciso e, aliás, é do seu interesse.
– Como?
– Liancourt também vai ao jantar: deram-lhe o seu espírito. Ele não se serve dele; vai devolvê-lo.

152

Dizia-se de Jean-Jacques Rousseau:
– É uma coruja.
– Sim – disse alguém –, mas é a de Minerva.
E saindo do *Adivinho da aldeia*[42], eu acrescentaria:
– Desaninhada pelas Graças.

153

Duas mulheres da Corte, passando pela Pont-Neuf, viram, em dois minutos, um monge e um cavalo branco; uma das duas, segurando a outra pelo cotovelo, disse-lhe:

---

42. *Le devin du village*, peça musical escrita por Rousseau que alcançou enorme sucesso.

– Quanto à puta, você e eu não teremos nenhuma dificuldade[43].

154

O atual príncipe de Conti afligia-se com o fato de que o conde de Artois acabara de adquirir um terreno junto dos seus campos de caça. Fizeram com que entendesse que os limites estavam bem determinados, que não tinha nada a temer etc. O príncipe de Conti interrompeu o falador, dizendo-lhe:
– Você não sabe o que são os príncipes!

155

O sr... dizia que a gota se parece com os bastardos dos príncipes: são batizados o mais tarde possível.

156

O sr... dizia ao sr. de Vaudreuil, cujo espírito era reto e justo, mas ainda entregue a algumas ilusões: "O senhor não tem manchas nos olhos, mas há um pouco de poeira nos seus óculos".

157

O sr. de B... dizia que nunca se diz a uma mulher, às três horas, aquilo que se diz às seis; às seis, aquilo que se diz às nove, à meia-noite etc. Acrescentava que a luz do dia tem uma espécie de severidade. Afirmava que seu tom de conversação com madame de... mudara depois que trocara a mobília de seu gabinete, que era azul, para carmesim.

---

43. Alusão ao antigo provérbio popular: "Nunca se passa pela Pont-Neuf sem ver um monge, um cavalo branco e uma puta". [Nota de Pierre-René Auguis.]

158

Quando Jean-Jacques Rousseau estava em Fontainebleau, para a representação do seu *Adivinho da aldeia*, um cortesão abordou-o e disse-lhe polidamente:

– Cavalheiro, permita-me que lhe dê meus cumprimentos?
– Sim, cavalheiro – diz Rousseau –, se forem bons.

O cortesão foi embora. Disseram a Rousseau:

– Mas no que estava pensando? Que resposta acabou de dar!
– Muito boa – diz Rousseau. – Você conhece algo pior do que um cumprimento mal dado?

159

O sr. de Voltaire, estando em Potsdam, numa noite, após a ceia, fez um retrato de um bom rei em contraste com o de um tirano e, gradualmente se exaltando, fez uma descrição assustadora das infelicidades que pesam sobre a humanidade submetida a um rei despótico, conquistador etc. O rei da Prússia, comovido, deixou cair algumas lágrimas.

– Vejam, vejam! – exclamou o sr. de Voltaire. – O tigre chora!

160

Sabe-se que o sr. de Luynes, tendo deixado o serviço por causa de uma bofetada que recebera sem se vingar, foi logo depois nomeado arcebispo de Sens. Um dia, depois de oficiar pontificalmente, um engraçadinho pegou sua mitra e, puxando-a pelos lados, disse:

– É curioso como essa mitra se parece com um fole[44].

---

44. Essa história só tem sentido em francês, em que a palavra "soufflet" significa, ao mesmo tempo, "bofetada" e "fole".

161

Fontenelle foi recusado três vezes pela Academia e falava disso muitas vezes. E acrescentava: "Contei essa história a todos aqueles que vi se afligirem com uma recusa da Academia e não consegui consolar ninguém".

162

A propósito das coisas deste mundo, que vão de mal a pior, o sr... dizia: "Li em alguma parte que, na política, não há nada tão lastimável para os povos quanto os reinados muito longos. Ouvi dizer que Deus é eterno; tudo está dito".

163

É uma observação bastante sutil e bastante judiciosa do sr... que, por mais importunos e mais insuportáveis que sejam para nós os defeitos das pessoas com quem convivemos, nem por isso deixamos de incorporar parte deles: ser vítima desses defeitos estranhos ao nosso caráter não chega a ser uma defesa contra eles.

164

Ontem assisti a uma conversação filosófica entre o sr. D... e o sr. L..., na qual algumas palavras me impressionaram. O sr. D... dizia:

– Poucas pessoas e poucas coisas me interessam, mas nada me interessa menos do que eu.

O sr. L... respondeu-lhe:

– Não será pela mesma razão? E uma coisa não explicará a outra?

– Está muito bem o que disse – replicou friamente o sr. D... –, mas eu lhe disse o fato. Fui levado a isso gradualmente: vivendo e vendo os homens, é preciso que o coração se parta ou endureça.

165

É uma anedota conhecida na Espanha que o conde de Aranda levou uma bofetada do príncipe de Astúrias (hoje rei). Esse fato ocorreu na época em que foi enviado como embaixador à França.

166

No começo da minha juventude, tive oportunidade de visitar no mesmo dia o sr. Marmontel e o sr. D'Alembert. Fui pela manhã à casa do sr. Marmontel, que então morava com madame Geoffrin. Bato, enganando-me de porta; pergunto pelo sr. Marmontel e o porteiro responde:

– O sr. de Montmartel não mora mais na vizinhança. – E me dá seu endereço.

À tarde, vou à casa do sr. D'Alembert, na rua Saint-Dominique. Pergunto o endereço a um porteiro, que me diz:

– O sr. Staremberg, embaixador de Veneza? Terceira porta...
– Não, o sr. D'Alembert, da Academia Francesa.
– Não conheço.

167

O sr. Helvétius, em sua juventude, era belo como Cupido. Um dia, quando estava sentado no salão de descanso do teatro, e muito tranquilo, embora perto de mademoiselle Gaussin, um célebre financista veio falar ao ouvido dessa atriz, mas bastante alto para que Helvétius o ouvisse:

– Senhorita, ser-lhe-ia agradável aceitar seiscentos luíses em troca de alguns favores?

– Cavalheiro – respondeu ela, bastante alto para também ser ouvida e apontando para Helvétius –, eu lhe darei duzentos se quiser ir amanhã de manhã à minha casa com aquela figura.

168

A duquesa de Fronsac, jovem e bonita, nunca tivera amantes e as pessoas se espantavam com isso. Uma outra mulher, querendo lembrar que ela era ruiva e que essa razão podia ter contribuído para mantê-la em sua tranquila prudência, disse:

– Ela é como Sansão: sua força está em seus cabelos.

169

Madame Brisard, célebre por suas intrigas amorosas, estava em Plombières e várias mulheres da corte não queriam vê-la de modo algum. A duquesa de Gisors estava entre elas e, como era muito devota, os amigos de madame Brisard perceberam que, se madame de Gisors a recebesse, as outras não teriam nenhuma dificuldade nisso. Empreenderam a negociação e tiveram êxito. Como madame Brisard era amável, logo caiu no agrado da devota e tornaram-se íntimas. Um dia, madame de Gisors fez com que entendesse que, mesmo concebendo muito bem que se tivesse uma fraqueza, ela não compreendia como uma mulher podia chegar a multiplicar a tal ponto o número de amantes.

– Ai de mim! – diz-lhe madame Brisard. – É que a cada vez acreditei que seria a última.

170

O regente queria ir ao baile sem ser reconhecido:

– Conheço um meio de fazer isso – disse o abade Dubois; e, no baile, deu-lhe uns pontapés no traseiro. O regente, que os achou demasiado fortes, disse-lhe:

– Abade, o senhor está me disfarçando demais.

171

É algo notável que Molière, que não poupava ninguém, não tenha lançado um único dardo contra os homens de finanças. Dizem que Molière e os autores cômicos de seu tempo receberam a esse respeito ordens de Colbert.

172

Um energúmeno da fidalguia, tendo observado que o perímetro do castelo de Versalhes estava empesteado por causa da urina, ordenou aos seus criados e aos seus vassalos que fossem "fazer água" em torno do seu castelo.

173

La Fontaine, ouvindo lastimar a sorte dos condenados em meio ao fogo do inferno, diz: "Acredito que se acostumam com isso, e que no final estão ali como o peixe na água".

174

Madame de Nesle era amante do sr. de Soubise. O sr. de Nesle, que desprezava sua mulher, teve um dia uma discussão com ela na presença do seu amante. Disse-lhe:

– Madame, bem se sabe que tolero tudo da senhora. Devo dizer-lhe, no entanto, que a senhora tem alguns caprichos muito degradantes, que não vou tolerar: tal como esse que tem pelo cabeleireiro da minha família, com quem eu a vi sair e entrar em sua casa.

Após algumas ameaças, ele saiu e deixou-a com o sr. de Soubise, que a esbofeteou antes que ela pudesse dizer alguma coisa. O marido foi em seguida contar essa façanha, acrescentando que a história do cabeleireiro era falsa, zombando do sr. de Soubise, que acreditara nela, e de sua mulher, que fora esbofeteada.

175

Dizem, sobre o resultado do conselho de guerra realizado em Lorient para julgar o caso do sr. de Grasse[45]: "O exército inocentado, o general inocente, o ministro absolvido por falta de provas e o rei condenado a arcar com as despesas". É preciso dizer que esse conselho custou ao rei quatro milhões e que se previa a queda do sr. de Castries.

176

Repetiam essa brincadeira diante de uma assembleia de jovens da corte. Um deles, encantado até à embriaguez, disse, levantando as mãos, depois de um instante de silêncio e com ar profundo:
– Como não ficar fascinado com os grandes acontecimentos, com as próprias comoções que levam a dizer tão belas palavras?
Seguiram essa ideia e repassaram os ditos e as canções feitos sobre todos os desastres da França. A canção sobre a batalha de Hochstedt[46] foi considerada ruim e alguns disseram a esse respeito:
– Estou aborrecido com a perda dessa batalha: a canção não vale nada.

177

Tratava-se de corrigir Luís XV, ainda jovem, do hábito de rasgar as rendas de seus cortesãos. O sr. de Maurepas encarregou-se disso. Apareceu diante do rei com as mais belas rendas deste mundo; o rei aproximou-se e rasgou uma delas; o sr. de Maurepas friamente rasgou a da outra mão e disse simplesmente:
– Isso não me causou nenhum prazer.
O rei, surpreso, ficou ruborizado, e desde essa época não rasgou mais rendas.

---

45. Conde de Grasse (1722-88), almirante francês que combateu pela causa da independência norte-americana. O conselho foi convocado para discutir sua responsabilidade numa desastrosa derrota naval diante da esquadra inglesa, em 1782.
46. Essa batalha, ocorrida em 1704, fez parte de uma longa guerra pela sucessão ao trono da Espanha, que o falecido rei Carlos II havia destinado a Filipe d'Anjou, neto de Luís XIV.

178

Beaumarchais, que se deixara maltratar pelo duque de Chaulnes sem se bater com ele, recebeu um desafio do sr. de La Blache. Ele lhe respondeu:
– Já recusei coisa melhor.

179

O sr..., para descrever em poucas palavras a raridade das pessoas honestas, dizia-me que, na sociedade, o homem honesto é uma variedade da espécie humana.

180

Luís XV pensava que era preciso modificar o espírito da nação, e conversava sobre os meios de realizar esse grande efeito com o sr. Bertin (o pequeno ministro), que gravemente pediu tempo para pensar. O resultado do seu pensamento – quer dizer, das suas reflexões – foi que seria desejável que a nação fosse animada pelo espírito que reina na China. E foi essa bela ideia que valeu ao público a coleção intitulada "História da China, ou Anais dos chineses".

181

O sr. de Sourches, gordinho, horrendo, de tez escura e parecendo um mocho, disse um dia, ao se retirar:
– Essa é a primeira vez, nos últimos dois anos, que vou dormir em minha casa.
O bispo de Agde, voltando-se e vendo aquela figura, disse, encarando-o:
– O senhor se empoleira, aparentemente?

182

O sr. de R... acabava de ler, numa reunião social, três ou quatro epigramas contra algumas pessoas, das quais nenhuma estava viva. Voltaram-se para o sr. de..., como para lhe perguntar se não tinha alguns com os quais pudesse regalar a assembleia.

– Eu! – diz ele ingenuamente. – Todo meu mundo vive, não posso lhes dizer nada.

183

Várias mulheres que se elevam no mundo acima de sua condição, que oferecem jantares aos grandes senhores, às grandes damas, que recebem príncipes e princesas, devem essa consideração à galanteria. São, de alguma forma, moças aceitas pelas pessoas honestas e na casa das quais se vai como que em virtude dessa convenção tácita, sem que isso signifique alguma coisa e tenha a menor consequência deste mundo. Tais foram, em nossos tempos, madame Brisard, madame Caze e tantas outras.

184

O sr. de Fontenelle, então com noventa e sete anos, acabando de dizer a madame Helvétius – jovem, bela e recém-casada – mil coisas amáveis e galantes, passou diante dela para sentar-se à mesa, sem tê-la percebido.

– Vê – diz-lhe madame Helvétius – a importância que devo dar às suas galanterias. O senhor passou diante de mim sem me olhar.

– Madame – diz o velho –, se a tivesse olhado, não teria passado.

185

Nos últimos anos do reinado de Luís xv, o rei, estando na caça e talvez de mau-humor contra madame Dubarry, resolveu dizer algumas palavras contra as mulheres. O marechal de Noailles foi pródigo em invectivas contra elas, e disse que, depois que se faz com elas aquilo que é preciso fazer, só servem para ser dispensadas. Depois da caçada, o senhor e o valete se encontraram na casa de madame Dubarry, a quem o dr. de Noailles disse mil coisas belas.

– Não acredite nele – diz o rei.

E então repetiu aquilo que o marechal havia dito na caçada. Madame Dubarry ficou encolerizada e o marechal respondeu-lhe:

– Madame, na verdade eu disse isso ao rei; mas era a respeito das damas de Saint-Germain, e não das de Versalhes.

As damas de Saint-Germain eram sua mulher, madame de Tessé, madame de Duras etc. Essa anedota me foi contada pelo marechal de Duras, testemunha ocular.

186

O duque de Lauzun dizia:

Tive muitas vezes fortes discussões com o sr. de Calonne, porém, como nenhum de nós dois têm caráter, cabe a quem for mais despachado ceder. E aquele de nós dois que encontra a mais bela forma de bater em retirada é aquele que primeiro se retira.

187

O rei Estanislau acabara de conceder pensões a vários ex-jesuítas. O sr. de Tressan disse-lhe:

– Sire, Vossa Majestade não fará nada pela família de Damiens, que está na mais profunda miséria?[47]

188

Fontenelle, então com oitenta anos, apressou-se para apanhar o leque de uma mulher jovem e bela, mas mal educada, que recebeu sua polidez com desdém.

– Ah! Madame – disse-lhe ele –, a senhora é bem pródiga em seus rigores.

---

47. Para entender a ironia dessa história é preciso saber que Robert François Damiens cometeu um atentado contra Luís XV, em 1757, enquanto os jesuítas tinham a reputação de incitar ao regicídio.

189

O sr. de Brissac, embriagado pela fidalguia, muitas vezes designava Deus pela seguinte frase: "O fidalgo lá do alto".

190

O sr... dizia que obsequiar, prestar serviço, sem pôr nisso toda a delicadeza possível, era quase um esforço perdido. Aqueles que falham nisso nunca obtêm o coração, e é ele que é necessário conquistar. Esses benfeitores desastrados assemelham-se a esses generais que tomam uma cidade deixando a guarnição retirar-se para a cidadela, tornando assim a sua conquista quase inútil.

191

O sr. Lorri, médico, contava que madame de Sully, estando indisposta, chamara-o e contara-lhe uma insolência de Bordeu, que lhe dissera:

– Sua doença provém de suas necessidades: eis um homem.

E, ao mesmo tempo, apresentou-se num estado pouco decente. Lorri desculpou seu confrade e disse a madame de Sully muitas galanterias respeitosas. E acrescentou:

– Não sei o que aconteceu depois; mas o que é certo é que depois de ter me chamado uma vez, ela tornou a chamar Bordeu.

192

O abade Arnaud tivera outrora sobre seus joelhos uma menininha, que depois se tornou madame Dubarry. Um dia, ela lhe disse que queria fazer-lhe algum bem. E acrescentou:

– Dê-me um memorial.

– Um memorial! – diz ele. – Já está pronto; ei-lo: eu sou o abade Arnaud.

193

O pároco de Bray havia passado três ou quatro vezes da religião católica para a religião protestante, e seus amigos se espantavam com essa indiferença:

– Eu, indiferente! – diz o pároco. – Eu, inconstante! De modo algum, pelo contrário. Eu não mudo em nada; quero ser pároco de Bray.

194

O cavaleiro de Montbarey vivera em não sei qual cidade de província e, quando retornou, seus amigos o lastimaram pela convivência que tivera.

– É no que vocês se enganam – responde ele. – A boa companhia daquela cidade é como em toda parte; e a má é excelente.

195

Um camponês dividiu os poucos bens que possuía entre seus quatro filhos, e foi viver ora na casa de um, ora na casa de outro. Disseram-lhe, no retorno de uma de suas viagens à casa dos filhos:

– Pois então! Como o receberam? Como o trataram?

– Eles me trataram – diz ele – como filho deles.

Essas palavras parecem sublimes na boca de um pai como esse.

196

Em uma roda onde se achava o sr. de Schwalow, antigo amante da imperatriz Elizabeth, queriam saber de algum fato relativo à Rússia. O bailio de Chabrillant diz:

– Sr. de Schwalow, conte-nos essa história. O senhor deve conhecê-la, já que é o Pompadour daquele país.

197

O conde de Artois, no dia de suas bodas, prestes a sentar-se à mesa, e cercado por todos os seus grandes oficiais e pelos da condessa de Artois, diz à sua mulher, de maneira que diversas pessoas escutassem: "Todo esse mundo que a senhora está vendo é a nossa criadagem". Essas palavras correram, mas são as milésimas, e cem mil outras semelhantes jamais impedirão a nobreza francesa de brigar em penca por empregos em que se desempenha exatamente a função de valete.

198

Dizia o sr...: "Para julgar aquilo que é a nobreza basta observar que o príncipe de Turenne, atualmente vivo, é mais nobre que o sr. de Turenne, e que o marquês de Laval é mais nobre que o condestável de Montmorency".

199

O sr. de..., que via a fonte da degradação da espécie humana no estabelecimento da seita nazarena e na feudalidade, dizia que, para valer alguma coisa, era necessário *desfrancizar-se* e *desbatizar-se*, e tornar-se grego ou romano de alma.

200

O rei da Prússia perguntou a D'Alembert se ele já havia visto o rei da França.

– Sim, sire – diz ele –, ao apresentar-lhe meu discurso de recepção na Academia Francesa.

– Muito bem! – retomou o rei da Prússia. – O que ele lhe disse?

– Ele não falou comigo, sire.

– E com quem, então, ele fala? – prosseguiu Frederico.

201

É um fato seguro e conhecido dos amigos do sr. D'Aiguillon que o rei jamais o nomeou ministro dos Assuntos Estrangeiros; foi madame Dubarry quem lhe disse:

– É preciso que tudo isso termine, e quero que o senhor vá amanhã de manhã agradecer ao rei por tê-lo nomeado para o cargo.

Ela disse ao rei:

– O sr. D'Aiguillon virá amanhã agradecer-lhe a nomeação para o cargo de secretário de Estado dos Assuntos Estrangeiros.

O rei não disse uma palavra. O sr. D'Aiguillon não ousava ir: madame Dubarry ordenou-lhe e ele foi. O rei não lhe disse nada, e o sr. D'Aiguillon assumiu as funções imediatamente.

202

O sr. Amelot, ministro de Paris, homem excessivamente limitado, dizia ao sr. Bignon: "Compre muitos livros para a biblioteca do rei, nós arruinaremos esse Necker"[48]. Ele acreditava que trinta ou quarenta mil francos a mais fariam uma grande diferença.

203

O sr..., fazendo a corte ao príncipe Henrique, em Neuchâtel, dizia-lhe que os neuchateleses adoravam o rei da Prússia.

– É muito fácil – diz o príncipe – que os súditos amem um senhor que está a trezentas léguas deles.

204

O abade Raynal, jantando em Neuchâtel com o príncipe Henrique, assenhorou-se da conversação e não deu ao príncipe nenhuma ocasião de di-

---

48. Jacques Necker (1732-1804) foi diretor-geral das finanças no governo de Luís XVI. Sua demissão foi um dos fatos que desencadearam o processo revolucionário.

zer uma palavra. Este, para obter audiência, deu a impressão de achar que alguma coisa havia caído no chão e aproveitou o silêncio para ter a oportunidade de falar.

205

O rei da Prússia estava conversando com D'Alembert quando entrou nos aposentos do rei um dos criados do serviço doméstico, um homem com a mais bela figura que se possa ver. D'Alembert pareceu impressionado com isso:

– É – disse o rei – o mais belo homem dos meus Estados: ele foi por algum tempo meu cocheiro, e tive uma tentação bastante violenta de enviá-lo como embaixador à Rússia[49].

206

Alguém dizia que a gota é a única doença que traz consideração neste mundo:

– Eu bem o creio – respondeu o sr... – Ela é a cruz de São Luís da galanteria.

207

O sr. de La Reynière devia desposar mademoiselle de Jarinte, jovem e amável. Acabara de vê-la e, encantado com a felicidade que o esperava, dizia ao sr. de Malesherbes, seu cunhado:

– Não acha, com efeito, que minha felicidade será perfeita?
– Isso depende de algumas circunstâncias.
– Como! O que quer dizer?
– Isso depende do primeiro amante que ela tiver.

---

49. Talvez essa história se refira à fama de ninfomaníaca de Catarina, a Grande, imperatriz da Rússia.

208

Diderot tinha ligações com um mau sujeito que, por não sei qual má ação recente, acabara de perder a amizade de um tio, rico cônego, que queria privá-lo de sua herança. Diderot foi ver o tio, assumiu um ar sério e filosófico, pregou em favor do sobrinho, tentou mexer com a paixão e assumir um tom patético. O tio tomou a palavra e contou-lhe duas ou três indignidades de seu sobrinho.

– Ele fez pior que tudo isso – retomou Diderot.

– Como o quê? – disse o tio.

– Quis assassiná-lo um dia na sacristia, na saída da sua missa; e foi a chegada de duas ou três pessoas que o impediu de fazer isso.

– Isso não é verdade – exclamou o tio –, é uma calúnia.

– Que seja – disse Diderot –, mas mesmo que fosse verdade, ainda teria de perdoá-lo pela verdade do seu arrependimento, pela sua posição e pelas infelicidades que o esperam se o senhor o abandonar.

209

Dentre essa classe de homens nascidos com imaginação viva e sensibilidade refinada, que fazem com que as mulheres os olhem com vivo interesse, vários me disseram que haviam ficado impressionados por verem quão poucas mulheres tinham gosto pelas artes e, particularmente, pela poesia. Um poeta conhecido por algumas obras muito agradáveis pintava-me um dia a surpresa que tivera ao ver uma mulher cheia de espírito, de graça, de sentimento, de gosto em seus adornos, boa musicista, que tocava diversos instrumentos, mas não tinha ideia da medida de um verso, da mistura das rimas, que substituía uma palavra feliz e de gênio por uma outra palavra trivial e que até mesmo quebrava a medida do verso. Ele acrescentava que havia experimentado, várias vezes, aquilo que ele chamava de pequena infelicidade, mas que era imensa para um poeta erótico, que havia solicitado toda a sua vida o sufrágio das mulheres.

210

Encontrando-se o sr. de Voltaire com a duquesa de Chaulnes, esta, dentre os elogios que lhe fez, insistiu principalmente na harmonia de sua prosa. De súbito, eis que o sr. de Voltaire se atira a seus pés.

– Ah! Madame, eu vivo com um porco que não tem órgãos, que não sabe o que é harmonia, métrica etc.

O porco a que se referia era madame du Châtelet, sua Émilie.

211

O rei da Prússia mais de uma vez mandou fazer planos geográficos muito defeituosos de uma ou outra região; o mapa indicava como impraticável um determinado pântano que de modo algum o era, e que os inimigos acreditavam ser confiando no falso mapa.

212

O sr... dizia que a alta sociedade é um prostíbulo onde a gente confessa ter ido.

213

Perguntei ao sr... por que nenhum dos prazeres parecia ter poder sobre ele. Ele me respondeu:

– Não é que eu seja insensível a eles; mas não existe nenhum que não tenha me parecido supervalorizado. A glória expõe à calúnia, a consideração exige cuidados contínuos; os prazeres, movimento e fadiga corporal. A sociedade acarreta mil inconvenientes: tudo é visto, revisto e julgado. O mundo não me ofereceu nada que, descendo para dentro de mim mesmo, eu não tenha encontrado ainda melhor em mim. E o resultado dessas experiências, cem vezes reiteradas, é que, sem ser apático nem indiferente, eu me tornei como que imóvel, e minha posição atual parece-me sempre a melhor, porque sua própria bondade resulta de sua imobilidade e aumenta com ela. O amor é uma fonte de sofrimentos; a volúpia sem amor é um prazer de alguns minutos; o casamento é julgado ainda mais que o resto; a honra de ser pai conduz a uma série de calamidades; dirigir uma casa é o ofício de um estalajadeiro. Os miseráveis motivos que fazem com que se procure um homem e que se tenha consideração por ele são transparentes e só podem enganar a um tolo ou lisonjear um homem ridiculamente vão. E disso eu concluí que o repouso, a amizade e o pensamento eram os únicos bens que convinham a um homem que passou da idade da loucura.

214

O marquês de Villequier era um dos amigos do grande Condé. No momento em que esse príncipe foi preso, por ordem da Corte, o marquês de Villequier, que era capitão da guarda, estava na casa de madame de Motteville. Quando foi anunciada essa notícia, o marquês exclamou:

– Ah! Meu Deus! Estou perdido!

Madame de Motteville, surpresa com essa exclamação, disse-lhe:

– Eu bem sabia que o senhor era um dos amigos do príncipe, mas ignorava que fossem amigos a esse ponto.

– Como! – diz o marquês de Villequier. – A senhora não vê que essa tarefa competia a mim e, já que não chamaram a mim para isso, não está claro que não têm nenhuma confiança em mim?

Madame de Motteville, indignada, respondeu-lhe:

– Parece-me que, não tendo dado nenhum motivo à Corte para suspeitar de sua fidelidade, o senhor não devia, de modo algum, ter essa preocupação, e devia desfrutar tranquilamente do prazer de não ter posto seu amigo na prisão.

Villequier ficou envergonhado do seu primeiro impulso, que havia traído a baixeza da sua alma.

215

Anunciaram, numa casa onde ceava madame de Egmont, um homem que se chamava Duguesclin. Ao ouvir esse nome, sua imaginação incendiou-se[50]. Fez com que o homem fosse acomodado na mesa, ao lado dela, fez-lhe mil cortesias e, por fim, ofereceu-lhe do prato que tinha diante de si (eram trufas):

– Madame – responde o tolo –, isso não é necessário ao seu lado.

– Com esse tom – dizia ela, contando essa história –, senti grande lástima pelas minhas benevolências. Fiz como aquele golfinho que, no naufrágio de um navio, acreditou salvar um homem e o atirou de volta ao mar quando viu que não passava de um macaco.

216

Marmontel, em sua juventude, procurava muito o velho Boindin[51], célebre por seu espírito e sua incredulidade. O velho lhe disse:

– Encontre-me no café Procope.

– Mas não poderemos falar de matérias filosóficas.

– Claro que sim, combinando uma linguagem particular, uma gíria.

Então, eles fizeram seu dicionário. A alma se chamaria *Margot*; a religião, *Javotte*; a liberdade, *Jeanneton*; e o padre eterno, o *sr. de l'Être*[52]. E ei-los discutindo e entendendo-se muito bem. Um homem de roupa preta, com má aparência, misturando-se à conversa, diz a Boindin:

– Cavalheiro, seria ousadia lhe perguntar quem é esse sr. de l'Être, que tantas vezes se comporta mal e com quem está tão descontente?

– Cavalheiro – responde Boindin –, ele era um espião da polícia.

Pode-se julgar o acesso de riso, sendo aquele próprio homem do ofício.

---

50. Certamente, pela lembrança de Bertrand du Guesclin, um dos maiores heróis militares da França medieval.
51. Nicolas Boindin (1676-1751), dramaturgo e escritor.
52. Em português, o "sr. do Ser".

217

Lorde Bolingbroke deu a Luís XIV mil provas de sensibilidade durante uma doença muito perigosa. O rei, surpreso, disse-lhe:

– Fico ainda mais comovido com isso porque vocês, ingleses, não amam os reis.

– Sire – diz Bolingbroke –, nós somos como os maridos que, não amando suas mulheres, por isso mesmo são mais obsequiosos para agradar as dos seus vizinhos.

218

Em uma discussão que os representantes de Genebra tiveram com o cavaleiro de Bouteville, como um deles se exaltasse, o cavaleiro lhe disse:

– O senhor sabe que sou o representante do rei, meu senhor?

– O senhor sabe – disse-lhe o genebrino – que sou o representante dos meus iguais?

219

A condessa de Egmont, tendo encontrado um homem do mais alto mérito para dirigir a educação do sr. de Chinon, seu sobrinho, não ousou apresentá-lo em seu nome. Ela era para o sr. de Fronsac, seu irmão, uma personagem muito séria. Pediu ao poeta Bernard[53] que passasse em sua casa. Ele foi, e ela o pôs a par dos fatos. Disse-lhe Bernard:

– Madame, o autor da *Arte de amar* não é um personagem bastante imponente; mas sou ainda um pouco demais para essa missão: eu poderia lhe dizer que mademoiselle Arnould seria um passaporte muito melhor diante do senhor seu irmão...

– Pois bem! – diz madame de Egmont, rindo. – Combine uma ceia na casa de mademoiselle Arnould.

---

53. Pierre Bernard (1710-75), que recebeu de Voltaire o apelido de "Gentil-Bernard".

A ceia foi combinada. Nela, Bernard propôs o abade Lapdant para preceptor: ele foi aceito. Foi aquele que depois completou a educação do duque de Enghien.

220

Um filósofo, a quem censuravam seu extremo amor pelo retiro, respondeu:
– No mundo, tudo tende a me fazer descer; na solidão, tudo tende a me fazer subir.

221

O sr. de B... é um desses tolos que considera de boa-fé a hierarquia das condições como sendo a do mérito, que, com a maior ingenuidade deste mundo, não concebe que um homem honesto não condecorado ou abaixo dele seja mais estimado do que ele. Se ele o encontra numa dessas casas onde ainda se sabe honrar o mérito? O sr. de B... arregala os olhos, demonstra um espanto estúpido. Crê que esse homem acaba de ganhar sozinho na loteria[54]: chama-o de "meu caro fulano", quando a sociedade mais distinta acaba de tratá-lo com a máxima consideração. Vi várias dessas cenas, dignas do pincel de La Bruyère.

222

Examinei bem o sr..., e seu caráter me pareceu agradável: muito amável e sem nenhuma vontade de agradar, a não ser aos amigos ou àqueles que estima. Em compensação, um grande temor de desagradar. Esse sentimento é justo e está de acordo com aquilo que se deve à amizade e com aquilo que se deve à sociedade. Podem fazer mais bem do que ele, mas ninguém fará menos mal. Serão mais solícitos, mas nunca menos importunos. Dar-se-á mais carinho, mas nunca se chocará menos.

---

54. No original, o autor menciona uma "quaterne", combinação de quatro números na loteria.

223

O abade Delille devia ler alguns versos na Academia para a recepção de um de seus amigos. Sobre isso, ele dizia:

– Eu bem queria que fossem conhecidos de antemão; mas tenho muito medo de dizê-los a todo mundo.

224

Madame Beauzée dormia com um professor de alemão. O sr. Beauzée surpreendeu-os ao voltar da Academia. O alemão diz à mulher:

– Quando eu lhe disse que já era hora que me *isse*.

O sr. Beauzée, sempre purista, lhe diz:

– Que eu me *fosse*, cavalheiro.

225

O sr. Dubreuil, durante a doença da qual morreu, dizia ao seu amigo, o sr. Pehméja:

– Meu amigo, por que toda essa gente no meu quarto? Só você deveria estar aqui; minha doença é contagiosa.

226

Perguntaram a Pehméja qual era a sua fortuna:

– Mil e quinhentas libras de renda.

– É muito pouco.

– Oh! – replicou Pehméja. – Dubreuil é rico.

227

A condessa de Tessé dizia, depois da morte do sr. Dubreuil:

– Ele era muito inflexível, muito inabordável aos presentes, e eu tinha um acesso de febre todas as vezes em que pensava em lhe dar um.

– Eu também – respondeu madame de Champagne, que constituíra para ele uma renda de trinta e seis mil libras. – Eis por que preferi me dar logo de uma vez uma boa doença do que ter todos esses pequenos acessos de febre de que está falando.

228

O abade Maury, sendo pobre, havia ensinado latim a um velho conselheiro da Câmara Magna que queria entender os *Institutos* de Justiniano[55]. Passam-se alguns anos e ele reencontra esse conselheiro espantado por vê-lo numa casa honesta.

– Ah! Abade, o senhor aqui? – diz ele, lestamente. – Por qual casualidade o senhor se encontra nesta casa?

– Encontro-me aqui do mesmo modo que o senhor.

– Oh! Não é a mesma coisa. O senhor vai bem em seus negócios? Fez alguma coisa em seu ofício de sacerdote?

– Sou vigário-mor do sr. de Lombez.

– Diabos! Já é alguma coisa. E quanto isso lhe rende?

– Mil francos.

– É muito pouco – e retoma o tom lesto e ligeiro.

– Mas eu tenho um priorado de mil escudos.

– Mil escudos! Bons negócios – com ar de consideração.

– E conheci o dono desta casa na casa do cardeal de Rohan.

– Arre! O senhor foi à casa do cardeal de Rohan!

– Sim, ele me concedeu uma abadia.

– Uma abadia! Ah! Isso posto, senhor abade, dê-me a honra de vir jantar em minha casa.

---

55. Os *Institutos* são uma das obras em que Justiniano, imperador romano do Oriente, buscou compilar as fontes clássicas do direito romano.

229

O sr. de La Popelinière descalçava-se, um dia, diante de seus acompanhantes e esquentava os pés; um cachorrinho os lambia. Durante esse tempo, o grupo falava de amizade, de amigos:

– Um amigo – diz o sr. de La Popelinière, mostrando seu cão –, ei-lo.

230

Bossuet nunca pôde ensinar o Delfim a escrever uma carta. Esse príncipe era muito indolente. Contam que seus bilhetes à condessa de Roure terminavam todos com as seguintes palavras: "O rei manda me chamar para o Conselho". No dia em que essa condessa foi exilada, um dos cortesãos perguntou-lhe se ele não estava muito aflito:

– Sem dúvida – diz o Delfim. – No entanto, eis-me liberto da necessidade de escrever o bilhetinho.

231

O arcebispo de Toulouse (Brienne) dizia ao sr. de Saint-Priest, avô do sr. d'Entragues:

– Não existiu na França, sob nenhum rei, nenhum ministro que tenha levado seus objetivos e sua ambição até onde poderiam ir.

O sr. de Saint-Priest disse-lhe:

– E o cardeal de Richelieu?

– Detido na metade do caminho – respondeu o arcebispo.

Essas palavras pintam todo um caráter.

232

O marechal de Broglie desposou a filha de um comerciante; teve duas filhas. Propuseram-lhe, na presença de madame de Broglie, fazer com que uma delas entrasse para um capítulo[56].

---

56. Nesse caso, um tipo de congregação religiosa destinada às moças da nobreza.

– Eu fechei para mim – diz ele –, quando desposei madame, a entrada de todos os capítulos...

– E da casa de caridade – acrescenta ela.

233

A marechala de Luxemburgo, chegando à igreja um pouquinho tarde, perguntou onde era a missa e, nesse instante, tocou a sineta para a distribuição da hóstia. O conde de Chabot disse-lhe, gaguejando:

– Senhora marechala, "eu escuto a pequena campainha, o carneirinho não está longe".

São dois versos de uma ópera cômica.

234

A jovem madame de M..., tendo sido abandonada pelo visconde de Noailles, estava em desespero e dizia:

– Terei provavelmente muitos amantes; mas não amarei nenhum deles enquanto amar o visconde de Noailles.

235

O duque de Choiseul, de quem comentavam a boa estrela, que era vista como sem igual, respondeu:

– Ela o é tanto para o mal quanto para o bem.

– Como?

– É o seguinte: eu sempre tratei muito bem as moças; houve uma única que deixei de lado, e ela se tornou rainha da França, ou quase isso. Tratei muito bem todos os inspetores; fui pródigo com eles em ouro e em honrarias. Houve um único extremamente desprezado que tratei de modo leviano e ele se tornou ministro da Guerra: é o sr. de Monteynard. Os embaixadores, sabe-se aquilo que fiz por eles todos, sem exceção, a não ser um único: mas existe um que tem o trabalho lento e pesado, que todos os outros desprezam e não querem mais ver por causa de um ridículo casamento. É o sr. de Vergennes; e ele se tornou ministro dos Negócios Estrangeiros. Reconheçam que tenho razões de dizer que minha estrela é tão extraordinária para o mal quanto para o bem.

236

O presidente Montesquieu tinha um caráter muito abaixo do seu gênio. São conhecidas suas fraquezas pela fidalguia, sua ambição mesquinha etc. Quando *O espírito das leis* foi publicado, houve diversas críticas ruins ou medíocres, que ele desprezou veementemente. No entanto, um conhecido homem de letras fez uma crítica – da qual o sr. du Pin bem quis ser reconhecido como o autor – e que continha coisas excelentes. O sr. de Montesquieu tomou conhecimento disso e foi ao desespero. Fizeram com que fosse impressa e ia ser lançada quando o sr. de Montesquieu foi procurar madame de Pompadour, que, a seu pedido, mandou trazer o impressor e a edição inteira. Ela foi retalhada e foram salvos apenas cinco exemplares.

237

O marechal de Noailles falava muito mal de uma nova tragédia. Disseram-lhe:

– Mas o sr. de Aumont, em cujo camarote o senhor assistiu à peça, afirma que ela o fez chorar.

– Eu? – diz o marechal. – De modo algum! Mas, como ele próprio chorava desde a primeira cena, acreditei que seria honesto tomar parte na sua dor.

238

O senhor e a senhora d'Angeviler e o senhor e a senhora Necker parecem dois casais únicos, cada um no seu gênero. Acreditar-se-ia que cada um deles convinha ao outro com exclusividade, e que o amor não podia ir mais longe.

Eu os estudei e descobri que se tinham muito pouco pelo coração e que, quanto ao caráter, não se tinham senão pelos contrastes.

239

Um dia, o sr. Th... dizia-me que, em geral, na sociedade, quando se havia realizado alguma ação honesta e corajosa por um motivo digno dela, ou seja, nobilíssimo, era necessário que aquele que havia realizado essa ação lhe atribuísse, para suavizar a inveja, algum motivo menos honesto e mais vulgar.

240

Luís XV perguntou ao duque de Ayen (depois marechal de Noailles) se ele havia entregue sua prataria para ser transformada em moeda. O duque respondeu que não.

– Eu mandei a minha – diz o rei.

– Ah! Sire – diz o sr. de Ayen –, quando Jesus Cristo morreu na Sexta-Feira Santa, ele sabia muito bem que ressuscitaria no domingo.

241

Nos tempos em que existiam jansenistas, era possível distingui-los pelo comprimento do colarinho de seu casaco. O arcebispo de Lyon tinha feito vários filhos, porém, a cada traquinagem dessa espécie, ele tinha o cuidado de mandar alongar uma polegada o colarinho de seu casaco. Por fim, o colarinho alongou-se de tal maneira que por algum tempo ele foi considerado jansenista, e tornou-se suspeito na Corte.

242

Um francês recebeu permissão para ver o gabinete do rei da Espanha. Chegando diante da cadeira e da escrivaninha, ele disse:

– É aqui, portanto, que esse grande rei trabalha!

– Como? Trabalha! – diz o guia. – Que insolência! Esse grande rei trabalhar! O senhor veio a esta casa para insultar Sua Majestade!

Teve início uma querela, na qual o francês teve muita dificuldade para fazer com que o espanhol entendesse que não tinha tido a intenção de ofender a majestade de seu senhor.

243

O sr. de..., tendo percebido que o sr. Barthe era ciumento (de sua mulher), disse-lhe:

– O senhor, ciumento! Mas será que sabe que é uma pretensão? É muita honra que faz a si mesmo: eu me explico. Não é corno quem quer: sabe que, para sê-lo, é necessário saber dirigir uma casa, ser polido, sociável, honesto? Comece por adquirir todas essas qualidades e depois as pessoas honestas verão aquilo que terão de fazer pelo senhor. Tal como é, quem poderia fazê-lo de corno? Um tipinho qualquer! Quando chegar a hora de assustar-se, eu lhe darei os meus cumprimentos.

244

Madame de Créqui dizia-me sobre o barão de Breteuil:
– Com todos os diabos, o barão não é uma besta; é um tolo.

245

Um homem de espírito dizia-me, um dia, que o governo da França era uma monarquia absoluta temperada por canções.

246

O abade Delille, entrando no gabinete do sr. Turgot, viu-o lendo um manuscrito: era *Os meses*, do sr. Roucher[57]. O abade Delille duvidou e disse, brincando:

---

57. Jean-Antoine Roucher (1745-94), poeta francês que morreu guilhotinado.

– Sente-se em volta o aroma dos versos.
– O senhor está perfumado demais – disse-lhe o sr. Turgot – para sentir os aromas.

247

O sr. de Fleury, procurador-geral, dizia, diante de alguns letrados:
– É apenas nestes últimos tempos que escuto falar do povo nas conversas em que se trata do governo. Esse é um fruto da filosofia nova. Será que ignoram que *o terceiro-estado é apenas adventício na constituição*? (Isso quer dizer, em outras palavras, que vinte e três milhões e novecentos mil homens não passam de uma casualidade e de um acessório na totalidade de vinte e quatro milhões de homens).

248

Milorde Hervey, viajando pela Itália e achando-se não longe do mar, atravessou uma laguna em cuja água mergulhou o dedo:
– Ah! Ah! – diz ele. – A água é salgada: isso é nosso.

249

Duclos dizia a um homem entediado com um sermão pregado em Versalhes:
– Por que o senhor escutou o sermão até o fim?
– Tive medo de incomodar o auditório e escandalizá-lo.
– Palavra de honra – replicou Duclos –, para não ter de escutar esse sermão, eu teria me convertido na primeira palavra.

250

O sr. D'Aiguillon, nos tempos em que estava com madame Dubarry, arranjou em outra parte uma galanteria[58]. Acreditou-se perdido, imaginan-

---
58. Eufemismo para "doença venérea".

do tê-la transmitido à condessa. Felizmente, não era nada disso. Durante o tratamento, que lhe parecia muito longo e o obrigava a abster-se de madame Dubarry, ele dizia ao médico:

– Isso vai causar a minha perda, se o senhor não me despachar.

Esse médico era o sr. Busson, que o havia curado, na Bretanha, de uma doença mortal pela qual os outros médicos o haviam desenganado. A lembrança desse mau serviço prestado à província havia feito com que fossem tirados do sr. Busson todos os seus cargos, após a ruína do sr. D'Aiguillon. Este, ao tornar-se ministro, ficou um longo tempo sem nada fazer pelo sr. Busson, que, vendo a maneira como o duque tratava Linguet[59], dizia:

– O sr. D'Aiguillon não deixa nada de lado, a não ser aqueles que lhe salvaram a honra e a vida.

251

O sr. de Turenne, vendo uma criança passar por trás de um cavalo, de modo a poder ser estropiada por um coice, chamou-a e disse-lhe:

– Minha bela criança, nunca passe por trás de um cavalo sem deixar entre você e ele o intervalo necessário para que não possa ser ferida por ele. Eu lhe juro que isso não a fará andar meia légua a mais no decorrer de toda a sua vida; e lembre-se de que foi o sr. de Turenne quem lhe disse isso.

252

O sr. de Th..., para exprimir a insipidez dos poemas pastorais do sr. de Florian[60], dizia:

– Eu gostaria bastante deles, se ele pusesse alguns lobos.

---

59. Simon-Nicolas-Henri Linguet (1736-94), advogado e jornalista francês que morreu guilhotinado.
60. Jean-Pierre Claris de Florian (1755-94), dramaturgo, poeta e fabulista francês.

253

Perguntaram a Diderot que homem era o sr. d'Épinay:

– É um homem – diz ele – que comeu dois milhões sem dizer uma boa palavra e sem fazer uma boa ação.

254

O sr. de Fronsac foi ver um mapa-múndi que era mostrado pelo artista que o imaginara. Esse homem, não o conhecendo e vendo nele uma cruz de São Luís, só o chamava de cavaleiro. A vaidade do sr. de Fronsac, ferida por não ser chamado de duque, fez com que inventasse uma história em que um dos interlocutores, um de seus criados, o chamava de *monsenhor*. O sr. de Genlis interrompe-o nessa parte e diz-lhe:

– O que é que está dizendo? Monsenhor! Vão tomá-lo por um bispo.

255

O sr. de Lassay, homem muito doce, mas que possuía um grande conhecimento da sociedade, dizia que era preciso engolir um sapo todas as manhãs para não achar nada mais asqueroso durante o resto do dia, quando se devia passá-lo no mundo.

256

O sr. d'Alembert teve oportunidade de ver madame Denis no dia seguinte ao seu casamento com o sr. du Vivier. Perguntaram-lhe se ela parecia estar feliz:

– Feliz! – diz ele. – Eu lhes respondo: feliz de dar enjoo.

257

Alguém, tendo ouvido a tradução das *Geórgicas* feita pelo abade Delille, disse-lhe:

– Está excelente; não tenho dúvida de que o senhor terá o primeiro benefício que for dado após a nomeação de Virgílio.

258

O sr. de B... e o sr. de C... são amigos íntimos, a ponto de serem citados como modelos. O sr. de B... dizia um dia ao sr. de C...:
– Nunca lhe aconteceu de encontrar, entre as mulheres que teve, alguma tonta que tenha lhe perguntado se renunciaria a mim por ela, se me amava mais do que a ela?
– Sim – respondeu ele.
– E quem foi?
– Madame de M...
Era a amante do seu amigo.

259

O sr... me contava, com indignação, uma malversação entre os fornecedores de alimentos:
– Isso custou – disse-me ele – a vida de cinco mil homens, que morreram exatamente de fome. *Eis, cavalheiro, como o rei é servido!*

260

O sr. de Voltaire, vendo a religião enfraquecer a cada dia, dizia certa ocasião:
– No entanto, isso é deplorável; pois de quem zombaremos?
– Oh! – diz o sr. Sabatier de Castres. – Console-se; não lhe faltarão oportunidades, tanto quanto meios.
– Ah! Cavalheiro – replicou dolorosamente o sr. de Voltaire –, fora da Igreja não existe salvação[61].

---

61. Embora fosse extremamente crítico com relação às instituições religiosas, Voltaire considerava a religião um elemento fundamental para a conservação da ordem na sociedade.

261

O príncipe de Conti dizia a Beaumarchais, em sua derradeira doença, que não conseguiria escapar, visto o estado de sua pessoa, esgotada pelas fadigas da guerra, pelo vinho e pelos prazeres.

– Com relação à guerra – diz Beaumarchais –, o príncipe Eugênio participou de vinte e uma campanhas, e morreu com setenta e oito anos; quanto ao vinho, o marquês de Brancas bebia diariamente seis garrafas de Champanhe, e morreu aos oitenta e quatro anos.

– Sim, mas e o coito? – replicou o príncipe.

– A senhora sua mãe... – respondeu Beaumarchais (a princesa havia morrido aos setenta e nove anos).

– Tem razão – diz o príncipe. – Não é impossível que eu me recupere.

262

O regente havia prometido fazer *alguma coisa* pelo jovem Arouet[62], ou seja, torná-lo importante e achar-lhe uma colocação. O jovem poeta esperava o príncipe na saída do Conselho, no momento em que era seguido por quatro secretários de Estado. O regente viu-o e disse-lhe:

– Arouet, não me esqueci de você, destino-lhe o departamento das ninharias.

– Meu senhor – diz o jovem Arouet –, eu teria muitos rivais: eis aqui quatro deles.

E o príncipe teve de abafar o riso.

263

Quando o marechal de Richelieu veio fazer sua corte a Luís XV, após a tomada de Mahon, a primeira coisa – ou, antes, a única coisa – que o rei lhe disse foi:

---

62. Voltaire.

– Marechal, o senhor soube da morte desse pobre Lansmatt?
Lansmatt era um velho criado de quarto.

264

Alguém, tendo lido uma carta muito tola do sr. Blanchard sobre o balão no *Jornal de Paris*, disse:
– Com esse espírito, esse sr. Blanchard deve entediar-se nos ares.

265

Uma boa história de padre de Corte é a artimanha de que se valeu o bispo de Autun, Montazet, depois arcebispo de Lyon. Sabendo bem que tinha umas boas travessuras a lhe censurarem e que era fácil causar sua perda junto ao bispo de Mirepoix, o teatino[63] Boyer, ele escreveu contra si próprio uma carta anônima cheia de calúnias absurdas e fáceis de serem desmentidas. Remeteu-a ao bispo de Narbonne. Em seguida, explicou-se com Boyer e fez ver a atrocidade de seus pretensos inimigos. Chegaram em seguida as cartas anônimas escritas de fato por eles, e com acusações reais. Essas cartas foram ignoradas. O resultado das primeiras levou o teatino à incredulidade com relação às segundas.

266

Luís XV fez-se pintar por La Tour. O pintor, enquanto trabalhava, conversava com o rei, que parecia achá-lo bom. La Tour, encorajado, e naturalmente indiscreto, levou a temeridade ao ponto de dizer-lhe:
– De fato, sire, o senhor não tem nenhuma Marinha.
O rei respondeu secamente:
– O que está dizendo? E Vernet[64]?

---

63. Membro da congregação religiosa fundada em Roma por São Caetano de Tiene, no século XVI.
64. Claude-Joseph Vernet (1714-89) era um pintor francês especializado em marinhas.

267

Disseram à duquesa de Chaulnes, moribunda e separada do marido:
– Os sacramentos estão aí.
– Um momentinho.
– O duque de Chaulnes gostaria de revê-la.
– Ele está aqui?
– Sim.
– Que espere: ele entrará com os sacramentos[65].

268

Eu passeava um dia com um de meus amigos, que foi saudado por um homem de péssima aparência. Perguntei-lhe quem era aquele homem: respondeu-me que era um homem que fazia por sua pátria aquilo que Brutus não teria feito pela dele. Roguei que baixasse essa grande ideia ao meu nível. Soube então que seu homem era um espião da polícia.

269

O sr. Lemière falou melhor do que gostaria ao dizer que, entre a sua *Viúva de Malabar*, representada em 1770, e sua *Viúva de Malabar*, representada em 1781, havia a mesma diferença que entre um feixe de lenha e um carro cheio de madeira. De fato, foi a fogueira aperfeiçoada que fez o sucesso da peça[66].

270

Um filósofo, retirado do mundo, escrevia-me uma carta cheia de virtude e de razão. Ela terminava com as seguintes palavras: "Adeus, meu amigo;

---

65. O matrimônio, assim como a extrema-unção, é um dos sacramentos da Igreja.
66. *La veuve du Malabar, ou L'empire des coutumes*, tragédia em cinco atos de autoria de Antoine-Marin Le Mierre (1723-93).

conserve, se puder, os interesses que o ligam à sociedade, mas cultive os sentimentos que o separam dela".

271

Diderot, com a idade de sessenta e dois anos e apaixonado por todas as mulheres, dizia a um de seus amigos:

– Muitas vezes digo a mim mesmo: velho louco, velho maroto, quando, pois, deixarás de te expor à afronta de uma recusa ou de um ridículo?

272

O sr. de C... falava um dia do governo da Inglaterra e de suas vantagens numa reunião em que se encontravam alguns bispos e alguns abades. Um deles, chamado abade de Seguerand, disse-lhe:

– Cavalheiro, pelo pouco que sei daquele país, não tenho nenhuma tentação de viver nele, e sinto[67] que lá me encontraria muito mal.

– Senhor abade – responde-lhe candidamente o sr. de C... –, é porque o senhor estaria mal por lá que o país é excelente.

273

Diversos oficiais franceses tinham ido a Berlim. Um deles apareceu diante do rei sem uniforme e de meias brancas. O rei aproximou-se dele e perguntou seu nome:

– Marquês de Beaucour.

– De qual regimento?

– Da Champagne.

– Ah, sim! Desse regimento em que querem que a ordem se f...!

E falou em seguida com os oficiais que estavam de uniforme e botas.

---

67. O texto de 1824 diz "sei". Preferimos adotar o "sinto", tal como está na edição de 1812.

274

O sr. de Chaulnes mandara pintar sua mulher em trajes de Hebe[68]; ele não sabia como mandar que o pintassem para ficar semelhante. Mademoiselle Quinault, a quem ele falava de sua dificuldade, disse-lhe:
– Mande que o pintem como bestificado[69].

275

O médico Bouvard tinha no rosto uma cicatriz em forma de C que o desfigurava. Diderot dizia que era de um golpe que ele mesmo se dera ao testar desajeitadamente a foice da morte.

276

O imperador[70], passando incógnito por Trieste – como de costume –, entrou num albergue. Perguntou se não havia ali um bom quarto. Disseram-lhe que um bispo da Alemanha acabara de alugar o último e que não restavam mais do que dois pequenos cubículos. Ele pediu para cear; disseram-lhe que só havia alguns ovos e legumes, porque o bispo e seu séquito haviam pedido todas as aves. O imperador mandou perguntar ao bispo se um estranho poderia jantar com ele; o bispo recusou. O imperador ceou com um capelão do bispo, que não comia com o seu senhor. Perguntou a esse capelão o que iam fazer em Roma. Diz este:
– Monsenhor vai solicitar um benefício de cinquenta mil libras de renda, antes que o imperador seja informado de que está vago.

Mudaram de conversa. O imperador escreve uma carta ao cardeal datário[71] e uma outra ao seu embaixador. Faz com que o capelão prometa entregar essas duas cartas aos seus destinatários, logo que chegue a Roma.

---

68. Deusa da juventude, filha de Júpiter e de Juno.
69. Trata-se de um jogo de palavras só compreensível em francês: *Hébé*, *hébété*.
70. Essa história se refere ao Sacro Império Romano-Germânico.
71. Membro da dataria, repartição que tratava dos assuntos do papado fora das assembleias de cardeais.

Este manteve a promessa. O cardeal datário manda expedir os documentos que concedem o benefício ao surpreso capelão. Ele conta sua história ao bispo, que quer partir. O outro, tendo negócios em Roma, quis ficar e informou ao bispo que aquela aventura era o efeito de duas cartas escritas ao cardeal datário e ao embaixador do Império pelo imperador, que era aquele estranho com o qual monsenhor não quisera jantar em Trieste.

277

O conde de... e o marquês de... perguntaram-me que diferença eu via entre eles, em termos de princípios. Respondi:
– A diferença que existe entre vocês é que um lamberia a escumadeira, enquanto o outro a engoliria.

278

O barão de Breteuil, após a sua partida do Ministério, em 1788, censurava a conduta do arcebispo de Sens. Qualificava-o de déspota, e dizia:
– Quanto a mim, quero que o poder real nunca degenere em despotismo; e quero que se conserve dentro dos limites em que estava no reinado de Luís XIV.
Acreditava, pronunciando esse discurso, praticar um ato de cidadão, e corria o risco de se perder na Corte.

279

Estando madame Desparbès na cama com Luís XV, disse-lhe o rei:
– Você se deitou com todos os meus súditos.
– Ah! Meu senhor.
– Teve o duque de Choiseul.
– Ele é tão poderoso!
– O marechal de Richelieu.
– Ele tem tanto espírito!

– Monville.
– Ele tem pernas tão bonitas!
– Ainda bem... mas e o duque de Aumont, que não tem nada disso?
– Ah! Sire, ele é tão ligado à Vossa Majestade!

280

Madame de Maintenon e madame de Caylus passeavam em volta do lago de Marly. A água estava muito transparente, e via-se nela algumas carpas, cujos movimentos eram lentos e que pareciam estar tão tristes quanto magras. Madame de Caylus fez essa observação à Madame de Maintenon, que respondeu:
– Elas são como eu: lamentam seu lodo.

281

Collé colocara uma considerável soma de dinheiro, a fundo perdido e a dez por cento, nas mãos de um financista que, no segundo ano, ainda não havia lhe devolvido um tostão.
– Cavalheiro – disse-lhe Collé, numa visita que lhe fez –, quando eu coloco meu dinheiro como renda vitalícia, é para ser pago enquanto ainda estou vivo.

282

Um embaixador inglês em Nápoles dera uma festa encantadora, mas que não lhe custara muito caro. Souberam disso e partiram daí para denegrir a sua festa, que de início fizera muito sucesso. Ele se vingou como um verdadeiro inglês e como um homem a quem os guinéus não custavam grande coisa. Anunciou outra festa. Acreditaram que era para ter a revanche e que a festa seria soberba. Todos acorreram. Grande afluência. Nenhum preparativo. Finalmente, trouxeram um fogareiro a álcool. Esperava-se algum milagre:

– Cavalheiros – diz ele –, são as despesas e não os atrativos de uma festa que os senhores buscam. Olhem bem – e ele entreabre a casaca, da qual mostra o forro – trata-se de um quadro do Dominicano[72] que vale cinco mil guinéus. Mas isso não é tudo: reparem nessas dez cédulas; são de mil guinéus cada uma, pagáveis à vista no banco de Amsterdã – E fez um rolo com elas e pôs no fogareiro aceso. – Não duvido, cavalheiros, que esta festa os satisfará e que todos se retirarão contentes comigo. Adeus, cavalheiros, a festa acabou.

283

Dizia o sr. de B...: "A posteridade não é mais do que um público que sucede a outro: ora, vocês estão vendo o que é o público de agora".

284

Dizia N...: "Três coisas importunam-me, tanto moral quanto fisicamente, no sentido figurado e no sentido próprio: o barulho, o vento e a fumaça".

285

A propósito de uma rameira que se casara com um homem até então considerado bastante honesto, madame de L... dizia: "Se eu fosse uma mulherzinha ordinária, seria ainda uma mulher muito honesta, porque não desejaria de modo algum tomar por amante um homem que fosse capaz de se casar comigo".

286

Dizia o sr...: "Madame de G... tem espírito e habilidade suficientes para jamais ser tão desprezada quanto muitas mulheres menos desprezíveis".

---

72. Domenico Zampieri (1581-1641), pintor barroco italiano conhecido como Il Domenichino.

287

A falecida duquesa de Orléans era muito apaixonada pelo marido no início do casamento. Havia poucos redutos no Palais-Royal[73] que não tivessem sido testemunhas disso. Um dia, os dois esposos foram fazer uma visita à duquesa viúva, que estava doente. Durante a conversa, ela adormeceu; e o duque e a jovem duquesa acharam agradável divertir-se aos pés do leito da doente. Ela se apercebeu e disse à nora:

– Estava reservado à senhora, madame, fazer os outros ruborizarem com o casamento.

288

O marechal de Duras, descontente com um de seus filhos, disse-lhe:
– Miserável, se você continuar assim, vou fazê-lo jantar com o rei.

É porque o rapaz jantara duas vezes em Marly, onde se sentira mortalmente entediado.

289

Duclos, que não parava de dizer injúrias ao abade d'Olivet, dizia dele:
– É um patife tão grande que, apesar das palavras duras com as quais eu o cubro, ele não me odeia mais do que qualquer outro.

290

Duclos falava um dia do paraíso, que cada um faz à sua maneira. Madame de Rochefort diz-lhe:
– Para você, Duclos, eis com o que compor o seu: pão, vinho, queijo e a primeira mulher que aparecer.

---

73. Célebre palácio de Paris, construído em 1629 para o cardeal de Richelieu.

291

Um homem ousou dizer[74]: "Eu gostaria de ver o último dos reis estrangulado com as tripas do último dos padres".

292

Era costume, na casa de madame Deluchet, que se comprasse uma boa história daquele que a contava...
– Quanto quer por ela?
– Tanto...
Aconteceu de madame Deluchet perguntar à sua camareira sobre o destino de cem escudos. Esta conseguiu prestar contas de tudo, com exceção de trinta e seis libras, quando subitamente exclamou:
– Ah! Madame, e aquela história para a qual a senhora me chamou, que a senhora comprou do sr. Coqueley, e pela qual paguei trinta e seis libras!

293

O sr. de Bissy, querendo abandonar a presidenta d'Aligre, encontrou sobre sua lareira uma carta na qual ela dizia a um homem, com quem tinha um caso, que queria poupar o sr. de Bissy e arranjar-se para que ele a deixasse primeiro. Ela até deixara essa carta de propósito. Mas o sr. de Bissy fingiu que não sabia de nada e manteve-a por seis meses, importunando-a com suas assiduidades.

294

O sr. de R... tem muito espírito, mas tantas tolices no espírito que muita gente poderia tomá-lo por um tolo.

---

74. Outras edições (como a de 1812) trazem: "Não sei que homem dizia".

295

O sr. d'Éréménil vivia com madame Tilaurier havia muito tempo. Ela queria casar-se com ele. Serviu-se de Cagliostro[75], que dava como certa a descoberta da pedra filosofal. Sabe-se que Cagliostro misturava o fanatismo e a superstição com as tolices da alquimia. Como d'Éréménil se queixasse de que a pedra filosofal não chegava e que certa fórmula não tinha tido efeito nenhum, Cagliostro deu-lhe a entender que isso provinha do fato de que ele vivia uma relação criminosa com madame Tilaurier.

– Para ter êxito, é preciso que o senhor esteja em harmonia com as potências invisíveis e com o seu chefe, o Ser Supremo. Despose ou abandone madame Tilaurier.

Esta redobrou as coqueterias; d'Éréménil casou-se e foi a sua mulher que encontrou a pedra filosofal.

296

Disseram a Luís XV que um de seus guardas, cujo nome lhe informaram, ia morrer logo, por ter feito a brincadeira de mau gosto de engolir uma moeda de um escudo de seis libras.

– Ah! Bom Deus! – diz o rei. – Vão buscar Andouillet, Lamartinière, Lassone.

– Sire – diz o duque de Noailles –, não são essas as pessoas necessárias.

– E quem são, então?

– Sire, é o abade Terray[76].

– O abade Terray! Como?

– Ele chegará, imporá sobre essa grande moeda um primeiro dízimo, um segundo dízimo, um primeiro vigésimo, um segundo vigésimo. A moeda grande será reduzida a trinta e seis soldos, como as nossas; ela sairá pelas vias ordinárias, e eis o doente curado.

---

75. Adotando o título de conde de Cagliostro, o siciliano Giuseppe Balsamo (1743-95) tornou-se um dos mais célebres charlatães e falsos mágicos de todos os tempos.
76. Esse abade era o controlador-geral das finanças da França.

Essa brincadeira foi a única que aborreceu o abade Terray; foi a única cuja lembrança ele conservou. Ele próprio a contou ao marquês de Sesmaisons.

297

O sr. d'Ormesson, quando era controlador-geral, dizia diante de vinte pessoas que por muito tempo buscara saber em que podiam ter sido úteis pessoas como Corneille, Boileau e La Fontaine, e que jamais encontrara a resposta. Isso foi relevado, porque, quando se é controlador-geral, tudo é relevado. O sr. Pelletier de Mort-Fontaine, seu sogro, disse-lhe com brandura:

– Sei que essa é a sua maneira de pensar, mas, por mim, tenha o comedimento de não dizê-la. Eu gostaria que você não se gabasse daquilo que lhe falta. Você ocupa o lugar de um homem que muitas vezes se enclausurou com Racine e Boileau, que muitas vezes os levou à sua casa de campo, e que dizia, ao ser informado da chegada de vários bispos: "Mostrem a eles o castelo, os jardins, tudo, exceto eu".

298

A origem dos maus modos do cardeal de Fleury para com a rainha, mulher de Luís XV, foi sua recusa em ouvir-lhe as propostas galantes. Teve-se a prova depois da morte da rainha, por uma carta do rei Estanislau, em resposta àquela em que ela lhe pedia conselhos sobre a conduta que devia adotar. O cardeal, no entanto, tinha setenta e seis anos; porém, alguns meses antes, ele havia violado duas mulheres. A marechala de Mouchi e uma outra mulher viram a carta de Estanislau.

299

De todas as violências cometidas no final do reinado de Luís XIV, praticamente só nos lembramos das dragonadas, das perseguições contra os huguenotes, que eram atormentados na França e lá retidos à força, das cartas régias feitas em profusão contra Port-Royal, os jansenistas, o molinismo e o quietismo. Já seria o suficiente, mas esquecemos a inquisição secreta, e algumas vezes declarada, que a carolice de Luís XIV exerceu contra aqueles que comiam carne nos dias de abstinência. As investigações em Paris e nas províncias, feitas pelos bispos e pelos intendentes contra os homens e as mulheres suspeitos de viverem juntos – investigações que fizeram com que vários casamentos secretos fossem declarados. Achavam melhor expor-se aos inconvenientes de um casamento declarado antes do tempo do que aos efeitos da perseguição do rei e dos padres. Não seria esse um ardil de madame de Maintenon, que queria com isso fazer com que adivinhassem que ela era rainha?

300

Chamaram à corte o célebre Levret para fazer o parto da falecida delfina. O delfim disse-lhe:

– Deve estar bem contente, sr. Levret, de fazer o parto da delfina. Isso vai fazer sua reputação.

– Se a minha reputação já não estivesse feita – diz tranquilamente o parteiro –, eu não estaria aqui.

301

Duclos dizia, um dia, à madame de Rochefort e à madame de Mirepoix que as cortesãs estavam se tornando hipócritas e não queriam mais ouvir um conto um pouquinho mais picante.

– Estão mais escrupulosas que as mulheres honestas – dizia ele.

E, logo em seguida, conta uma história muito alegre, depois outra ainda mais forte. Por fim, quando ia contar uma terceira que começava de forma ainda mais picante, madame de Rochefort interrompe-o e diz:

– Tome cuidado, Duclos; você está achando que somos mulheres honestas demais.

302

Quando o cocheiro do rei da Prússia derrubou-o, este se encolerizou de maneira espantosa:

– Pois bem – diz o cocheiro –, foi uma infelicidade. E o senhor, nunca perdeu uma batalha?

303

O sr. de Choiseul-Gouffier queria mandar cobrir com telhas, à sua custa, as casas de seus camponeses, expostas a incêndios. Eles lhe agradeceram a bondade e pediram que deixasse suas casas como estavam, dizendo que se suas casas estivessem cobertas com telhas em vez de palha, os subdelegados aumentariam seus impostos.

304

O marechal de Villars era dado ao vinho, mesmo em sua velhice. Indo à Itália para comandar o Exército na guerra de 1734, foi fazer a corte ao rei da Sardenha de tal modo embriagado de vinho que não podia se manter de pé e caiu no chão. Mesmo nesse estado, no entanto, ele não perdeu a cabeça, e disse ao rei:

– Eis-me atirado muito naturalmente aos pés de Vossa Majestade.

305

Madame Geoffrin dizia de madame de La Ferté-Imbaut, sua filha:
– Quando a observo, fico espantada como uma galinha que chocou um ovo de pata.

306

Lorde Rochester fizera, numa peça em versos, o elogio da covardia. Ele estava num café quando chegou um homem que havia recebido umas pauladas sem se queixar. Milorde Rochester, depois de muitos cumprimentos, diz-lhe:

– Cavalheiro, se o senhor era homem de receber pauladas tão pacientemente, por que não me disse? Eu mesmo as teria dado, para restabelecer o meu crédito.

307

Luís XIV queixava-se, na casa de madame de Maintenon, do aborrecimento que lhe causava a divisão dos bispos:

– Se fosse possível – dizia ele – fazer com que os nove oponentes voltassem atrás, evitar-se-ia um cisma; mas isso não será fácil.

– Pois então, sire! – disse, sorridente, a duquesa da Borgonha. – Por que não diz aos quarenta para concordarem com a opinião dos nove? Eles não lhe recusarão.

308

O rei, algum tempo depois da morte de Luís XV, mandou terminar antes do tempo um concerto que o entediava, e disse:

– Já basta de música.

Os concertistas souberam do ocorrido, e um deles disse a outro:

– Meu amigo, que reinado vem por aí!

309

Foi o próprio conde de Grammont quem vendeu, por mil e quinhentas libras, o manuscrito das *Memórias* em que ele é tão claramente tratado de patife. Fontenelle, censor da obra, recusava-se a aprová-la por consideração ao conde. Este lamentava o fato ao chanceler, a quem Fontenelle contou as razões de sua recusa. O conde, não querendo perder as mil e quinhentas libras, obrigou Fontenelle a aprovar o livro de Hamilton[77].

---

77. Trata-se das *Mémoires du comte de Grammont*, de Antoine Hamilton.

310

O sr. de L..., misantropo à maneira de Tímon[78], acabara de ter uma conversa um tanto melancólica com o sr. de B..., misantropo menos sombrio e algumas vezes até bastante alegre. O sr. de L... falava do sr. de B... com muito interesse e dizia que desejava ligar-se a ele. Alguém lhe disse:

– Tome cuidado. Apesar de sua aparência séria, ele algumas vezes é muito alegre; não confie nele.

311

O marechal de Belle-Isle, vendo que o sr. de Choiseul adquiria muita ascendência, mandou o jesuíta Neuville fazer contra ele um memorial para o rei. Morreu sem ter apresentado esse memorial, e a pasta foi entregue ao duque de Choiseul, que nela encontrou o memorial contra ele. Fez o impossível para reconhecer a caligrafia, mas foi inútil. Nem pensava mais nisso quando um jesuíta considerável pediu sua permissão para ler o elogio que dele se fazia na oração fúnebre do marechal de Belle-Isle (composta pelo padre de Neuville). A leitura foi feita no manuscrito do autor, e o sr. de Choiseul reconheceu então a caligrafia. A única vingança que tirou disso foi mandar dizer ao padre de Neuville que ele tinha mais sucesso no gênero da oração fúnebre do que no dos memoriais para o rei.

312

O sr. d'Invau, quando era controlador-geral, pediu permissão ao rei para se casar. O rei, informado sobre o nome da donzela, disse-lhe:

– O senhor não é bastante rico.

D'Invau falou-lhe de seu cargo como de uma coisa que substituía a riqueza:

– Ah! – disse o rei. – O cargo pode ir embora, mas a mulher fica.

---

78. Tímon foi um célebre misantropo grego do século IV a.C. que serviu de tema para uma das peças de Shakespeare. Não se deve confundi-lo com o filósofo cético de mesmo nome.

313

Alguns deputados da Bretanha cearam na casa do sr. de Choiseul; um deles, de expressão muito séria, não disse uma palavra. O duque de Grammont, que ficara impressionado com sua figura, disse ao cavaleiro de Court, coronel dos suíços:

– Eu bem que gostaria de saber de que cor são as palavras desse homem.

O cavaleiro dirigiu-lhe a palavra:

– Cavalheiro, de que cidade vem o senhor?

– De Saint-Malo.

– De Saint-Malo! Por que extravagância essa cidade é guardada por cães?

– Que extravagância há nisso? – respondeu o grave personagem. – O rei é bem guardado por suíços.

314

Durante a guerra da América, um escocês dizia a um francês, mostrando-lhe alguns prisioneiros americanos:

– Você luta pelo seu senhor; eu, pelo meu; mas esses aí, por quem eles lutam?

Essa história bem vale aquela do rei de Pegu[79], que quase morreu de rir ao ser informado de que os venezianos não tinham rei.

315

Um velho, achando-me muito sensível a não sei qual injustiça, disse-me:

– Minha cara criança, é necessário aprender da vida a suportar a vida.

---

79. Pequeno reino localizado na Birmânia, atual Mianmar.

316

O abade de la Galaisière era muito ligado ao sr. Orri, antes que este se tornasse controlador-geral. Quando foi nomeado para o posto, seu porteiro, tornando-se suíço[80], parecia não reconhecer o abade.

– Meu amigo – disse-lhe o abade de La Galaisière –, você se tornou insolente cedo demais; seu amo ainda não o é.

317

Uma mulher de noventa anos dizia ao sr. de Fontenelle, então com noventa e cinco:

– A morte nos esqueceu.

– Caluda! – responde-lhe o sr. de Fontenelle, pondo o dedo sobre a boca.

318

O sr. de Vendôme dizia de madame de Nemours, que tinha um longo nariz curvado sobre os lábios vermelhos:

– Ela parece um papagaio comendo cereja.

319

O príncipe de Charolais, tendo surpreendido o sr. de Brissac na casa de sua amante, disse-lhe:

– Saia!

O sr. de Brissac respondeu-lhe:

– Cavalheiro, seus ancestrais teriam dito: "Saiamos".

---

80. Dava-se o nome de "suíço" ao encarregado de guardar os portões de uma igreja, de um hotel ou de uma residência importante.

320

O sr. de Castries, nos tempos da querela entre Diderot e Rousseau, disse com impaciência ao sr. de R..., que o repetiu a mim:

– Isso é inacreditável; só se fala dessa gente, uma gente sem posição, que não tem nem casa, alojada num sótão. Nunca vamos nos acostumar a isso.

321

O sr. de Voltaire, estando na casa de madame du Châtelet, e mesmo em seu quarto, brincava com o abade Mignot, ainda criança, e o sustinha em seus joelhos. Pôs-se a tagarelar com ele e a dar-lhe instruções:

– Meu amigo – diz-lhe ele –, para ter êxito com os homens, é preciso ter as mulheres do seu lado; para ter as mulheres do seu lado, é preciso conhecê-las. Você deve saber, então, que todas as mulheres são falsas e ordinárias...

– Como? Todas as mulheres! O que está dizendo, cavalheiro? – diz madame du Châtelet, encolerizada.

– Madame – diz o sr. de Voltaire –, não se pode enganar as crianças.

322

Estando o sr. de Turenne a jantar na casa do sr. de Lamoignon, este lhe perguntou se sua intrepidez não ficava abalada no começo de uma batalha:

– Sim – diz o sr. de Turenne –, sinto uma grande agitação; mas há no Exército vários oficiais subalternos e um grande número de soldados que não sentem nenhuma.

323

Diderot, querendo fazer uma obra que poderia comprometer seu repouso, confiou seu segredo a um amigo que, conhecendo-o bem, lhe disse:

– Mas você mesmo me guardará bem esse segredo?

Com efeito, foi Diderot quem o traiu.

324

Foi o sr. de Maugiron quem cometeu esta horrível ação que ouvi contar, e que me pareceu uma fábula.

Estando no Exército, seu cozinheiro foi preso por gatunagem. Vieram-lhe dizer isto:

– Estou muito contente com meu cozinheiro – responde ele –, mas tenho um mau ajudante de cozinha.

Mandou vir este último e deu-lhe uma carta para o grão-preboste. O infeliz vai até lá, é agarrado, protesta sua inocência e é enforcado.

325

Eu propunha ao sr. de L... um casamento que parecia vantajoso. Ele me respondeu:

– Por que eu me casaria? O melhor que poderia me acontecer, casando-me, é não ser corno, o que obterei ainda mais seguramente não me casando.

326

Fontenelle compôs uma ópera na qual havia um coro de sacerdotes que escandalizava os devotos. O arcebispo de Paris queria que fosse suprimido:

– Eu nunca me misturo com o clero dele – diz Fontenelle –, que ele não se misture com o meu.

327

O sr. d'Alembert ouviu o rei da Prússia dizer que, na batalha de Minden, se o sr. de Broglie tivesse atacado os inimigos e auxiliado o sr. de Contades, o príncipe Ferdinando teria sido vencido. Os Broglie mandaram perguntar ao sr. d'Alembert se era verdade que ele ouvira o rei da Prússia contar esse fato, e ele respondeu que sim.

328

Um cortesão dizia: "Não se indispõe comigo quem quer".

329

Perguntaram ao sr. de Fontenelle, moribundo:
– Como vão as coisas?
– As coisas não vão – diz ele. – Elas se vão.

330

O rei da Polônia, Estanislau, tinha alguma benevolência pelo abade Porquet e ainda não fizera nada por ele. O abade fez-lhe essa observação:
– Mas, meu caro abade – diz o rei –, isso é muito por sua culpa; o senhor faz discursos muito livres. Alegam que o senhor não acredita em Deus; é preciso moderar-se. Trate de crer; eu lhe dou um ano para isso.

331

O sr. Turgot, que um de seus amigos não via mais havia muito tempo, diz a esse amigo, ao reencontrá-lo:
– Desde que sou ministro, você me destituiu.

332

Luís XV recusou-se a dar vinte e cinco mil francos do seu tesouro pessoal a Lebel, seu criado de quarto, para suas despesas de alojamento, dizendo-lhe para dirigir-se ao Tesouro Real.
Lebel respondeu-lhe:
– Por que eu me exporia à recusa e às intrigas daquela gente, se o senhor tem aí vários milhões?
O rei replica:

— Não gosto de me desfazer; é preciso ter sempre com o que viver.
(*Anedota contada por Lebel ao sr. Buscher.*)

333

O falecido rei estava, como se sabe, em correspondência secreta com o conde de Broglie. Tratava-se de nomear um embaixador para a Suécia. O conde de Broglie propôs o sr. de Vergennes, então retirado em suas terras, depois de seu retorno de Constantinopla: o rei não queria, o conde insistia. Era uso escrever ao rei na metade da folha, e o rei punha sua resposta ao lado. Na última carta, o rei escreveu:

— Eu não aprovo de modo algum a escolha do sr. de Vergennes; é o senhor que me força a isso; pois que seja, que ele parta. Mas eu o proíbo de levar sua desagradável mulher com ele.

(*Anedota contada por Favier, que viu a resposta do rei nas mãos do conde de Broglie.*)

334

Causava espanto ver o duque de Choiseul sustentar-se tanto tempo contra madame Dubarry. Seu segredo era simples: no momento em que parecia mais claudicante, ele conseguia uma audiência ou um trabalho com o rei e solicitava suas ordens com relação a cinco ou seis milhões de economia que ele havia feito no Departamento de Guerra, observando que não era conveniente enviá-los ao Tesouro Real. O rei entendia o que ele queria dizer e respondia-lhe:

— Fale com Bertin. Dê a ele três milhões desse capital: eu lhe dou o resto de presente.

O rei partilhava assim com o ministro, e não estando seguro de que o sucessor deste lhe ofereceria as mesmas facilidades, conservava o sr. de Choiseul a despeito das intrigas de madame Dubarry.

335

O sr. Harris, famoso negociante de Londres, achando-se em Paris no decorrer do ano de 1786, na época da assinatura do tratado de comércio, dizia a alguns franceses:

– Creio que, com isso, a França perderá um milhão de libras esterlinas por ano durante os primeiros vinte e cinco ou trinta anos, mas, em seguida, a balança ficará perfeitamente igual.

336

Sabe-se que o sr. de Maurepas brincava com tudo; eis uma nova prova disso. O sr. Francis fora informado por uma via segura, mas sob segredo, de que a Espanha só se declararia na guerra da América ao longo do ano de 1780. Ele informara o sr. de Maurepas e, tendo se passado um ano sem que a Espanha se declarasse, o profeta adquiriu credibilidade. O sr. de Vergennes mandou chamar o sr. Francis e perguntou-lhe por que ele espalhava esse boato. Este lhe respondeu:

– É porque estou certo disso.

O ministro, assumindo a arrogância ministerial, ordenou-lhe que dissesse em que ele fundamentava sua opinião. O sr. Francis respondeu que era segredo seu e que, não estando em atividade, nada devia ao governo. Acrescentou que o conde de Maurepas sabia, se não do segredo, pelo menos de tudo aquilo que ele podia dizer sobre isso. O sr. de Vergennes ficou espantado. Falou sobre isso com o sr. de Maurepas, que lhe disse:

– Eu sabia, mas me esqueci de lhe dizer.

337

O sr. de Tressan, outrora amante de madame de Genlis e pai de seus dois filhos, foi vê-los, em sua velhice, em Sillery, uma das terras deles. Eles o acompanharam ao quarto de dormir e abriram os cortinados do leito, no qual mandaram colocar o retrato de sua defunta mãe. Ele os abraçou e se emocionou. Todos compartilharam de sua sensibilidade, e isso produziu a cena de sentimentalismo mais ridícula deste mundo.

338

O duque de Choiseul tinha uma grande vontade de reaver as cartas que escrevera ao sr. de Calonne sobre o caso do sr. de La Chalotais. No entanto, era perigoso manifestar esse desejo. Isso produziu uma cena cômica entre ele e o sr. de Calonne, que tirava essas cartas de uma pasta, bem numeradas, percorria-as e dizia a cada uma das vezes:

– Eis aqui uma boa para queimar – ou outro gracejo semelhante.

O sr. de Choiseul dissimulava sempre a importância que dava a isso, e o sr. de Calonne divertia-se com seu embaraço e dizia-lhe:

– Se eu não fizer uma coisa perigosa para mim, acaba todo o interesse da cena.

Mas o que ocorreu de mais singular é que o sr. d'Aiguillon, tendo sabido disso, escreveu ao sr. de Calonne: "Eu sei, cavalheiro, que o senhor queimou as cartas do sr. de Choiseul relativas ao caso do sr. de La Chalotais; eu lhe rogo que guarde todas as minhas".

339

Quando o arcebispo de Lyon, Montazet, foi tomar posse de sua sé, uma velha canonisa de..., irmã do cardeal de Tencin, cumprimentou-o por seu sucesso com as mulheres e, entre outros, pelo filho que tivera com madame de Mazarino. O prelado negou tudo e acrescentou:

– Madame, a senhora sabe que a calúnia não poupou nem mesmo a senhora. Minha história com madame de Mazarino é tão verdadeira quanto aquela que contam da senhora com o cardeal.

– Nesse caso – diz a canonisa, tranquilamente –, o filho é seu.

340

Um homem paupérrimo, que havia escrito um livro contra o governo, dizia:

– Diacho! A Bastilha não vem; daqui a pouco estará na hora de pagar meu aluguel.

341

O rei e a rainha de Portugal estavam em Belém para assistir a uma tourada, no dia em que ocorreu o terremoto de Lisboa[81]; foi isso que os salvou. E uma coisa confirmada – e que me foi garantida por vários franceses que estavam então em Portugal – é que o rei jamais soube da enormidade do desastre. Falaram-lhe inicialmente de algumas casas desabadas, em seguida de algumas igrejas e, jamais tendo retornado a Lisboa, pode-se dizer que ele foi o único homem da Europa a não ter uma ideia verdadeira do desastre ocorrido a uma légua dele.

342

Madame de C... dizia ao sr. de B...:
– Eu gosto no senhor...
– Ah, madame! – diz ele com ardor. – Se a senhora souber o quê, estarei perdido.

343

Conheci um misantropo que tinha momentos de bonomia, durante os quais dizia:
– Eu não ficaria surpreso se houvesse algum homem honesto escondido em algum canto e ninguém o conhecesse.

---

81. Em 1º de novembro de 1755.

344

Enfrentando o marechal de Broglie um perigo inútil e não querendo bater em retirada, todos os seus amigos fizeram esforços vãos para que ele sentisse a necessidade disso. Por fim, um dentre eles, o sr. de Jaucour, aproximou-se e disse em seu ouvido:

– Senhor marechal, pense que se o senhor for ferido, o sr. de Routhe é quem vai comandar.

Era o mais tolo dos tenentes-generais. O sr. de Broglie, impressionado com o perigo que corria o Exército, retirou-se.

345

O príncipe de Conti pensava e falava mal do sr. de Silhouette. Luís XV disse-lhe um dia:

– Entretanto, pensa-se em fazer dele controlador-geral.

– Eu sei – diz o príncipe – e se ele chegar a esse posto, suplico a Vossa Majestade que guarde esse meu segredo.

O rei, quando o sr. de Silhouette foi nomeado, deu a notícia ao príncipe, e acrescentou:

– Não me esqueci da promessa que lhe fiz, ainda mais que o senhor tem um assunto que deve ser levado ao Conselho.

(*Anedota contada por madame de Boufflers.*)

346

No dia da morte de madame de Châteauroux, Luís XV parecia derreado de tristeza, mas o que é extraordinário são as palavras pelas quais deu prova disso:

– Ser infeliz durante noventa anos! Porque estou seguro de que viverei até lá.

Eu as ouvi serem contadas por madame de Luxemburgo, que as escutou ela própria, e que acrescentava:

– Só contei essa história depois da morte de Luís xv. No entanto, essa história merecia ser conhecida, pela singular mistura de amor e de egoísmo que contém.

347

Um homem bebia, num jantar, um excelente vinho sem elogiá-lo. O dono da casa fez com que lhe fosse servido um muito medíocre.

– Eis aqui um bom vinho – diz o bebedor silencioso.

– É um vinho de dez tostões – diz o dono da casa – e o outro é um vinho dos deuses.

– Eu sei disso – respondeu o conviva –, tanto que não o elogiei. É este aqui que tem necessidade de recomendação.

348

Duclos dizia, para não profanar o nome "romano", referindo-se aos romanos modernos: "Um italiano de Roma".

349

Dizia-me o sr...: "Mesmo na minha juventude, eu gostava de interessar, gostava muito pouco de seduzir e sempre detestei corromper".

350

O sr... dizia-me: "Todas as vezes que vou à casa de alguém, é uma preferência que dou em detrimento meu; não sou bastante desocupado para ser levado até lá por outro motivo".

351

Dizia o sr...: "Apesar de todos os gracejos que repetem sobre o casamento, não vejo o que se possa dizer contra um homem de sessenta anos que se casa com uma mulher de cinquenta e cinco".

352

O sr. de L... dizia-me do sr. de R...: "É o entreposto do veneno de toda a sociedade. Ele o acumula como os sapos e o lança como as víboras".

353

Diziam do sr. de Calonne, expulso depois da declaração do déficit: "Deixaram-no tranquilo quando ateou fogo e puniram-no quando deu o alarme".

354

Eu conversava um dia com o sr. de V..., que parece viver sem ilusões numa idade em que ainda se é suscetível a elas. Testemunhei-lhe a surpresa que se tinha com a sua indiferença. Ele me respondeu seriamente:

– Não se pode ser e ter sido. Eu fui, no meu tempo, tal como qualquer outro, o amante de uma mulher galante, o joguete de uma coquete, o passatempo de uma mulher frívola, o instrumento de uma intrigante. O que é possível ser, além disso?

– O amigo de uma mulher sensível.

– Ah! Ei-nos nos romances.

355

Dizia o sr... a um homem muito rico: "Eu lhe peço que acredite que não tenho necessidade daquilo que me falta".

356

O sr..., a quem se oferecia um cargo do qual certas funções feriam sua delicadeza, respondeu:

– Esse cargo não convém nem ao amor-próprio que me permito nem àquele que me ordeno.

357

Um homem de espírito lera os pequenos tratados do sr. d'Alembert sobre a elocução oratória, a poesia e a ode. Perguntaram-lhe o que pensava deles. Respondeu:
– Nem todo mundo pode ser seco.

358

O sr..., que tinha uma coleção dos discursos de recepção da Academia Francesa, dizia-me:
– Quando lanço os olhos sobre isso, parece que estou vendo as carcaças dos fogos de artifício depois do São João.

359

Dizia o sr...: "Rejeito os benefícios da proteção, talvez pudesse receber e honrar os da estima, mas não prezo senão os da amizade".

360

Perguntaram ao sr... o que é que torna mais amável na sociedade? Ele respondeu:
– É agradar.

361

Diziam a um homem que o sr..., outrora seu benfeitor, o odiava.
– Peço permissão – responde ele – para ter um pouco de incredulidade com relação a isso. Espero que ele não me force a modificar, em respeito a mim, o único sentimento que tenho necessidade de conservar por ele.

362

O sr... se apega às suas ideias. Ele teria nexo no espírito, se tivesse espírito. Far-se-ia alguma coisa com isso, se fosse possível transformar seus preconceitos em princípios.

363

Uma jovem pessoa, cuja mãe era ciumenta e a quem os treze anos de sua filha desagradavam infinitamente, dizia-me um dia:
– Sempre tive vontade de pedir-lhe perdão por ter nascido.

364

O sr..., conhecido homem de letras, não fizera nenhum esforço para ver todos esses príncipes viajantes que, no espaço de três anos, vieram à França um após o outro. Indaguei-lhe a razão desse pouco zelo. Ele me respondeu:
– Eu só gosto, nos palcos da vida, daquilo que põe os homens numa relação simples e verdadeira uns com os outros. Sei, por exemplo, o que é um pai e um filho, um amante e uma amante, um amigo e uma amiga, um protetor e um protegido, e mesmo um comprador e um vendedor etc. No entanto, como essas visitas produzem cenas sem objeto, em que tudo está como que regulado pela etiqueta e cujo diálogo está como que escrito de antemão, não dou nenhuma importância a elas. Prefiro um canevas[82] italiano, que tem ao menos o mérito de ser representado de improviso.

365

O sr..., vendo nestes últimos tempos até que ponto a opinião pública influi nos grandes negócios, nos cargos, na escolha dos ministros, dizia ao sr. de L..., em favor de um homem que ele queria ver triunfar:

---

82. "Canevas" é um esboço de peça teatral, em que apenas as linhas gerais do enredo e do desenvolvimento são definidas. Cabe aos atores improvisar os diálogos e os detalhes da representação.

– Faça-nos, em seu favor, um pouco de opinião pública.

366

Eu perguntava ao sr. N... por que ele não frequentava mais a sociedade. Respondeu-me :

– É porque não gosto mais das mulheres, e porque conheço os homens.

367

O sr... dizia de Sainte-Foix, homem indiferente ao mal e ao bem, desprovido de todo instinto moral:

– É um cão postado entre um monte de patê e um monte de excremento, e que não sente cheiro nem em um nem em outro.

368

O sr... mostrara muita insolência e vaidade, após uma espécie de sucesso no teatro (era sua primeira obra). Um de seus amigos disse-lhe:

– Meu amigo, você está semeando espinheiros à sua frente; tornará a encontrá-los quando passar de volta.

369

Dizia o sr... de B...: "A maneira como vejo distribuírem o elogio e a censura daria vontade ao homem mais honesto deste mundo de ser difamado".

370

Uma mãe, após um exemplo de teimosia de seu filho, dizia que as crianças eram muito egoístas.

– Sim – diz o sr... –, até que sejam polidas.

371

Diziam ao sr...:
– O senhor aprecia muito a consideração.
Ele respondeu com estas palavras que me impressionaram:
– Não, eu tenho consideração por mim, o que algumas vezes atrai para mim a dos outros.

372

Contam-se cinquenta e seis violações da fé pública, desde Henrique IV até o Ministério do cardeal de Loménie, inclusive. O sr. D... aplicava às frequentes bancarrotas de nossos reis estes dois versos de Racine: "E de um trono tão santo a metade está fundada/ Apenas na fé prometida, e raramente conservada"[83].

373

Diziam ao sr..., acadêmico:
– Algum dia o senhor se casará.
Ele respondeu:
– Sempre zombei tanto da Academia, e agora estou lá. Tenho medo de que me aconteça a mesma coisa com o casamento.

374

O sr... dizia de mademoiselle..., que não era de modo algum venal, só escutava seu coração e permanecia fiel ao objeto de sua escolha:
– É uma pessoa encantadora, que vive o mais honestamente possível, fora do casamento e do celibato.

---

83. Esses versos são da tragédia *Bajazet* (ato II, cena III).

375

Um marido dizia à sua mulher:
– Madame, esse homem tem direitos sobre a senhora; ele lhe faltou com o respeito diante de mim, não suportarei tal coisa. Ele que a maltrate quando estiverem a sós; na minha presença, é me faltar com o respeito.

376

Eu estava à mesa ao lado de um homem que me perguntou se a mulher que ele tinha diante dele era a mulher daquele que estava ao lado dela. Eu observara que este não dissera nem uma palavra a ela; foi isso que me fez responder ao meu vizinho:
– Cavalheiro, ou ele não a conhece, ou ela é mulher dele.

377

Perguntei ao sr. de... se ele se casaria.
– Não creio – disse-me ele. E acrescentou, rindo: – A mulher que me seria necessária, eu não a procuro, mas também não a evito.

378

Perguntei ao sr. de T... por que ele negligenciava seu talento e parecia tão completamente insensível à glória. Ele me respondeu exatamente com estas palavras:
– Meu amor-próprio pereceu no naufrágio do interesse que eu tinha pelos homens.

379

Diziam a um homem modesto: "Algumas vezes, existem fendas no jarro sob o qual se escondem as virtudes"[84].

---

84. Alusão à expressão proverbial "pôr a candeia sob o jarro", que significa manter as virtudes

380

O sr..., a quem queriam fazer falar sobre diferentes abusos públicos ou privados, respondeu friamente: "Aumento todos os dias a lista das coisas sobre as quais não falo mais. O mais filósofo é aquele cuja lista é a mais longa".

381

Dizia o sr. D...:

Eu proporia de bom grado aos caluniadores e aos malvados o seguinte acordo. Eu diria aos primeiros: bem quero que me caluniem, desde que, por uma ação, indiferente ou mesmo louvável, eu tenha fornecido o fundamento da calúnia; desde que seu trabalho seja apenas o bordado da tela; desde que não inventem os fatos, ao mesmo tempo que as circunstâncias. Em poucas palavras: desde que a calúnia não arque com os custos ao mesmo tempo do fundo e da forma. Eu diria aos malvados: acho simples que me prejudiquem, desde que aquele que me cause dano tenha algum interesse pessoal nisso. Em poucas palavras: que não me façam o mal gratuitamente, como costuma acontecer.

382

Diziam de um espadachim exímio, mas covarde, espirituoso e galante às mulheres, mas impotente: "Ele maneja muito bem o florete e o floreio, mas o duelo e o gozo causam-lhe medo".

383

Dizia o sr...: "Foi muito malfeito terem deixado decair a *cornice*, ou seja, terem feito com que não signifique mais nada. Outrora, era uma posição no mundo, como em nossos dias a de jogador. Agora não é mais absolutamente nada".

---

ou os talentos na obscuridade. Essa expressão vem do Evangelho e se encontra sob diversas formas em Marcos (4,21), Mateus (5,15) e Lucas (8,16 e 11,33).

384

O sr. de L..., conhecido como misantropo, dizia-me um dia, a propósito do seu gosto pela solidão: "É preciso gostar excessivamente de alguém para vê-lo".

385

O sr... gosta que digam que ele é malvado, quase da mesma forma como os jesuítas não se incomodavam que dissessem que assassinavam os reis. É o orgulho que quer reinar pelo temor sobre a fraqueza.

386

Um celibatário, que era pressionado a se casar, respondeu jocosamente: "Rogo a Deus que me preserve das mulheres, assim como me preservarei do casamento".

387

Um homem falava do respeito que o público merece.
– Sim – diz o sr... –, o respeito que ele obtém da prudência. Todo mundo despreza os peixeiros; no entanto, quem ousaria ofendê-los ao atravessar a praça do mercado?

388

Perguntei ao sr. R..., homem cheio de espírito e de talentos, por que não se mostrara de forma alguma na revolução de 1789. Ele me respondeu:
– É porque, há trinta anos, acho os homens tão malvados, em particular e considerados um a um, que não ousei esperar nada de bom deles, em público e coletivamente.

389

Dizia graciosamente madame de...: "É forçoso que aquilo que se chama de *a polícia* seja uma coisa bem terrível, já que os ingleses preferem os ladrões e os assassinos, e os turcos preferem a peste."

390

Dizia-me o sr. de L...: "Aquilo que torna o mundo desagradável são os patifes e, depois, os homens honestos. De modo que, para que tudo fosse suportável, seria preciso aniquilar os primeiros e corrigir os segundos. Seria necessário destruir o inferno e recompor o paraíso."

391

D... espantava-se por ver o sr. de L..., homem muito acreditado, fracassar em tudo aquilo que tentava fazer por um de seus amigos. É que a fraqueza de seu caráter aniquilava o poder de sua posição. Aquele que não sabe juntar sua vontade a sua força não tem nenhuma força.

392

Quando dizia lindamente uma coisa bem pensada, madame de F... acreditava ter feito tudo; de maneira que, se uma de suas amigas fazia em seu lugar aquilo que ela dissera que seria necessário fazer, isso fazia delas duas uma filósofa. O sr. de... dizia dela que, quando ela dizia uma bela coisa sobre o vomitório, ficava totalmente surpresa por não ser purgada.

393

Um homem de espírito definia Versalhes como uma terra onde, ao descer, é sempre necessário parecer subir, ou seja, honrar-se por frequentar aquilo que se despreza.

394

O sr... dizia-me que sempre achara boas as seguintes máximas sobre as mulheres: "Falar sempre bem[85] do sexo em geral; louvar aquelas que são amáveis; calar-se sobre as outras; vê-las pouco; jamais confiar nelas e nunca deixar que sua felicidade dependa de uma mulher, qualquer que seja ela".

395

Um filósofo dizia-me que, depois de ter examinado a ordem civil e política das sociedades, agora só estudava os selvagens nos livros dos viajantes e as crianças na vida comum.

396

Madame de... dizia do sr. B...: "Ele é honesto, mas medíocre e de caráter espinhoso. É como a perca: branca, saudável, mas insípida e cheia de espinhas".

397

O sr... mais sufoca suas paixões do que sabe conduzi-las. Dizia-me a respeito disso:

– Sou como um homem que, montando a cavalo e não sabendo dominar o animal que o carrega, mata-o com um tiro de pistola e desaba com ele.

398

Dizia o sr...: "O senhor não vê que não sou nada a não ser pela opinião que se tem de mim; que perco minha força quando me rebaixo e que caio quando desço?".

---

85. Algumas edições omitem a palavra "bem".

399

É uma coisa bem extraordinária que dois autores convictos e panegiristas (um em verso e o outro em prosa) do amor imoral e libertino – Crébillon e Bernard[86] – tenham morrido perdidamente apaixonados por duas moças. Se alguma coisa é espantosa, é ver o amor sentimental possuir madame de Voyer até o derradeiro momento, e fazê-la apaixonar-se pelo visconde de Noailles; enquanto, de seu lado, o sr. de Voyer deixou dois pequenos cofres cheios de cartas apaixonadas copiadas duas vezes por sua mão. Isso lembra os covardes, que cantam para disfarçar seu medo.

400

Dizia rindo o sr. de...: "Que um homem de espírito tenha dúvidas sobre sua amante é algo que se concebe; mas sobre sua mulher! É preciso ser muito idiota".

401

É um caráter curioso o do sr. L...: seu espírito é agradável e profundo; seu coração é altivo e calmo; sua imaginação é doce, viva e mesmo apaixonada.

402

Perguntei ao sr... por que recusara diversos cargos; ele me respondeu:
– Não quero nada daquilo que coloca um papel no lugar de um homem.

---

86. Crébillon filho (1707-77), escritor libertino francês de grande sucesso, filho do célebre autor dramático Claude Prosper Jolyot de Crébillon, e Gentil-Bernard, poeta já mencionado em nota anterior.

403

Dizia o sr...: "Neste mundo, você tem três espécies de amigos: amigos que o amam, amigos que não se preocupam com você e amigos que o odeiam".

404

O sr... dizia: "Não sei por que madame de L... deseja tanto que eu vá à casa dela, porque, quando fico algum tempo sem vê-la, eu a desprezo menos". Isso poderia ser dito do mundo em geral.

405

D..., misantropo divertido, dizia-me, a propósito da maldade dos homens: "É somente a inutilidade do primeiro dilúvio que impede Deus de enviar um segundo".

406

Atribuíam à filosofia moderna o defeito de ter multiplicado o número de celibatários. Sobre isso, disse o sr...:
– Enquanto não me provarem que foram os filósofos que se cotizaram para instituir os fundos de mademoiselle Bertin[87] e criar seu negócio, acreditarei que o celibato bem pode ter outra causa.

407

O sr. de... dizia que não era preciso ler nada nas sessões públicas da Academia Francesa, além daquilo que era imposto pelos estatutos, e justificava sua opinião dizendo:
– No que concerne às inutilidades, é preciso apenas o necessário.

---

87. Rose Bertin era a modista de Maria Antonieta.

408

N... dizia que era sempre necessário examinar se a ligação de um homem com uma mulher era de alma para alma ou de corpo para corpo; se a de um homem comum com um homem de posição ou com um homem da Corte era de sentimento para sentimento ou de posição para posição etc.

409

Propunham um casamento ao sr...; ele respondeu:
– Existem duas coisas que sempre amei loucamente: as mulheres e o celibato. Perdi minha primeira paixão, é necessário que eu conserve a segunda.

410

Dizia o sr. de...: "A raridade de um sentimento verdadeiro faz com que, algumas vezes, eu pare na rua para olhar um cão roer um osso: é ao redor de Versalhes, Marly e Fontainebleau que fico mais curioso com esse espetáculo".

411

O sr. Thomas dizia-me um dia:
– Não tenho necessidade dos meus contemporâneos, mas tenho necessidade da posteridade.
Ele amava muito a glória.
– Belo resultado da filosofia – disse-lhe eu – o de poder passar sem os vivos para ter necessidade dos que ainda não nasceram!

412

N... dizia ao sr. Barthe:
– Nesses dez anos que o conheço, sempre acreditei que era impossível ser seu amigo. Enganei-me, porém; havia um meio.

– Qual?
– Fazer uma completa abnegação de si e adorar incessantemente seu egoísmo.

413

O sr. de R... era outrora menos duro e menos difamador do que hoje em dia. Gastou toda a sua indulgência, e o pouco que lhe resta, ele guarda para si.

414

O sr... dizia que a desvantagem de estar abaixo dos príncipes é ricamente compensada pela vantagem de estar longe deles.

415

Propunham a um celibatário que se casasse. Ele respondeu com um gracejo; e, como manifestou muito espírito, disseram-lhe:
– Sua mulher não se entediará.
Ao que ele respondeu:
– Se fosse bonita, certamente se divertiria como qualquer outra.

416

Acusavam o sr... de ser misantropo.
– Não sou – diz ele –, mas bem que pensei em ser, e de fato fiz bem em pôr ordem nisso.
– O que fez para impedir isso?
– Tornei-me solitário.

417

Dizia o sr...: "Já é tempo que a filosofia tenha também seu *index*, como a Inquisição de Roma e de Madri. É preciso que faça uma lista dos livros que proscreve, e essa proscrição será mais considerável que a de sua rival. Mesmo nos livros que geralmente aprova, quantas ideias particulares não condenaria como contrárias à moral, e mesmo ao bom senso!".

418

– Naquele dia, fui amabilíssimo, de modo algum brutal – dizia-me o sr. S..., que era efetivamente ambas as coisas.

419

O sr..., que acabara de publicar uma obra que fizera muito sucesso, era solicitado a publicar uma segunda, à qual seus amigos davam grande importância:

– Não – diz ele –, é preciso dar tempo à inveja para que ela limpe sua baba.

420

O sr... disse um dia, de brincadeira, a propósito das mulheres e de seus defeitos:

– É preciso escolher entre amar as mulheres ou conhecê-las: não existe meio-termo.

421

O sr..., um rapaz jovem, perguntava-me por que madame de B... recusara a homenagem que ele lhe oferecia para correr atrás do sr. de L..., que parecia rejeitar suas investidas. Eu lhe disse:

– Meu caro amigo, Gênova, rica e poderosa, ofereceu sua soberania a diversos reis que a recusaram, e houve guerra pela Córsega, que nada produz além de castanhas, mas era altiva e independente.

422

Um dos parentes do sr. de Vergennes perguntava-lhe por que ele deixara chegar ao Ministério de Paris o barão de Breteuil, que era cogitado para sucedê-lo. Diz ele:

– É que se trata de um homem que, tendo vivido sempre em terra estrangeira, não é conhecido aqui. Ele tem uma reputação usurpada. E muitas pessoas acreditam que ele é digno do Ministério! É preciso desenganá-las, colocá-lo em evidência e fazer com que vejam aquilo que é o barão de Breteuil.

423

Censuravam o sr. L..., homem de letras, por não oferecer mais nada ao público.

– O que querem que seja impresso – diz ele – num país onde de tempos em tempos até o *Almanaque de Liège* é proibido?

424

O sr... dizia do sr. de La Reynière, cuja casa todos frequentavam por causa da boa mesa, mas que achavam muito tedioso:

– Comem-no, mas não o digerem.

425

O sr. de F..., que vira sua mulher com vários amantes e sempre usufruíra de tempos em tempos de seus direitos de esposo, resolveu uma noite tirar proveito deles. Sua mulher recusou-se.

– Pois então – disse-lhe ela – não sabe que estou tendo um caso com o sr...?

– Bela razão! – diz ele. – Não permitiu meus direitos quando esteve com L..., S..., N..., B... e T...?

– Oh, quanta diferença! Será que era amor o que eu tinha por eles? Nada, pura fantasia; mas com o sr.... trata-se de um sentimento: é para a vida e para a morte.

– Ah! Eu não sabia disso; não falemos mais sobre isso.

E, com efeito, tudo ficou dito. O sr. de R..., que escutava contar essa história, exclamou:

– Meu Deus! Quanto lhe agradeço por ter levado o casamento a produzir semelhantes gentilezas!

426

Dizia o sr...: "Meus inimigos nada podem contra mim, porque não podem tirar-me a faculdade de bem pensar nem a de bem fazer".

427

Perguntei ao sr... se ele se casaria. Ele me respondeu:

– Para quê? Para pagar ao rei da França a capitação e os três vigésimos depois da minha morte?

428

O sr. de... solicitava ao bispo de... uma casa de campo aonde ele nunca ia. Este lhe respondeu:

– O senhor não sabe que é sempre bom ter um lugar aonde nunca vamos e onde acreditamos que seríamos felizes se fôssemos?

O sr. de..., após um instante de silêncio, respondeu:

– Isso é verdade, e é isso que faz o sucesso do paraíso.

429

Milton, após o restauração de Carlos II, estava em condições de recuperar um cargo muito lucrativo que havia perdido. Sua mulher o exortava a isso, e ele lhe respondeu:

– A senhora é mulher e quer ter uma carruagem. Eu quero viver e morrer como um homem honesto.

430

Eu insistia com o sr. de L... para que ele esquecesse os erros do sr. de B..., que outrora o havia obsequiado; ele me respondeu:

– Deus mandou que se perdoassem as injúrias, mas não mandou que se perdoassem os favores.

431

O sr... dizia-me:

> Considero o rei da França apenas o rei de cerca de cem mil homens, com os quais ele compartilha o sacrifício, o suor, o sangue e os despojos de vinte e quatro milhões e novecentos mil homens, nas proporções determinadas pelas ideias feudais, militares, antimorais e antipolíticas que aviltam a Europa há vinte séculos.

432

O sr. de Calonne, querendo introduzir algumas mulheres em seu gabinete, descobriu que a chave não entrava na fechadura. Soltou um f... de impaciência e, percebendo sua falta, disse:

– Perdão, senhoras! Já passei por muitos apuros na minha vida e aprendi que só existe uma palavra adequada para isso.

Com efeito, a chave entrou logo em seguida.

433

Perguntei ao sr... por que, condenando-se à obscuridade, ele se furtava ao bem que podiam lhe fazer.

– Os homens – disse-me ele – nada podem fazer por mim que valha o seu esquecimento.

434

O sr. de... prometia não sei quê ao sr. L..., e jurava por sua honra de fidalgo. O sr. L... disse-lhe:

– Se não faz diferença para você, não poderia dizer "honra de homem honesto"?

435

O famoso Ben Johnson[88] dizia que todos aqueles que tomaram as musas como esposa morreram de fome, e que aqueles que as tomaram como amantes se deram muito bem. Isso lembra muito aquilo que ouvi de Diderot, que "um homem de letras sensato podia ser amante de uma mulher que faz um livro, mas só devia ser marido daquela que sabe fazer uma camisa". Mas existe algo melhor do que isso: é não ser nem o amante daquela que faz um livro nem o marido de nenhuma.

436

Dizia o sr..., ao sair da Assembleia Nacional, presidida por um judeu[89]: "Espero um dia assistir ao casamento de um católico, separado por divórcio de uma primeira mulher luterana, com uma jovem anabatista. E, em seguida, poder jantar na casa do pároco, que nos apresentará sua mulher, uma jovem da religião anglicana, que ele próprio terá desposado em segundas núpcias, sendo viúvo de uma calvinista".

437

Dizia-me o sr. de M...:

---

88. Poeta e dramaturgo inglês (1572-1637), uma das figuras mais representativas do teatro elisabetano.
89. Nos primeiros tempos da Revolução Francesa, os judeus não eram reconhecidos como cidadãos e não tinham direitos políticos.

– Não é um[90] homem muito vulgar aquele que diz à fortuna: "Nada quero de ti, a não ser com uma condição: tu suportarás o jugo que quero te impor"; e que diz à glória: "Tu não passas de uma meretriz a quem quero fazer algumas carícias, mas a quem repelirei se arriscares demasiadas familiaridades comigo que não me convenham".

Era a ele próprio que pintava; e tal é, com efeito, seu caráter.

438

Diziam de um cortesão leviano, mas não corrompido: "Ficou empoeirado na ventania, mas não ficou manchado na lama".

439

O sr... dizia que seria necessário a um filósofo que começasse por ter a felicidade dos mortos – não sofrer e estar tranquilo – e depois a dos vivos – pensar, sentir e se divertir.

440

O sr. de Vergennes não gostava dos homens de letras, e observou-se que nenhum escritor distinto havia feito versos sobre a paz de 1783[91]. Sobre isso, alguém disse:

– Há duas razões para isso: ele não dá nada aos poetas e não empresta à poesia.

441

Eu perguntava ao sr... que motivo tinha para recusar um casamento vantajoso.

---

90. O texto de 1824 diz "deve ser", o que é desmentido pela edição de 1812 e pelo próprio sentido do aforismo.
91. Chamfort refere-se ao tratado de paz de Versalhes (3 de setembro de 1783), que pôs fim à guerra pela independência dos Estados Unidos.

– Não quero absolutamente casar-me – disse ele – pelo temor de ter um filho parecido comigo.

Como fiquei surpreso (já que ele era um homem honestíssimo), ele me disse:

– Sim, pelo temor de ter um filho que, sendo pobre como eu, não saiba mentir, adular e rastejar, e que tenha de sofrer as mesmas provações que eu.

442

Uma mulher falava enfaticamente de sua virtude e, dizia ela, não queria mais ouvir falar de amor. Um homem de espírito disse então:

– Para que tanta presunção? Não se pode arranjar um amante sem ter de dizer tudo isso?

443

Nos tempos da Assembleia dos Notáveis[92], um homem queria fazer o papagaio de madame de... falar.

– Não se canse – disse-lhe ela –, ele nunca abre o bico.

– Como a senhora pode ter um papagaio que não diz nem uma palavra? Tenha um que diga ao menos: "Viva o rei!".

– Deus me livre! – diz ela. – Um papagaio que diz "Viva o rei!"? Eu já o teria perdido; teriam feito dele um notável.

444

Um infeliz porteiro, a quem os filhos de seu senhor recusavam-se a pagar um legado de mil libras, que ele podia reclamar na Justiça, disse-me:

– Cavalheiro, o senhor quer que eu pleiteie contra os filhos do homem a quem servi durante vinte e cinco anos, e aos quais sirvo há quinze?

Ele fazia, da própria injustiça deles, uma razão para lhes ser generoso.

---

92. Essa assembleia foi convocada pelo governo francês em 1787, com o objetivo de solucionar a crise financeira que desestabilizava o país. Como boa parte da crise era provocada justamente pelos enormes privilégios da nobreza, a assembleia não levou a nenhum resultado prático.

445

Perguntaram ao sr... por que a natureza tornara o amor independente da nossa razão.

– É porque – diz ele – a natureza só pensa na manutenção da espécie e, para perpetuá-la, nossa tolice não lhe serve de nada. Se, estando embriagado, eu me dirijo a uma criada de cabaré ou a uma meretriz, a finalidade da natureza pode ser tão bem realizada quanto se eu tivesse obtido Clarisse[93], depois de dois anos de zelos, ao passo que a minha razão me salvaria da criada, da meretriz e talvez da própria Clarisse. Consultando apenas a razão, que homem desejaria ser pai e preparar para si próprio tantas preocupações para um longo porvir? Que mulher, por uma epilepsia de alguns minutos, daria a si própria uma moléstia de um ano inteiro? A natureza, ao nos roubar a razão, assegura melhor o seu império. E eis por que, nesse ponto, ela pôs no mesmo nível Zenóbia[94] e a criada que cuida do seu galinheiro, Marco Aurélio e seu cavalariço.

446

O sr... é um homem volúvel, cuja alma está aberta a todas as impressões, dependendo daquilo que vê e daquilo que ouve, tendo uma lágrima pronta para a bela ação que lhe contam e um sorriso para o ridículo que um tolo tenta lançar sobre ela.

447

O sr... sustenta que o mundo mais seleto está em inteira conformidade

---

93. Provável referência ao romance *Clarisse Harlowe*, publicado em 1748 pelo escritor inglês Samuel Richardson. Na história, a bela e pura Clarisse recusa-se a ceder às pressões de sua família, que deseja casá-la por interesse, e acaba seduzida pelo libertino Lovelace.
94. Septímia Zenóbia tornou-se rainha da colônia romana de Palmira em 267, após a morte suspeita de seu marido Odenato; ela se apoderou de algumas províncias romanas antes de ser vencida por Aureliano.

com a descrição de um prostíbulo que lhe fez uma moça que morava lá. Ele a conheceu no Vauxhall[95]; aproximou-se dela e perguntou-lhe em que lugar seria possível vê-la a sós para confiar-lhe alguns segredinhos.

– Cavalheiro – disse ela –, moro na casa de madame... É um lugar honestíssimo, aonde só vão pessoas direitas, a maioria de carruagem; um portão, um bonito salão onde há espelhos e um belo lustre. Ceia-se ali algumas vezes e é-se servido em baixela de prata.

– Pois então, senhorita, vivi em boa companhia e nunca vi nada melhor.

– Nem eu tampouco e, no entanto, morei em quase todos esses tipos de casa.

O sr... retomava todas as circunstâncias, e fazia ver que não havia nenhuma que não se aplicasse ao mundo tal como ele é.

448

O sr... desfruta excessivamente dos ridículos que pode apreender e perceber no mundo. Parece mesmo encantado quando vê alguma injustiça absurda, cargos dados a contrassenso, contradições ridículas na conduta daqueles que governam, escândalos de todo tipo que a sociedade oferece com demasiada frequência. Inicialmente, acreditei que era maldoso. Vendo-o mais amiúde, porém, desvendei a qual princípio pertence essa estranha maneira de ver: trata-se de um sentimento honesto, de uma indignação virtuosa que por muito tempo o fez infeliz, e que ele substituiu por um hábito de gracejo que pretendia ser apenas alegre, mas que, tornando-se algumas vezes amargo e *sarcasmático*, denuncia a fonte da qual parte.

449

As amizades de N... nada mais são do que a relação de seus interesses com a de seus pretensos amigos. Seus amores não passam do produto de al-

---

95. Estabelecimento que funcionava, ao mesmo tempo, como cassino e salão de bailes público.

gumas boas digestões. Tudo aquilo que está acima ou além não existe para ele. Um movimento nobre e desinteressado de amizade, um sentimento delicado parecem-lhe uma loucura não menos absurda que aquela que faz com que internem um homem no hospício.

450

Como o sr. de Ségur publicou uma ordem que obrigava o corpo de artilharia a receber apenas fidalgos e, de outra parte, como essa função admitia somente pessoas instruídas, aconteceu uma coisa engraçada: é que o abade Bossut, examinador de alunos, só aprovou plebeus, e Chérin, só fidalgos. Numa centena de alunos, apenas quatro ou cinco preencheram as duas condições.

451

O sr. de L... dizia-me, com relação ao prazer das mulheres, que, quando não se pode mais ser pródigo, é forçoso tornar-se avaro e que, nesse gênero de coisas, aquele que deixa de ser rico começa a ser pobre.

– Quanto a mim – disse ele –, logo que fui obrigado a distinguir entre a letra de câmbio pagável à vista e a letra pagável a prazo, larguei a banca.

452

Um homem de letras, a quem um grande senhor fazia sentir a superioridade de sua condição, disse-lhe:

– Senhor duque, não ignoro aquilo que devo saber; mas também sei que é mais fácil estar acima de mim do que ao meu lado.

453

Madame de L... é coquete com ilusão, enganando a si própria. Madame de B... o é sem ilusão, e não é possível encontrá-la entre os tolos que ela produz.

454

O marechal de Noailles tinha um processo no Parlamento contra um de seus arrendatários. Oito ou nove conselheiros recusaram-se, dizendo todos: "Na qualidade de parente do sr. de Noailles", e o eram, com efeito, em *oitavo* grau. Um conselheiro chamado sr. Hurson, achando essa vaidade ridícula, levantou-se e disse:

– Eu também me recuso.

O primeiro-presidente perguntou-lhe em que condição. Ele respondeu:

– Como parente do arrendatário.

455

Quando Madame de..., de sessenta e cinco anos, casou-se com o sr..., de vinte e dois, alguém disse que era o casamento de Píramo e Baucis[96].

456

O sr..., a quem censuravam sua indiferença às mulheres, dizia:

Posso dizer sobre isso aquilo que madame de C... dizia sobre as crianças: "Tenho na cabeça um filho que não pude parir". Eu tenho no espírito uma mulher *como poucas*, que me preserva das mulheres como muitas: tenho algumas obrigações para com essa mulher.

457

Dizia o sr...:

Aquilo que me parece mais cômico no mundo civil é o casamento, é a condição de marido. Aquilo que me parece mais ridículo[97] no mundo po-

---

96. Trata-se da mistura de dois célebres casais da mitologia: os jovens Píramo e Tisbe e os velhos Báucis e Filêmon. Ambas as histórias são contadas nas *Metamorfoses*, de Ovídio.
97. A edição de 1824 traz "triste", o que é contrariado pela de 1812 e pelo próprio sentido do texto.

lítico é a realeza, é o ofício de rei. São essas as duas coisas que mais me alegram, as duas fontes inesgotáveis dos meus gracejos. Assim, quem me casasse e me fizesse rei tiraria de mim, ao mesmo tempo, uma parte do meu espírito e da minha alegria.

458

Discutiam-se numa roda os meios de destituir um mau ministro, desonrado por vinte torpezas. Um de seus inimigos conhecidos disse, subitamente:

– Não seria possível fazer com que ele realizasse alguma operação racional, alguma coisa honesta para que fosse demitido?

459

Dizia o sr...: "O que podem fazer por mim os poderosos e os príncipes? Será que podem devolver minha juventude ou extrair de mim meu pensamento, cujo uso me consola de tudo?".

460

Madame de... dizia um dia ao sr...:

Eu não poderia estar em meu devido lugar em seu espírito, porque durante algum tempo vi muito o sr. d'Ur... Vou lhe dizer a razão para isso, que é ao mesmo tempo minha melhor desculpa. Eu me deitava com ele, e odeio tão fortemente as más companhias que só uma razão semelhante poderia justificar-me aos meus olhos e, imagino, aos seus.

461

O sr. de B... via madame de L... todos os dias. Correu o boato de que ia desposá-la. Sobre isso, ele disse a um de seus amigos:

– Há poucos homens que ela desposaria de mais má vontade do que eu, e vice-versa. Seria bem estranho que, em quinze anos de amizade, não tivéssemos visto quão antipáticos somos um ao outro.

462

Dizia o sr...: "A ilusão produz tanto efeito sobre mim, relativamente às pessoas que amo, quanto um vidro sobre uma pintura pastel. Ela suaviza os traços sem modificar as relações ou as proporções".

463

Discutia-se numa roda a questão: o que era mais agradável, dar ou receber? Uns sustentavam que era dar; outros que, quando a amizade era perfeita, o prazer de receber era talvez tão delicado e mais vivo. Um homem de espírito, a quem perguntaram sua opinião, disse:
– Eu não perguntaria qual dos dois prazeres é mais vivo, porém preferiria o de dar. Pareceu-me que ele, ao menos, era o mais durável e sempre vi que, dos dois, era aquele de que nos lembrávamos por mais tempo.

464

Os amigos do sr... queriam submeter o caráter deste às suas fantasias e, achando-o sempre o mesmo, diziam que ele era incorrigível. Ele lhes respondia:
– Se eu não fosse incorrigível, há muito tempo estaria corrompido.

465

Dizia o sr...: "Rejeito as investidas do sr. de B..., porque considero muito pouco as qualidades pelas quais ele me procura, e porque, se ele conhecesse as qualidades pelas quais eu me considero, ele me fecharia a sua porta".

466

Acusavam o sr. de... de ser o médico *Tanto-pior*[98].

---

98. Essa história faz referência à fábula "Os médicos", de Jean de La Fontaine: "O médico

– Isso provém do fato – respondeu ele – de eu ter visto todos os pacientes do médico *Tanto-melhor* serem enterrados. Pelo menos, se os meus morrem, não podem me acusar de ser um tolo.

467

Um homem que se recusara a ter madame de Staël dizia:
– De que serve o espírito, se não serve para não ter madame de...?

468

O sr. Joly de Fleury, controlador-geral em 1781, disse a meu amigo sr. B...:
– O senhor sempre fala de nação; não existe nenhuma nação. É preciso dizer "o povo". O povo que nossos mais antigos publicistas definiam: "Povo servo, tributável e taxável sem mercê nem misericórdia"[99].

469

Ofereciam ao sr... um cargo lucrativo que não lhe convinha. Ele respondeu:
– Sei que se vive com o dinheiro, mas também sei que não é possível viver para o dinheiro.

470

Alguém dizia de um homem que se preocupava apenas consigo mesmo: "Queimaria vossa casa para cozinhar dois ovos".

Tanto-pior ia ver um doente/ Que também era visitado por seu confrade Tanto-melhor./ Este último tinha esperança, embora seu camarada/ Afirmasse que o acamado iria encontrar-se com seus avós./ Como os dois não concordavam com o método de cura,/ Pagou o doente o tributo à Natureza,/ Depois de acreditar nos conselhos de Tanto-pior./ Eles ainda disputavam em torno dessa doença./ Um dizia: "Ele morreu; eu bem que tinha previsto"./ "Se ele acreditasse em mim", dizia o outro, "estaria cheio de vida".
99. Trata-se de uma antiga fórmula feudal.

471

O duque de..., que outrora tinha espírito e prezava a conversação com pessoas honestas, pôs-se a levar, aos cinquenta anos, uma vida de cortesão comum. Esse ofício e a vida de Versalhes lhe convêm, na decadência de seu espírito, como o jogo convém às mulheres idosas.

472

Um homem, cuja saúde se restabelecera em pouquíssimo tempo e a quem perguntavam a razão, respondeu: "É porque eu me tenho em conta, ao passo que antes eu contava comigo".

473

Dizia o sr... sobre o duque de...: "Creio que seu nome é seu maior mérito, e que ele tem todas as virtudes feitas numa fábrica de pergaminhos".

474

Acusavam um jovem da Corte de amar as raparigas com furor. Havia ali várias mulheres honestas e consideráveis com as quais ele poderia se indispor por causa disso. Um de seus amigos, que estava presente, respondeu:
– Exagero! Maldade! Ele também tem mulheres.

475

O sr..., que gostava muito das mulheres, dizia-me que a convivência com elas era-lhe necessária para temperar a severidade de seus pensamentos e ocupar a sensibilidade de sua alma.
– Tenho Tácito na cabeça e Tibulo[100] no coração – dizia ele.

---

100. Publius Cornelius Tacitus (56?-120?), o mais célebre historiador romano, e Albius Tibulus (55?-19? a.C.), poeta elegíaco romano.

476

O sr. de L... dizia que deveria ter-se aplicado ao casamento a política relativa às casas, que são alugadas por um contrato de três, seis ou nove anos, com direito de compra, se a casa lhe convir.

477

Dizia-me o sr...:

A diferença que existe entre nós é que o senhor disse a todos os mascarados: "Eu conheço vocês" e eu lhes deixei a esperança de me enganarem. Eis por que o mundo é mais favorável a mim do que ao senhor. É um baile do qual o senhor destruiu o interesse para os outros e o divertimento para si mesmo.

478

Quando o sr. de R... passa um dia sem escrever, ele repete as palavras de Titus: "Perdi um dia".

479

Dizia o sr...: "O homem é um animal tolo, se o julgarmos por mim".

480

Para exprimir o desprezo, o sr... tinha uma expressão favorita:
– É o penúltimo dos homens!
– Por que o penúltimo? – perguntavam-lhe.
– Para não desencorajar ninguém, pois existe uma multidão.

481

O sr..., homem de saúde delicada e caráter muito forte, dizia: "No físico, sou um arbusto que se verga, mas não se quebra. Na moral, ao contrário, sou um carvalho que se quebra, mas não se verga. *Homo interior totus nervus*, diz van Helmont[101]".

482

Dizia-me o sr. de L..., aos noventa e um anos: "Conheci homens que tinham um grande caráter, mas nenhuma pureza; e outros que tinham um caráter puro, mas nenhuma grandeza".

483

O sr. de Condorcet recebera um benefício do sr. d'Anville; este recomendara segredo, que fora mantido. Muitos anos depois, eles se indispuseram. Então, o sr. de Condorcet revelou o segredo do benefício que recebera. Informado, o sr. Talleyrand, amigo de ambos, perguntou ao sr. de Condorcet a razão para essa aparente extravagância. Este lhe respondeu:

– Calei o benefício enquanto o amei. Falo, porque não o amo mais. Até então, era segredo dele; agora, é meu.

484

O sr... dizia do príncipe de Beauvau, grande purista: "Quando o encontro em seus passeios matinais, e passo pela sombra de seu cavalo (ele passeia muitas vezes a cavalo, por causa de sua saúde), noto que não cometo nenhum erro de francês durante o dia inteiro".

485

N... dizia que sempre se espantava com os festins assassinos que se oferecem neste mundo: "Isso seria concebível entre parentes que herdam uns dos outros; mas entre amigos que não herdam nada, que objetivo teria?".

---

101. Jan Baptist van Helmont (1577-1644), médico e químico nascido em Bruxelas. Inspirado em Paracelso, desenvolveu pesquisas em busca de uma panaceia universal.

486

Tentavam convencer o sr. de... a abandonar um cargo cujo título era a única coisa que lhe dava segurança contra alguns homens poderosos. Ele respondeu:

– Podem cortar a cabeleira de Sansão, mas não podem aconselhá-lo a usar peruca.

487

Dizia o sr...: "Vi poucas arrogâncias com que tivesse ficado satisfeito. A que conheço melhor nesse gênero é a de Satã em *Paraíso perdido*[102].

488

Dizia o sr...: "A felicidade não é coisa fácil. É muito difícil encontrá-la em nós, e impossível encontrá-la em outro lugar".

489

Diziam que o sr... era pouco sociável:

– Sim – disse um de seus amigos –, ele fica chocado com diversas coisas que, na sociedade, chocam a natureza.

490

Moviam uma guerra contra o sr... por causa de seu gosto pela solidão. Ele respondeu:

– É porque estou mais acostumado com os meus defeitos do que com os dos outros.

---

102. Célebre poema de John Milton.

491

O sr. de..., que se dizia amigo do sr. Turgot, cumprimentou o sr. de Maurepas por ter se livrado do sr. Turgot.

Esse mesmo amigo do sr. Turgot passou um ano sem vê-lo depois de sua desgraça, e quando o sr. Turgot precisou encontrá-lo, ele marcou um encontro não na casa do sr. Turgot nem na sua própria, mas na de Duplessis, no momento em que pintavam seu quadro.

Depois teve a ousadia de dizer ao sr. Bert..., que só partira de Paris oito dias depois da morte do sr. Turgot:

– Eu, que vi o sr. Turgot em todos os momentos de sua vida; eu, que fui seu amigo íntimo e lhe fechei os olhos.

Só começou a desafiar o sr. Necker quando este ficou muito mal com o sr. de Maurepas e, quando caiu, foi jantar na casa de Sainte-Foix com Bourboulon, inimigo de Necker, embora desprezasse a ambos.

Passou sua vida a falar mal do sr. de Calonne, que acabou por alojar; do sr. de Vergennes, que não cessou de atrair por meio de Hénin, que em seguida deixou de lado; substituiu-o, em sua amizade, por Renneval, do qual se serviu para mandar fazer um tratamento muito considerável no sr. Dornano, nomeado para presidir a demarcação dos limites entre a França e a Espanha.

Incrédulo, jejua às sextas-feiras e aos sábados por qualquer motivo. Fez com que lhe dessem cem mil libras do rei para pagar as dívidas de seu irmão e fingiu fazer com seu próprio dinheiro tudo que fez por ele, como despesas pelo alojamento no Louvre etc. Nomeado tutor do pequeno Bart..., a quem a mãe deixara cem mil escudos em testamento, em prejuízo de sua irmã, madame de Verg..., fez uma reunião de família, na qual convenceu o rapaz a renunciar ao legado e rasgar o testamento. E, na primeira falta de rapaz cometida por seu pupilo, desembaraçou-se da tutela.

492

Ainda se recorda a ridícula e excessiva vaidade do arcebispo de Reims, Le Tellier-Louvois, por sua condição[103] e por seu nascimento. Sabe-se quão fa-

---

103. A edição de 1824 traz "sangue", o que é redundante. Adotamos o termo "condição", conforme a edição de 1812.

mosa, em seu tempo, era ela em toda a França. Eis uma das ocasiões em que se mostrou por inteiro e da maneira mais divertida. O duque de A..., ausente da Corte havia vários anos, voltando de seu governo de Berry, ia a Versalhes. Sua carruagem virou e quebrou. Fazia um frio muito intenso. Disseram-lhe que seriam necessárias duas horas para consertá-la. Ele viu uma muda de cavalos e perguntou para quem era: disseram-lhe que era para o arcebispo de Reims, que também ia para Versalhes. Mandou seus homens na frente, ficando apenas com um, ao qual recomendou que não aparecesse sem sua ordem. O arcebispo chegou. Enquanto os cavalos eram atrelados, o duque encarregou um dos homens do arcebispo de solicitar-lhe um lugar para um homem honesto, cuja carruagem acabara de quebrar e que estava condenado a esperar duas horas até que fosse consertada. O criado foi e cumpriu sua missão.

– Que homem será esse? – diz o arcebispo. – Será alguém direito?

– Creio que sim, monsenhor; ele tem uma aparência bem honesta.

– O que você chama de "bem honesta"? Ele está bem vestido?

– Com simplicidade, monsenhor, mas bem.

– Ele tem homens?

– Imagino que sim, monsenhor.

– Vá até lá saber.

O criado foi e voltou.

– Monsenhor, ele os mandou na frente a Versalhes.

– Ah! Já é alguma coisa. Mas não é tudo. Pergunte a ele se é fidalgo.

O criado foi e voltou.

– Sim, monsenhor, ele é fidalgo.

– Ainda bem: que venha, e veremos o que é.

O duque chega e cumprimenta. O arcebispo faz um sinal de cabeça, acomoda-se o suficiente para deixar um lugarzinho em sua carruagem. Ele vê uma cruz de São Luís.

– Cavalheiro – diz ele ao duque –, estou aborrecido por tê-lo feito esperar; mas eu não podia dar um lugar em minha carruagem a um homem de nada: o senhor há de concordar. Sei que é fidalgo. O senhor serviu, pelo que vejo?

– Sim, monsenhor.

– E vai a Versalhes?

– Sim, monsenhor.

– Nas secretarias, aparentemente?

– Não; nada tenho a fazer nas secretarias. Vou agradecer...

– A quem? Ao sr. de Louvois?

– Não, monsenhor, ao rei.

– Ao rei! – o arcebispo encolhe-se e cede um pouco de espaço. – O rei acaba então de lhe fazer alguma graça muito recente?

– Não, monsenhor, essa é uma longa história.

– Conte, então.

– É que há dois anos eu casei minha filha com um homem de pouca riqueza – o arcebispo retoma um pouco do espaço que cedera –, mas com um nome grandioso – o arcebispo torna a ceder lugar.

O duque continua:

– Sua Majestade bem quis interessar-se por esse casamento... – o arcebispo dá mais espaço. – E havia até mesmo prometido ao meu genro o primeiro governo que vagasse.

– Como, então? Um pequeno governo, sem dúvida! De que cidade?

– Não é de uma cidade, monsenhor, é de uma província.

– De uma província, cavalheiro! – exclama o arcebispo, recuando para o canto da carruagem. – De uma província!

– Sim, e vai haver um vago.

– Qual, pois?

– O meu, o de Berry, que quero fazer com que passe para meu genro.

– Mas como, cavalheiro...! O senhor é governador de...? O senhor, portanto, é o duque de...? – e ele quer descer da carruagem. – Mas, sr. duque, por que não disse? Mas isso é incrível! Mas ao que foi que me expôs! Perdão por tê-lo feito esperar... Foi esse lacaio velhaco que não me disse. Estou bem feliz por ter acreditado, com base em sua palavra, que era fidalgo: tanta gente diz isso sem o ser! E depois, esse de Hosier é um patife. Ah! Senhor duque, estou confuso.

– Sossegue, monsenhor. Perdoe seu lacaio, que se contentou em dizer-lhe que eu era um homem honesto; perdoe a de Hosier, que o expôs a receber em sua carruagem um velho militar sem título; e perdoe-me também, por não ter começado por apresentar minhas credenciais para subir em sua carruagem.

493

No Peru, apenas os nobres tinham permissão para estudar. Os nossos pensam de forma diferente.

494

Luís XIV, querendo enviar para a Espanha um retrato do duque da Borgonha, mandou que fosse feito por Coypel[104] e, querendo guardar um para si, encarregou Coypel de mandar fazer uma cópia. Os dois quadros foram expostos ao mesmo tempo na galeria: era impossível distingui-los. Luís XIV, prevendo que se acharia nesse embaraço, chamou Coypel à parte e disse-lhe:
– Não é decente que eu me engane nessa ocasião. Diga-me de que lado está o quadro original.
Coypel indicou-lhe e Luís XIV, tornando a passar, disse:
– A cópia e o original são tão semelhantes que seria possível se enganar. Entretanto, pode-se ver com um pouco de atenção que aquele é o original.

495

O sr... dizia de um tolo sobre o qual não havia domínio: "É um cântaro sem asas[105]".

496

"Henrique IV foi um grande rei; Luís XIV foi o rei de um belo reino." Essas palavras de Voisenon ultrapassam seu alcance ordinário.

---

104. Os Coypel eram uma família de pintores de grande importância nos séculos XVII e XVIII; trabalharam muitas vezes para a realeza francesa.
105. A comparação é ainda mais rica em francês, já que a palavra *"cruche"* (cântaro) também significa "pateta", em linguagem familiar.

497

O falecido príncipe de Conti, tendo sido muito maltratado em palavras por Luís XV, contou esta cena desagradável a seu amigo, lorde Tirconnel, a quem pediu conselho. Este, após ter meditado, disse-lhe candidamente:

– Cavalheiro, não seria impossível vingar-se, se o senhor tivesse dinheiro e consideração.

498

O rei da Prússia, que não deixou de empregar o seu tempo, diz que talvez não exista nenhum homem que tenha feito a metade daquilo que ele poderia ter feito.

499

Os srs. Montgolfier, depois da soberba descoberta dos aerostatos, solicitaram a Paris uma tabacaria para um de seus parentes. O pedido experimentou mil dificuldades da parte de diversas pessoas e, entre outras, do sr. de Colonia, do qual dependia o sucesso do negócio. O conde de Antraigues, amigo dos Montgolfier, disse ao sr. de Colonia:

– Cavalheiro, se eles não obtiverem o que solicitam, publicarei o que ocorreu com eles na Inglaterra e o que, graças ao senhor, está ocorrendo com eles na França neste exato momento.

– E o que ocorreu na Inglaterra?

– Isto, escute: o sr. Étienne Montgolfier foi à Inglaterra no ano passado. Foi apresentado ao rei, que lhe fez uma grande acolhida e o convidou a pedir-lhe alguma graça. O sr. Montgolfier respondeu a lorde Sidney que, sendo estrangeiro, não via o que poderia pedir. O lorde instou-o a fazer um pedido qualquer. Então, o sr. Montgolfier lembrou-se de que tinha em Quebec um irmão padre e pobre. Disse que desejaria que fosse dado a ele um pequeno benefício de cinquenta guinéus. O lorde respondeu que esse pedido não era digno nem dos srs. Montgolfier, nem do rei, nem do ministro. Algum tempo depois, o bispado de Quebec ficou vago; lorde Sidney solicitou-o ao rei, que o concedeu, ordenando ao duque de Glocester que cessasse a solicitação que fazia para um outro. Não foi sem dificuldade que os srs. Montgolfier conseguiram que essa bondade do rei tivesse menores efeitos... Isso está muito longe da tabacaria recusada na França.

500

Falava-se da disputa sobre a preferência que se devia dar, para as inscrições, à língua latina ou à língua francesa.

– Como pode haver uma disputa sobre isso? – diz o sr. B...
– O senhor tem toda razão – diz o sr. T...
– Sem dúvida – retoma o sr. B... –, é a língua latina, não é verdade?
– De maneira nenhuma – diz o sr. T... –, é a língua francesa.

501

– O que o senhor acha do sr. de...?
– Eu o acho muito amável; mas absolutamente não gosto dele.

O tom com que foram ditas essas últimas palavras assinala muito bem a diferença entre o homem amável e o homem digno de ser amado.

502

Dizia o sr...: "O momento em que renunciei ao amor foi quando as mulheres começaram a dizer: 'Sr..., eu o amo muito, eu o amo de todo o coração' etc. Antigamente", acrescentava ele, "quando eu era jovem, elas diziam: 'Sr..., eu o estimo infinitamente, o senhor é um jovem muito honesto'".

503

Dizia o sr...: "Odeio tão fortemente o despotismo que não posso suportar a palavra *prescrição* do médico".

504

Um homem havia sido abandonado pelos médicos; perguntaram ao sr. Tronchin se era necessário dar-lhe o viático[106].
– Isso é bem pegajoso – respondeu ele.

505

Quando experimentava alguma coisa, o abade de Saint-Pierre dizia: "Isso é bom para mim, neste momento". Nada pinta melhor a variedade dos juízos humanos e a mobilidade do juízo de cada homem.

506

Antes que mademoiselle Clairon tivesse definido o figurino no teatro francês, só se conhecia, para o teatro trágico, uma única roupa, que era chamada de "vestimenta à romana", e com a qual eram representadas as peças gregas, americanas, espanholas etc. Lekain foi o primeiro a submeter-se ao figurino, e mandou fazer uma roupa grega para representar o Orestes da *Andrômaca*[107]. Dauberval entrou no camarim de Lekain no momento em que o alfaiate do teatro trazia a roupa de Orestes. A novidade da roupa impressionou Dauberval, que perguntou o que era aquilo.
– Isso se chama vestimenta à grega – diz Lekain.
– Ah! Como é bonita! – retoma Dauberval. – A primeira vestimenta à romana de que eu precisar, vou mandar fazê-la à grega.

507

O sr... dizia que havia determinados princípios excelentes para determinado caráter firme e vigoroso, e que de nada valiam para os caracteres de ordem inferior. São como as armas de Aquiles, que não podem convir senão a ele, e sob as quais o próprio Pátroclo se sente oprimido.

---

106. Sacramento religioso dado aos enfermos que não podem sair de casa.
107. Tragédia de Racine.

508

Depois do crime e do mal cometidos deliberadamente, é preciso estabelecer os maus efeitos das boas intenções, as boas ações nocivas à sociedade pública, como o bem feito aos malvados, as tolices dos simplórios, os abusos da filosofia aplicada de maneira indevida, a imperícia ao servir seus amigos, as falsas aplicações das máximas úteis ou honestas etc.

509

A natureza, oprimindo-nos com tantas misérias e dando-nos um apego invencível à vida, parece ter agido, para com o homem, como um incendiário que pusesse fogo em nossa casa depois de ter postado sentinelas a nossa porta. É preciso que o perigo seja muito grande para nos obrigar a pular pela janela.

510

Os ministros em exercício algumas vezes resolvem – quando, por acaso, têm espírito – falar do tempo em que não serão nada. Comumente somos enganados por isso, e imaginamos que acreditam no que dizem. Mas é de sua parte somente uma manifestação de espírito. Eles são como os doentes que falam muitas vezes de sua morte e não acreditam nela, como se pode ver por outras palavras que lhes escapam.

511

Disseram a Delon, médico mesmerista[108]:
– Pois então! O sr. de B... está morto, apesar de sua promessa de curá-lo.
– O senhor esteve ausente – disse ele – e não acompanhou o progresso do tratamento: ele morreu curado.

---

108. Adepto das teorias do médico austríaco Franz Anton Mesmer (1733-1815), que identificava em todos os seres vivos a presença de uma força magnética que podia ser manipulada com finalidades terapêuticas. Essa força ficou conhecida como "magnetismo animal".

512

Diziam do sr..., que criava tristes quimeras e via tudo pelo pior aspecto: "Faz calabouços na Espanha[109]".

513

O abade Dangeau[110], da Academia Francesa, grande purista, trabalhava numa gramática e não falava de outra coisa. Um dia, lamentavam diante dele as infelicidades da última campanha militar. (Isso aconteceu nos últimos anos do reinado de Luís XIV.)
– Tudo isso não impede – diz ele – que eu tenha em meu cofrinho dois mil verbos franceses bem conjugados.

514

Um jornalista escreveu em seu jornal: "Uns dizem que o cardeal Mazarino está morto, outros dizem que está vivo. Quanto a mim, não acredito em nenhum dos dois".

515

O velho d'Arnoncour fez um contrato de mil e duzentas libras de renda com uma moça para todo o tempo que o amasse. Ela se separou dele estouvadamente e se ligou a um rapaz que, tendo visto o contrato, pôs na cabeça que o faria vigorar. Ela reclamou, em consequência, as parcelas vencidas desde o último pagamento, notificando-o, em papel timbrado, que ela continuava a amá-lo.

---

109. Trocadilho com a expressão francesa "fazer castelos na Espanha": alimentar devaneios e fantasias otimistas.
110. Louis de Courcillon de Dangeau (1643-1723).

516

Um comerciante de gravuras queria (em 25 de junho) vender por um alto preço o retrato de madame Lamotte (açoitada e marcada no dia 21[111]), e dava como razão o fato de a gravura ser uma prova tirada previamente.

517

Massillon era muito galante. Apaixonou-se por madame de Simiane, neta de madame de Sévigné. Essa dama gostava muito do estilo bem cuidado, e foi para agradá-la que ele teve tanto zelo ao compor seus *Sínodos*, uma de suas melhores obras. Ele morava no Oratório[112] e deveria retornar às nove horas. Madame de Simiane ceava às sete para agradá-lo. Foi numa dessas ceias íntimas que ele compôs uma canção muito bonita, da qual guardei a metade de uma copla:

Amemo-nos ternamente, Elvira:
Isto não passa de uma canção
Para quem quis maldizê-la;
Mas, para nós, é tudo de bom.

518

Perguntaram à madame de Rochefort se tinha vontade de conhecer o futuro:

– Não – disse ela –, ele se parece muito com o passado.

519

Pressionavam o abade Vatri a solicitar um lugar vago no Colégio Real.

---

111. Madame Lamotte foi a principal artífice de uma fraude que abalou profundamente o prestígio da monarquia francesa. O escândalo, que ficou conhecido como "o caso do colar", envolveu o cardeal de Rohan e a rainha Maria Antonieta.
112. Massillon pertencia ao Oratoire de France, congregação de sacerdotes fundada pelo cardeal de Bérulle em 1611.

– Vamos ver – disse ele, e não solicitou nada.

O lugar foi dado a outro e um amigo do abade correu à sua casa:

– Pois então! É assim que você é! Não quis solicitar o lugar, ele foi concedido.

– Foi concedido! – replicou ele. – Pois bem, vou solicitá-lo.

– Ficou louco?

– É claro que não! Antes eu tinha cem concorrentes, agora tenho apenas um.

Ele solicitou o lugar e o obteve.

520

Madame..., mantendo um salão literário, dizia de L...: "Não faço um grande caso dele; ele não frequenta a minha casa".

521

O abade de Fleury foi apaixonado pela marechala de Noailles, que o tratava com desprezo. Quando ele se tornou primeiro-ministro, ela precisou dele e ele a lembrou de sua rejeição.

– Ah! Monsenhor – disse-lhe candidamente a marechala –, quem poderia adivinhar!

522

Quando o duque de Chabot mandou pintar uma Fama[113] em sua carruagem, aplicaram-lhe os seguintes versos:

> Vossa prudência está adormecida
> Por tratar magnificamente
> E alojar soberbamente
> Vossa mais cruel inimiga.

---

113. Divindade alegórica, filha de Júpiter, é representada com asas e tocando uma trombeta.

523

Um médico de aldeia foi visitar um doente numa localidade próxima. Levou consigo um fuzil para caçar pelo caminho e passar o tempo. Um camponês encontrou-o e perguntou-lhe aonde ia:
– Ver um doente.
– E o senhor tem medo de perdê-lo?

524

Uma jovem, fazendo sua confissão, diz:
– Confesso ter estimado um rapaz.
– Estimado! Quantas vezes? – pergunta o padre.

525

Um homem estava nas últimas. Um confessor foi vê-lo e disse-lhe:
– Venho exortá-lo a morrer.
– E eu – responde o outro – o exorto a me deixar morrer.

526

Falavam ao abade Terrasson de certa edição da Bíblia, e a elogiavam bastante.
– Sim – diz ele –, o escândalo do texto foi conservado em toda a sua pureza.

527

Uma mulher, conversando com o sr. de M..., disse-lhe:
– Ora essa! O senhor só sabe dizer tolices.
– Madame – responde ele –, eu as escuto algumas vezes, e a senhora me apanhou com a boca na botija.

528

– Você está bocejando – dizia uma mulher ao marido.

– Minha cara amiga – disse-lhe este –, marido e mulher são uma só pessoa e, quando estou sozinho, fico entediado.

529

Um dia, Maupertuis, estendido em sua poltrona e bocejando, disse: "Eu queria, neste momento, resolver um belo problema que não fosse difícil". Essas palavras o pintam por inteiro.

530

Mademoiselle d'Entragues, irritada com a maneira como Bassompierre se recusava a desposá-la, disse-lhe:

– O senhor é o homem mais tolo da Corte.

– A senhora bem vê que é o contrário – respondeu ele.

531

O rei nomeou o sr. de Navailles preceptor do duque de Chartres, que depois foi regente; o sr. de Navailles morreu depois de oito dias: o rei nomeou o sr. d'Estrade para sucedê-lo. Ele morreu ao fim do mesmo período. Sobre isso, disse Benserade:

– Não se pode criar um preceptor para o duque de Chartres.

532

Um empresário de espetáculos, pedindo ao sr. de Villars que suprimisse a entrada grátis para os pajens, disse-lhe:

– Cavalheiro, note que diversos pajens[114] formam um volume.

---

114. Jogo de palavras com a palavra francesa *"page"*, que significa "pajem" e "página".

533

Diderot, tendo percebido que um homem ao qual votava certo interesse tinha o vício de roubar e roubara a ele próprio, aconselhou-o a abandonar o país. O outro seguiu o conselho, e Diderot não ouviu mais falar dele durante dez anos. Passados dez anos, ele ouve um dia tocarem sua campainha com violência. Ele próprio vai abrir, reconhece seu homem e, com ar espantado, exclama:

– Ah! ah! É o senhor!

O outro lhe responde:

– Palavra de honra, faltou pouco para não ser.

Ele percebeu que Diderot se espantava de que não o tivessem enforcado.

534

O sr. de..., muito dado ao jogo, perdeu num único lance de dados sua renda de um ano: mil escudos. Mandou pedi-los ao sr..., um amigo que conhecia sua paixão pelo jogo e queria curá-lo. Este lhe enviou a seguinte letra de câmbio: "Peço ao sr..., banqueiro, que dê ao sr.... aquilo que ele lhe pede, até o esgotamento da minha fortuna". Essa lição terrível e generosa surtiu efeito.

535

Elogiavam Luís XIV diante do rei da Prússia. Ele contestava todas as suas virtudes e todos os seus talentos.

– Ao menos Vossa Majestade concordará que ele interpretava bem um rei.

– Não tão bem quanto um barão – diz o rei da Prússia, com humor.

536

Uma mulher estava assistindo a uma representação de *Mérope* e não chorava. Ficaram surpresos.

– Eu até que choraria – diz ela –, mas tenho um jantar na cidade.

537

Um papa conversava com um estrangeiro sobre todas as maravilhas da Itália, quando este diz desastradamente:

– Eu já vi todas, com exceção de um conclave, que gostaria muito de ver[115].

538

Henrique IV escolheu um meio singular para apresentar a um embaixador da Espanha o caráter de seus três ministros: Villeroi, o presidente Jeannin e Sully. Mandou chamar primeiro Villeroi:

– Está vendo essa viga que ameaça desabar?

– Sem dúvida – diz Villeroi, sem levantar a cabeça. – É preciso mandar consertá-la, vou dar as ordens.

Chamou em seguida o presidente Jeannin:

– É necessário certificar-se – diz este.

Mandou vir Sully, que olha para a viga e diz:

– Oh! Sire, acha mesmo? Essa viga vai durar mais do que o senhor e eu.

539

Escutei um devoto, falando contra pessoas que discutiam certos artigos de fé, dizer candidamente:

– Cavalheiros, um verdadeiro cristão de maneira alguma examina aquilo que ordenam que ele creia. Olhem, acontece o mesmo com uma pílula amarga: se a mastigar, jamais conseguirá engoli-la.

540

O regente dizia a madame de Parabère, devota, que para agradá-lo fazia alguns discursos pouco cristãos: "Fizeste o bem, serás salva".

---

115. A gafe explica-se facilmente sabendo-se que um conclave é uma assembleia de cardeais convocada para eleger um novo papa.

541

Um pregador dizia:

– Quando pregava em Rouen, padre Bourdaloue[116] causava muita desordem: os artesãos abandonavam suas oficinas; os médicos, os seus doentes etc. Preguei ali no ano seguinte e recoloquei tudo em ordem.

542

Os jornais ingleses deram conta de uma operação financeira do abade Terray da seguinte forma: "O rei acaba de reduzir as ações das empresas pela metade. O resto fica para a próxima vez".

543

Quando lia, via ou ouvia contar alguma ação bem infame ou muito criminosa, o sr. de B... exclamava: "Ó, como eu queria que isso tivesse me custado um tostão, e que existisse um Deus!

544

Bachelier[117] pintou um mau retrato de Jesus. Um de seus amigos disse-lhe:
– Esse retrato não vale nada, acho sua figura torpe e simplória.
– Mas o que é que você está me dizendo? – responde candidamente Bachelier. – D'Alembert e Diderot, que saíram daqui ainda há pouco, acharam que estava muito parecido.

545

O sr. de Saint-Germain pedia ao sr. de Malesherbes algumas informações sobre sua conduta, sobre os assuntos que devia propor ao Conselho:

---

116. Célebre orador jesuíta (1632-1704) do qual se dizia que era "o rei dos pregadores e o pregador dos reis".
117. Jean-Jacques Bachelier (1724-1806), pintor que trabalhou para a Corte francesa.

– Decida os grandes por conta própria – diz-lhe o sr. de Malesherbes – e apresente os outros ao Conselho.

546

O cônego Recupero[118], físico famoso, publicou uma erudita dissertação sobre o monte Etna em que provava, de acordo com as datas das erupções e a natureza da lava, que o mundo não podia ter menos de catorze mil anos. A Corte mandou dizer que se calasse, e que a santa arca também tinha as suas erupções. Ele não falou mais no assunto. Foi ele mesmo que contou essa anedota ao cavaleiro de La Tremblaye.

547

Marivaux dizia que o estilo tem um sexo e que se conhecem as mulheres por uma frase.

548

Disseram a um rei da Sardenha que a nobreza da Savoia era muito pobre. Um dia, vários fidalgos, informados de que o rei passava por uma cidade qualquer, vieram fazer-lhe a corte em magníficos trajes de gala. O rei deu a entender que eles não eram tão pobres quanto se dizia.

– Sire – responderam eles –, nós tomamos conhecimento da chegada de Vossa Majestade; fizemos tudo aquilo que devíamos, mas devemos tudo aquilo que fizemos.

549

Foram condenados ao mesmo tempo o livro *Do Espírito*[119] e o poema da *Donzela*[120]. Ambos foram proibidos na Suíça. Um magistrado de Berna, de-

---

118. Giuseppe Recupero (1720-78), padre italiano que foi arqueólogo, diplomata e físico, especializou-se no estudo dos vulcões. Sua mais importante obra sobre o Etna, *Storia naturale e generale dell'Etna*, só foi publicada postumamente, em 1815.
119. *De l'Esprit*, obra do filósofo Helvétius.
120. "La pucelle d'Orléans", sátira de Voltaire à figura de Joana d'Arc.

pois de uma grande investigação sobre essas duas obras, escreveu ao Senado: "Não encontramos, em todo o cantão, nem *Espírito* nem *Donzela*".

550

"Chamo de homem honesto aquele a quem a narrativa de uma boa ação refresca o sangue, e de desonesto aquele que procura defeito em uma boa ação." São palavras do sr. de Mairan.

551

La Gabrielli, célebre cantora, pediu cinco mil ducados à imperatriz para cantar dois meses em São Petersburgo. A imperatriz respondeu:
– Não pago tanto assim a nenhum dos meus marechais de campo.
– Nesse caso – diz La Gabrielli –, basta Vossa Majestade mandar seus marechais de campo cantarem.
A imperatriz pagou os cinco mil ducados.

552

Madame du D... dizia do sr... que ele tinha delicadezas para desagradar.

553

Dizia o sr. D...

– Os ateus são melhor companhia para mim do que aqueles que acreditam em Deus. À visão de um ateu, todas as meias provas da existência de Deus me vêm ao espírito, e, à visão de um crente, todas as meias provas contra a sua existência apresentam-se a mim em profusão.

554

O sr... dizia: "Falam-me muito mal do sr. de... Eu teria acreditado nisso há seis meses, mas nós nos reconciliamos".

555

Um dia, quando alguns conselheiros falavam um pouco alto demais na audiência, o sr. de Harlay, primeiro-presidente, disse: "Se os cavalheiros que conversam fizessem tanto barulho quanto os cavalheiros que dormem, isso acomodaria muito os cavalheiros que escutam".

556

Um certo comerciante e advogado, homem de espírito, dizia: "Corremos o risco de nos enojar, ao ver como a administração, a justiça e a cozinha são preparadas".

557

Colbert dizia, a propósito da indústria da nação, que o francês transformaria os rochedos em ouro, se o deixassem agir.

558

Dizia o sr...: "Eu sei me bastar e, quando chegar a hora, saberei muito bem passar sem mim", querendo dizer com isso que morreria sem lástima.

559

Dizia o sr... "Uma ideia que é mostrada duas vezes em uma obra, sobretudo a pouca distância, causa em mim o efeito dessas pessoas que, depois de se despedirem, voltam para apanhar a espada ou o chapéu".

560

"Jogo xadrez a dez tostões num salão onde se jogam dados a cem luíses", dizia um general em exercício numa guerra difícil e ingrata, enquanto outros faziam campanhas fáceis e brilhantes.

561

Mademoiselle du Thé perdera um de seus amantes e essa aventura tivera grande repercussão. Um homem foi vê-la e encontrou-a tocando harpa. Ele lhe disse com surpresa:

– Ó, meu Deus! Eu esperava encontrá-la desolada.

– Ah! – diz ela em tom patético. – Devia ter me visto ontem.

562

A marquesa de Saint-Pierre estava numa roda em que se dizia que o sr. de Richelieu teve muitas mulheres sem nunca ter amado nenhuma.

– Sem amar! É muito fácil dizer – replicou ela. – Sei de uma mulher por quem ele viajou trezentas léguas.

Aqui, ela conta a história na terceira pessoa e, empolgada com a narração, diz:

– Ele a atirou na cama com incrível violência e ficamos ali três dias.

563

Faziam uma pergunta espinhosa ao sr..., a que respondeu: "São coisas que sei perfeitamente quando não me falam delas e das quais me esqueço quando me perguntam"[121].

564

Quando era muito jovem, o marquês de Choiseul-la-Baume, sobrinho do bispo de Châlons, devoto e grande jansenista, tornou-se triste subitamente. Seu tio, o bispo, perguntou-lhe a razão: ele disse que vira uma cafeteira que desejava ter, mas perdera a esperança.

---

121. Trata-se provavelmente de uma paráfrase de Santo Agostinho, que no livro XI das *Confissões* diz: "O que é, pois, o tempo? Se ninguém me pergunta, eu sei; mas se quero explicá-lo a quem me pergunta, não sei".

– Ela então é muito cara?

– Sim, meu tio: vinte e cinco luíses.

O tio deu-os com a condição de que veria essa cafeteira. Alguns dias depois, pediu notícias ao sobrinho.

– Já estou com ela, meu tio, e o dia de amanhã não passará sem que o senhor a veja.

Com efeito, mostrou-a na saída da missa. Não era de maneira alguma um recipiente para servir café: era uma bela cafeteira, ou seja, uma vendedora de café, conhecida mais tarde como madame de Bussy. Pode-se imaginar a cólera do velho bispo jansenista.

565

Voltaire dizia do poeta Roy[122], que estivera muitas vezes às voltas com a Justiça e acabara de sair da prisão de Saint-Lazare: "É um homem que tem espírito, mas não é um autor bastante castigado".

566

Nunca vejo uma representação das peças de..., e as poucas pessoas que compareçam, sem me lembrar das palavras de um major que havia marcado os exercícios para uma determinada hora. Ele chega e vê apenas um corneteiro: "Digam, pois, cavalheiros de m..., de onde vem que sejam apenas um?".

567

O marquês de Villette chamava a bancarrota do sr. de Guémenée de "sereníssima bancarrota"[123].

---

122. Pierre-Charles Roy (1683-1764).
123. "Sereníssimo" era um antigo título conferido às figuras importantes. O príncipe de Guémenée, camarista-mor, e sua esposa, preceptora das crianças da família real, faliram de maneira escandalosa por levarem uma vida de luxo sustentada por empréstimos.

568

Luxemburgo, o pregoeiro que chamava as pessoas e as carruagens na saída da Comédie Française, dizia, quando esta foi transferida para o Carrousel: "A comédia não se dará bem aqui; não existe eco".

569

Perguntaram a um homem que dizia estimar muito as mulheres se ele tinha muitas. Ele respondeu:
– Não tantas quanto se eu as desprezasse.

570

Davam a entender a um homem de espírito que ele não conhecia bem a Corte. Ele respondeu:
– É possível ser muito bom geógrafo sem ter saído de casa. D'Anville[124] jamais deixou seus aposentos.

571

Em uma discussão sobre o preconceito relativo às penas infamantes, que mancham a família do condenado, o sr... disse: "Já é mais do que suficiente ver honrarias e recompensas onde não existe virtude, sem que seja necessário ver também castigo onde não existe crime".

572

O sr. de L..., para desviar da ideia de casamento de madame de B..., viúva havia algum tempo, disse-lhe: "Saiba que é uma coisa muito boa usar o nome de um homem que não pode mais fazer tolices!".

---

124. Jean-Baptiste Bourguignon d'Anville (1697-1782), um dos mais célebres geógrafos e cartógrafos do século XVIII.

573

Milorde Tirauley dizia que, depois de se tirar de um espanhol tudo que ele tinha de bom, o que restava era um português. Dizia isso sendo embaixador em Portugal.

574

O visconde de S... abordou um dia o sr. de Vaines, dizendo-lhe:
– É verdade, cavalheiro, que em uma casa onde tiveram a bondade de considerar-me um homem de espírito, o senhor disse que não tenho absolutamente nenhum?
O sr. de Vaines respondeu-lhe:
– Cavalheiro, não existe uma única palavra verdadeira em tudo isso. Nunca estive em uma casa onde o considerassem um homem de espírito, e jamais disse que o senhor não o tem.

575

O sr... dizia-me que aqueles que entram, por escrito, em longas justificações diante do público, pareciam-lhe semelhantes aos cães que correm e latem atrás de um carro dos correios.

576

O homem chega noviço a cada época da vida.

577

O sr... dizia a um jovem que não percebia que era amado por uma mulher: "Você ainda é muito jovem, só sabe ler as letras graúdas".

578

Dizia mademoiselle de..., aos doze anos: "Por que então esta frase: 'Aprender a morrer'? Vejo que se consegue fazer isso muito bem desde a primeira vez".

579

Diziam ao sr..., que não era mais jovem:
– O senhor não é mais capaz de amar.
– Não ouso mais – diz ele –, mas às vezes ainda digo a mim mesmo quando vejo uma bela mulher: "Como a amaria, se eu fosse mais amável!".

580

No tempo em que foi publicado o livro de Mirabeau sobre a agiotagem[125], no qual o sr. de Calonne é muito maltratado, dizia-se, no entanto, por causa de um trecho contra o sr. Necker, que o livro fora pago pelo sr. de Calonne, e que o mal que ali se dizia sobre ele não tinha outro objetivo além de mascarar o conluio. O sr. de... disse que isso lembrava muito a história do regente que, no baile, dissera ao abade Dubois:
– Seja familiar comigo, para que ninguém suspeite da minha identidade.
Logo em seguida, o abade deu-lhe alguns pontapés na b..., e como o último foi um pouco forte, o regente, passando a mão em seu traseiro, diz-lhe:
– Abade, o senhor está me disfarçando demais[126].

581

Dizia o sr...: "Não gosto muito dessas mulheres impecáveis, acima de todas as fraquezas. Parece-me ver sobre sua porta o verso de Dante sobre

---

125. Trata-se da obra *Dénonciation de l'agiotage au Roi et à l'assemblée des notables*, publicada em 1787 pelo conde de Mirabeau.
126. Essa história também é contada no aforismo 170.

o portal do inferno: *Lasciate ogni speranza, voi che intrate*[127]. É a divisa dos condenados".

582

Dizia o sr... "Estimo o máximo que posso – dizia o sr... – e, no entanto, estimo pouco: não sei como isso acontece".

583

Um homem de fortuna medíocre encarregou-se de socorrer um infeliz que fora inutilmente recomendado à benevolência de um grande senhor e de um coletor-geral. Informei-lhe essas duas circunstâncias, carregadas de detalhes que agravavam a culpa desses últimos. Ele me respondeu tranquilamente:
– Como queria você que o mundo continuasse a existir, se os pobres não se ocupassem continuamente em fazer o bem que os ricos deixam de fazer, ou em reparar o mal que eles fazem?

584

Diziam a um rapaz que solicitasse a devolução de suas cartas à uma mulher de cerca de quarenta anos, pela qual fora muito apaixonado.
– Provavelmente, ela não as tem mais – disse ele.
– Claro que tem – respondeu-lhe alguém. – Por volta dos trinta anos, as mulheres começam a guardar as cartas de amor.

585

O sr... dizia, a propósito da utilidade do retiro e da força que o espírito adquire com isso: "Infeliz do poeta que manda frisar seus cabelos todos os dias! Para fazer um bom trabalho, é preciso estar de touca de dormir, e poder colocar as mãos na cabeça".

---

127. "Abandonai toda esperança, vós que aqui entrais."

586

Os grandes sempre vendem seu convívio à vaidade dos pequenos.

587

É uma coisa curiosa a história de Port-Royal escrita por Racine. É engraçado ver o autor de *Fedra* falar dos grandes desígnios de Deus com relação à madre Agnès[128].

588

D'Arnaud, entrando na casa do conde de Frise, viu-o em sua toalete, as costas cobertas por seus belos cabelos.
– Ah! Cavalheiro – diz ele –, são verdadeiramente cabelos de gênio.
– Acha? – diz o conde. – Se quiser, mandarei cortá-los para lhe fazer uma peruca com eles.

589

Não existe hoje na França maior tema de política estrangeira que o perfeito conhecimento daquilo que diz respeito à Índia. Foi a esse objetivo que Brissot de Warville dedicou anos inteiros. E eu o ouvi dizer que o sr. de Vergennes foi quem criou mais obstáculos para desviá-lo desse estudo.

590

Diziam a Jean-Jacques Rousseau, que ganhara várias partidas de xadrez do príncipe de Conti, que ele não lhe fizera a corte, e que era preciso deixá-lo ganhar algumas:
– Como! – diz ele. – Dou a torre a ele.

---

128. Trata-se da madre Agnès Arnauld (1593-1672), abadessa de Port-Royal.

591

O sr... dizia-me que madame de Coislin, que se esforçava para ser devota, jamais conseguiria, porque, além da tolice de crer, era necessário, para obter a salvação, um fundo de imbecilidade cotidiana que quase sempre lhe faltava. "E é esse fundo", acrescentava ele, "que é chamado de graça".

592

Madame de Talmont, vendo que sr. de Richelieu, em vez de ocupar-se dela, fazia a corte à madame de Brionne, mulher muito bela, mas que tinha a reputação de não ter muito espírito, disse-lhe:

– Senhor marechal, o senhor não é nada cego, mas creio que é um pouco surdo.

593

O abade Delaville queria convencer a entrar na carreira política o sr. de..., homem modesto e honesto, que duvidava de sua capacidade e recusava seus convites.

– Então, cavalheiro – disse-lhe o abade –, abra o *Almanaque Real*.

594

Existe uma farsa italiana na qual o Arlequim diz, a propósito dos defeitos de cada sexo, que seríamos todos perfeitos se não fôssemos nem homens nem mulheres.

595

Sixto V, quando era papa, chamou a Roma um jacobino de Milão e repreendeu-o por administrar mal a sua casa, lembrando-lhe certa soma de dinheiro que emprestara quinze anos antes a um certo frade franciscano. O acusado diz:

– Isso é verdade: era um mau sujeito, que me ludibriou.

– Era eu – diz o papa – esse franciscano. Eis aqui o seu dinheiro, mas não faça isso novamente, e nunca mais empreste dinheiro a gente dessa batina.

596

A sutileza e a moderação talvez sejam as qualidades mais usuais e que proporcionam as maiores vantagens neste mundo. Fazem com que se digam palavras que valem mais do que os ditos espirituosos. Numa roda, louvava-se excessivamente o Ministério do sr. Necker. Alguém que aparentemente não gostava dele perguntou:

– Cavalheiro, quanto tempo ele permaneceu no cargo depois da morte do sr. de Pezay?

Essas palavras, lembrando que o sr. Necker era uma criação deste último, fizeram baixar instantaneamente todo aquele entusiasmo.

597

O rei da Prússia, vendo um de seus soldados com uma cicatriz no rosto, disse-lhe:

– Em que cabaré lhe guarneceram dessa maneira?

– Num cabaré onde o senhor pagou sua parte da despesa, em Colinn – disse o soldado.

O rei, que fora derrotado em Colinn, achou, entretanto, essas palavras excelentes.

598

Cristina, rainha da Suécia, chamara à sua Corte o célebre Naudé[129], que havia composto um livro muito erudito sobre as diferentes danças gregas, e Meibomius[130], erudito alemão, autor da coletânea e da tradução de sete autores

---

129. Gabriel Naudé (1600-53), médico, bibliófilo e pensador político francês.
130. Nome latino do erudito Marc Meybaum.

gregos que escreveram sobre música. Bourdelot, primeiro-médico, espécie de favorito e brincalhão de profissão, deu à rainha a ideia de convidar esses dois sábios, um para cantar uma ária de música antiga e o outro para dançá-la. Ela conseguiu, e a farsa cobriu de ridículo os dois sábios que foram seus autores. Naudé encarou a brincadeira com paciência, mas o sábio terminado em *us* enfureceu-se e levou sua cólera a ponto de ferir a socos o rosto de Bourdelot, e, depois dessa leviandade, foi embora da Corte e deixou a Suécia.

599

O chanceler d'Aguesseau nunca concedeu privilégios para a impressão de nenhum novo romance, e até mesmo as permissões tácitas só eram concedidas sob condições expressas. Só deu permissão ao abade Prévost de imprimir os primeiros volumes do *Cleveland*[131] com a condição de que Cleveland se tornasse católico no último volume.

600

O cardeal de La Roche-Aymon, atingido pela moléstia da qual morreu, confessou-se diante de não sei que padre, sobre o qual lhe perguntaram qual era sua maneira de pensar.

– Estou muito contente com ele – diz o cardeal. – Ele fala do inferno como um anjo.

601

O sr... dizia da princesa de...: "Trata-se de uma mulher a qual é absolutamente necessário enganar, porque não é da classe daquelas que se abandonam".

---

131. Trata-se do monumental romance *Le philosophe anglais, ou Les mémoires de M. Cleveland, fils naturel de Cromwell*, com sete volumes publicados na década de 1730.

602

Perguntaram a La Calprenède[132] de que era feito o forro daquela bela roupa que ele usava.

– É do *Sylvandre* – diz ele.

Era um de seus romances que fizera sucesso.

603

O abade de Vertot mudava muitas vezes de condição. Chamavam a isso de "as revoluções do abade de Vertot".

604

O sr... dizia: "Eu não me preocuparia em ser cristão, mas não ficaria aborrecido de acreditar em Deus".

605

É extraordinário que o sr. de Voltaire não tenha incluído na *Donzela* um bobo como tinham os nossos reis de então. Isso poderia fornecer exemplos felizes, tirados dos costumes daquele tempo.

606

O sr. de..., homem violento, do qual censuravam alguns erros, teve um ataque de fúria e disse que ia viver numa cabana. Um de seus amigos respondeu-lhe tranquilamente:

– Vejo que você prefere conservar seus defeitos aos seus amigos.

---

132. Gauthier de La Calprenède (1610-63), escritor e dramaturgo francês.

607

Luís XIV, depois da batalha de Ramillies, da qual acabara de saber os detalhes, disse:
– Então Deus se esqueceu de tudo que fiz por ele?
(*Anedota contada ao sr. de Voltaire por um velho duque de Brancas.*)

608

É costume na Inglaterra que os ladrões detidos na prisão e certos de sua condenação vendam tudo que possuem para poderem comer bem antes de morrer. Normalmente, são seus cavalos que se têm mais pressa de comprar, porque na maioria são excelentes. Um desses ladrões, a quem um lorde pedia seu cavalo, tomando o lorde por alguém que queria seguir seu ofício, disse-lhe:
– Não quero enganá-lo. Meu cavalo, embora seja bom corredor, tem um enorme defeito: é que ele refuga quando está perto da portinhola das carruagens.

609

Não se identifica facilmente a intenção do autor em *O templo de Gnide*[133], e há até certa obscuridade nos detalhes. É por isso que madame du Deffant o chamava de *Apocalipse* da galanteria.

610

Diziam de um certo homem, que repetia para diferentes pessoas as coisas boas que elas falavam umas das outras, que ele era um "intrigante do bem".

---

133. Obra menor de Montesquieu.

611

Fox tomara emprestadas imensas somas de diferentes judeus e gabava-se de que a herança de um de seus tios pagaria todas essas dívidas. Esse tio se casou e teve um filho. Quando a criança nasceu, Fox disse:

– Essa criança é o Messias: veio ao mundo para a destruição dos judeus.

612

Dubuc dizia que as mulheres estão tão desacreditadas que já não existem nem mesmo homens para aventuras galantes.

613

Um homem dizia ao sr. de Voltaire que ele abusava do trabalho e do café, e que se mataria.

– Já nasci morto – respondeu ele.

614

Uma mulher acabara de perder o marido. Seu confessor honorário veio vê-la no dia seguinte e encontrou-a jogando com um rapaz de muito boa aparência.

– Monsenhor – disse-lhe ela, vendo-o confuso –, se tivesse vindo meia hora mais cedo, teria me encontrado com os olhos banhados de lágrimas. Porém, apostei minha dor com esse cavalheiro e perdi.

615

Diziam do penúltimo bispo de Autun, monstruosamente gordo, que fora criado e posto no mundo para mostrar até onde pode chegar a pele humana.

616

O sr... dizia, a propósito da maneira como se vive neste mundo: "A sociedade seria uma coisa encantadora, se nos interessássemos uns pelos outros".

617

Parece certo que o homem da máscara de ferro é um irmão de Luís XIV: sem essa explicação, é um mistério absurdo. Parece certo não só que Mazarino foi amante da rainha, mas – o que é mais inconcebível – que era casado com ela. Sem isso, como explicar a carta que ele escreveu de Colônia em que, ao saber que ela tomara partido num grande negócio, pergunta: "Ele lhe convém, madame?" etc. Aliás, os velhos cortesãos contam que, alguns dias antes da morte da rainha, houve uma cena de ternura, lágrimas e explicações entre a rainha e seu filho, e há fundamentos para se acreditar que foi nessa cena que se fez a confidência da mãe ao filho.

618

O barão de la Houze prestara alguns serviços ao papa Ganganelli[134], e esse papa lhe perguntou se podia fazer alguma coisa que fosse de seu agrado. O barão de la Houze, gascão ardiloso, rogou-lhe que lhe desse uma relíquia. O papa ficou muito surpreso com esse pedido da parte de um francês e mandou que lhe dessem o que pedia. O barão, que tinha uma pequena propriedade nos Pireneus de renda muito fraca, sem escoamento para os gêneros produzidos, mandou levar para lá a relíquia e fez a notícia se espalhar. Os fregueses acorreram, os milagres ocorreram, uma aldeia próxima povoou-se, os gêneros aumentaram de preço e a renda do barão triplicou.

---

134. Giovanni Vincenzo Ganganelli, que adotou o nome de Clemente XIV, foi papa entre 1769 e 1774.

619

O rei Jaime[135], exilado em Saint-Germain, e vivendo das liberalidades de Luís XIV, vinha a Paris para curar as escrófulas[136], que ele só tocava na qualidade de rei da França.

620

O sr. Cerutti[137] escreveu uma peça em versos em que havia o seguinte verso: "O ancião de Ferney[138], o de Pont-Chartrain". D'Alembert, ao devolver-lhe o manuscrito, modificou os versos: "O ancião de Ferney, o velho de Pont-Chartrain[139]".

621

O sr. de B..., aos cinquenta anos, acabara de casar-se com mademoiselle de C..., que tinha treze. Diziam dele, quando solicitara esse casamento, que pedia para ser o sucessor da boneca da donzela.

622

Um tolo dizia, em meio a uma conversação:
– Veio-me uma ideia.
Um brincalhão disse:
– Fico bem surpreso com isso.

---

135. Trata-se de Jaime II (1633-1701), rei da Inglaterra e da Escócia, destronado em 1689 pelo príncipe de Nassau, Guilherme de Orange. Era primo-irmão de Luís XIV.
136. Uma tradição secular atribuía aos reis da França e da Inglaterra o poder de curar as escrófulas (um tipo de infecção nos gânglios) com um simples toque. Cf. *Os reis taumaturgos*, obra clássica de Marc Bloch.
137. Giuseppe Antonio Giachimo Cerutti (1738-92) foi jesuíta, escritor, político e jornalista italiano radicado na França. É autor de um interessante *Breviário filosófico*.
138. Propriedade que serviu de refúgio a Voltaire, nas proximidades da fronteira entre a França e a Suíça.
139. Referência a Jean-Frédéric Phélypeaux, conde de Maurepas e de Pont-Chartrain (1701-81), ministro nos reinados de Luís XV e Luís XVI.

623

Milorde Hamilton, personagem bastante singular, estando embriagado numa hospedaria da Inglaterra, matou um criado de albergue e voltou para casa sem saber o que fizera. O dono do albergue chegou todo assustado e disse-lhe:

– Milorde, o senhor sabe que matou o rapaz?
– Ponha na minha conta.

624

O cavaleiro de Narbonne, colhido por um importuno cuja familiaridade o desagradava e que lhe disse, ao abordá-lo:

– Bom dia, meu amigo, como está?
Respondeu:
– Bom dia, meu amigo, como se chama?

625

Um avarento sofria muito com uma dor de dentes. Aconselharam-no a mandar arrancá-lo:

– Ai! – disse ele. – Vejo bem que será preciso fazer essa despesa.

626

Diziam de um homem totalmente desgraçado: "Ele cai de costas e quebra o nariz".

627

Eu acabara de contar uma história galante da presidenta de... e não dissera seu nome. O sr... replicou candidamente:

– Essa presidenta de Bernière da qual você acaba de falar...
Todo o grupo caiu num acesso de riso.

628

O rei da Polônia, Estanislau, antecipava todos os dias a hora do seu jantar. O sr. de La Galaisière disse-lhe, a esse respeito:
– Sire, se continuar assim, terminará por jantar na véspera.

629

O sr... dizia, ao retornar da Alemanha: "Não conheço nada para o qual eu seja menos apropriado do que ser alemão".

630

Dizia-me o sr..., com relação às falhas de dieta que comete sem cessar, dos prazeres que se permite e que são o que o impedem de recuperar a saúde: "Se não fosse por mim, eu me comportaria perfeitamente".

631

Um católico de Breslau roubou, numa igreja de sua crença, alguns coraçõezinhos de ouro e outras oferendas. Levado à Justiça, disse que os recebera da Virgem. Foi condenado. A sentença foi remetida ao rei da Prússia para assiná-la, segundo o costume. O rei ordenou que uma assembleia de teólogos decidisse se era rigorosamente impossível que a Virgem desse a um devoto católico alguns pequenos presentes. Os teólogos dessa religião, muito embaraçados, decidiram que a coisa não era rigorosamente impossível. Então, o rei escreveu sob a sentença do réu: "Dou o indulto ao chamado N..., mas o proíbo, sob pena de morte, de receber daqui por diante qualquer tipo de presente da Virgem e dos santos".

632

O sr. de Voltaire, de passagem por Soissons, recebe a visita dos representantes da Academia de Soissons, que lhe dizem que aquela academia era a filha mais velha da Academia Francesa:

– Sim, cavalheiros – responde ele –, a filha mais velha, a filha prudente, a filha honesta, e que jamais deu motivos para que falassem dela.

633

O bispo de L... estava tomando seu desjejum quando o abade de... veio visitá-lo. O bispo convidou-o a tomar o desjejum e o abade recusou. O prelado insistiu:

– Monsenhor – diz o abade –, já desjejuei duas vezes e, além do mais, hoje é dia de jejum.

634

O bispo de Arras, recebendo em sua catedral o corpo do marechal de Lévis[140], disse, pondo a mão sobre o ataúde: "Finalmente possuo esse homem virtuoso".

635

A princesa de Conti, filha de Luís XIV, tendo visto a delfina da Baviera dormindo, ou dando a impressão de dormir, disse, depois de tê-la examinado:

– A senhora delfina é ainda mais feia dormindo do que acordada.

A delfina, tomando a palavra sem fazer o menor movimento, respondeu-lhe:

– Madame, nem todo mundo é filho do amor.

636

Um americano, vendo seis ingleses separados de sua tropa, teve a inconcebível audácia de correr em seu encalço, ferir dois deles, desarmar os

---

140. François-Gaston, duque de Lévis (1720-87), foi um militar de destaque no último período do Antigo Regime.

outros e levá-los ao general Washington. O general perguntou-lhe como fizera para dominar seis homens.

– Logo que os vi – disse ele –, corri para cima deles e os cerquei.

637

No tempo em que foram estabelecidos diversos impostos que pesavam sobre os ricos, um milionário, achando-se entre pessoas ricas que se queixavam da infelicidade daqueles tempos, disse:

– Quem está feliz hoje em dia? Só alguns miseráveis.

638

Foi o abade S... que administrou o viático ao abade Pétiot durante uma doença muito grave, e ele conta que, ao ver a maneira muito clara como Pétiot recebeu aquilo que todos sabem, disse consigo mesmo: "Se ele se recuperar, ficará meu amigo".

639

Um poeta consultava Chamfort sobre um dístico[141]:

– Excelente – responde ele –, a não ser pelo tamanho.

640

Rulhière dizia-lhe, um dia:

– Só fiz uma maldade na minha vida.

– E quando é que ela vai terminar? – perguntou Chamfort.

---

141. Conjunto de dois versos.

641

O sr. de Vaudreuil queixava-se com Chamfort de sua pouca confiança nos amigos:

– O senhor não é rico – dizia-lhe ele – e esquece nossa amizade.

– Prometo – respondeu Chamfort – pedir-lhe emprestados vinte e cinco luíses quando o senhor tiver pago suas dívidas.

1ª **edição** Outubro de 2009 | **Diagramação** Megaart Design | **Fonte** Constantia
Papel Offset 75 g/m² | **Impressão e acabamento** Imprensa da Fé